マリエル・クララックの最愛

桃 春花

illustration まろ

ICHIJINSHA IRIS NEO

CONTENTS

シメオン・フロベール
27歳。マリエルの婚約者。
名門フロベール伯爵家の嫡男で、
近衛騎士団副団長。
実直で有能な若手出世株の筆頭。
部下からは尊敬されつつも恐れられているが、
マリエルには振り回され気味。
淡い金髪に水色の瞳の、
貴公子然とした美貌の青年。
セヴラン・ユーグ・ド・ラグランジュ
27歳。ラグランジュ王国の王太子。
黒髪に黒い瞳の精悍な美青年。
王子らしい威厳の持ち主だが、マリエルを前にすると
ツッコミ役になってしまう。シメオンとは幼馴染にして親友。
Marriel Clarac II beloved
character

マリエル・クララック
18歳。クララック子爵家令嬢。
茶色い髪と瞳の、これといった特徴のない
地味な眼鏡少女。存在感を限りなく薄め
周囲に埋没するという特技を活かし、
人間観察や情報収集をしている。
流行小説家アニエス・ヴィヴィエという
裏の顔を持つ。
ミシェル・モンタニエ
17歳。モンタニエ侯爵家令嬢。清楚で可愛らしい雰囲気の持ち主。
エミリオ・チャルディーニ
ラビア公国の外交官で伯爵。
モンタニエ侯爵の遠縁で、短い黒髪の快活そうな人物。
ジュリエンヌ・ソレル
マリエルの友人で本好き。少々特殊な傾向を嗜む。
オレリア・カヴェニャック
カヴェニャック侯爵家令嬢。金髪と緑の瞳の華やかな容貌の持ち主。
エミール・クララック
クララック子爵。マリエルの父親。
人の良さそうな顔をしているが、したたかな一面もある人物。
リュシエンヌ・シャリエ
25歳。セヴランの妹でラグランジュ王国の王女。シャリエ公爵夫人。
アンリエット・ド・ラグランジュ
20歳。セヴランの妹でラグランジュ王国の王女。
ラビア公国の公子との縁談が持ち上がっている。
リュタン
諸国に名を知られた怪盗。貴族や富豪ばかりを狙うので
庶民からは英雄的にもてはやされている。
マリエルのことを気に入っている。

この作品はフィクションです。
実際の人物・団体・事件などには関係ありません。

マリエル・クララックの最愛

1

恋は思いがけずに訪れるもの。

古今どんな物語でも、ヒーローとヒロインの出会いは驚きと偶然に満ちている。

波瀾万丈の恋物語を、読むのも作るのも大好き。もちろん現実の恋人たちも大好き。彼らのときめきと苦悩は、いつだってわたしを最高にドキドキさせてくれる。

それだけで満足。それだけがわたしの人生。

——だった、はずなのに。

「マリエル」

穏やかな声がわたしを呼ぶ。少し前で振り返る、背の高い人。雪景色の中にひときわ冴える端正な姿は、まるで氷の彫像のよう。鍛えられた身体は姿勢がよく、広い背中に静かな迫力が漂っている。

こちらを見るお顔はとてもきれい。物語の王子様を思わせる品よく整った白皙に、知的で硬質な眼鏡がよく似合う。淡い金髪と水色の瞳は、凍てつく白夜を思わせる時もあれば、鉄をも溶かす焔にもなる。落ち着いたふるまいの中に見え隠れする鋭い気配が、彼が王子様ではなく騎士であることを伝えてくる。サーベルが腰になじみ、黒い軍靴は力強く雪を踏みしめる。それは美しくもおそろしい死神の歩み。愚かなる者たちに破滅を運ぶ地獄の使者。あの青い焔に見据えられたら、もう逃れることはかなわない。

美しい姿で魅了し、容赦ない力で打ちのめす。ああ、これぞまさに、まさにわたしの理想の。

「マリエル」

ありとあらゆる物語を読み、自分でも書いてきた中で、最も魂を揺さぶられた、いちばん大好物の。

「マリエル」

鬼畜腹黒参謀――!! もうたまりませんハァハァしちゃう! その手に鞭があったら完璧です!

「……鞭? いったいどんな夢を見ているのですか。起きなさい、こんなところでうたた寝していたら風邪をひきますよ」

肩を揺すられてはっと意識が引き戻された。ちょっとベンチに座って待つ間にまどろんでいたらしい。目の前にわたしを覗き込む死神、もとい婚約者の姿があった。

「……あら、ごめんなさい。とってもいい夢を見ていました」

「内容は聞きません。聞くなと私の勘が告げています」

「おかしな夢ではありませんよ。シメオン様がたまらなく素敵で、かっこよかっただけです」

「その言葉だけいただいておきますよ。ほら」

シメオン様はわたしに、新聞紙で包まれた物を渡してくる。手袋越しに伝わるぬくもりに、思わず顔がほころんだ。うたた寝して冷えた身体にはありがたい。包みに頬を寄せて、熱と甘い匂いを味わった。

「ありがとうございます――はい」
サン＝テール市名物の焼き栗（ぐり）を、わたしは一つつまんでシメオン様の口元へ差し出した。きれいなお顔が少しうろたえ、視線がさまよう。照れくさそうに口を開けるのが可愛（かわい）いったら。こんなに美形なのに、こんなにかっこいいのに、泣く子も黙る近衛（このえ）騎士団の鬼副長なのに！　このお姿を部下の皆さんにも見せてさしあげたい。強くて怖くて厳しい副長も、こんなに可愛いところがあるんですよって！

　にやけそうになるのを頑張ってこらえ、萌（も）える心を抑えていたけれど、シメオン様にはわかってしまったようだ。意趣返しとばかりに唇を寄せたままわたしの手をとらえた。手袋越しの口づけにうっとりする暇もなく、向けられた視線に悩殺される。ああもう、硬派軍人のかもし出す色気って下手（へた）な遊び人より破壊力満点よ！

　大人（おとな）の色気にあてられて内心悶（もだ）えるわたしの口に、今度はシメオン様から焼き栗が放り込まれた。

　ふっと微笑（ほほえ）んでシメオン様は姿勢を戻す。差し出される手を取って、わたしもベンチから立ち上がった。

　甘いわ……栗じゃなく、いえ栗も甘いけれど空気がね！　物語の中ではおなじみの恋人空間を、まさか現実に、自分で味わう日が来るなんて。いったい誰（だれ）に予想できただろうか。一生自分の恋愛には縁がなく、ただ眺めて楽しむだけだと思っていたのに。

　包みを持っていない方の手でシメオン様の腕に寄り添う。いつもは上品に軽く添えるだけのところを、ちょっと大胆になって抱きついた。ここは王宮でも貴族の館（やかた）でもない、市民の憩いの場ブリューネ公園だもの。周りの人々も思い思いに楽しんでいる。お堅い作法はしまい込んで、浮かれてみてもいいじゃない。なんといっても今は冬、恋人たちがいっそう身を寄せ合う季節なのだから。

そう、恋人。恋人同士なのよね、わたしたちって。

嘘(うそ)みたいな話だけれども、そうじゃない証拠にシメオン様はわたしがくっつくことをいやがらない。はしたない、なれなれしいと眉(まゆ)をひそめることもなく、穏やかな微笑みで受け入れてくださる。彼もこの時間を楽しんでいることが伝わってくる。並んで歩く足どりは、わたしに合わせてゆっくりだ。

なにをするでもなく、ただ二人で歩いているだけなのに、世界が輝いて見えた。これが恋をするということなのね。わたし、前よりもっとずっと甘い物語が書けるようになったわ。やっぱり見聞きするだけでなく、自分で経験することが大切だ。

一緒に焼き栗をつまみながら、公園内を散策する。二ヶ月ほど前にシメオン様と絶叫の勢いで告白し合った池のほとりは、雪で真っ白になっていた。水鳥はとうに旅立ち、氷の上で子供たちがはしゃいでいる。大人の膝(ひざ)くらいまでしかない浅い池は、冬にはスケート場となって市民を楽しませてくれる。わたしも遊びたいけれど、今日(きょう)はスケート用の靴を持ってきていないから我慢だ。外から楽しそうな人々を眺めるだけにする。

「やりたそうですね。靴を用意してくればよかったかな」

わたしの表情に気付いて、シメオン様がからかい気味に言ってきた。

「ええ、この次には」

付き合ってくださいね、と彼の腕に頬を寄せる。スケートができなくたって、こうして寄り添っているだけで楽しかった。どうしてかしらと不思議なくらいだ。いつもと同じ冬、同じ場所なのに、シメオン様が隣にいるだけでなにもかもが違って見える。

マリエル・クララック十八歳、恋をしています！

――って、ちょっと叫びたい気分ね。

もちろんそこはぐっとこらえて、微笑み合うだけにとどめておいた。シメオン様の方はどう感じていらっしゃるだろう。副長が浮ついて叫ぶなんて想像もつかないわね。

そんなわたしたちに周囲も無関心ではなく、多くの視線が向けられていた。寄り添い合う恋人たちの姿はそこかしこにあって、なに一つ珍しいものではないのに、わたしたちはかなり注目されていた。どうしてかなんて考えるまでもない。シメオン様がかっこいいからだ。

名門伯爵家の嫡男だということを知らない庶民たちでも、つい注目してしまうほど美しく凛々しい人だもの。近衛の制服を脱ぎ落ち着いた外出着姿になっても、風景の中にまぎれてしまうことはない。どんな姿でどこにいても目立つ人、それがシメオン様。

ごらんなさい、すれ違った女の子が、向こうにいるご婦人が、彼にうっとり見とれて頬を染めている。隣の恋人の存在を忘れて釘付けになっちゃってる人もいる。周囲の女性たちの視線を一身に集める罪な人。そしてその視線はわたしへ移るや、は？　といぶかしげになり、最後は嘲笑や憐れみへと変化する。なんて不釣り合い、気の毒なほどに見劣りすること――と、彼女たちの視線が語っていた。

ありふれた茶色の髪と瞳に、特徴のないのが特徴だと言われるほど平々凡々な容姿。シメオン様とは反対に、どこにいても風景にまぎれて気付かれない、かぎりなく薄い存在感。二十七歳の男性にはちょっと不釣り合いな小娘で、とどめに野暮ったい眼鏡ときてはね。ええ、皆さんのお気持ちはよくわかる。本当にごもっとも。わたしだってまさかシメオン様と婚約することになるとは思わなかったわよ。

容姿だけの問題ではない。代々宰相や大臣を輩出してきたシメオン様のお家と違って、わが家はたいした歴史も財産もない中流子爵家だ。代々埋没してきたその他大勢の構成員。家格には大きな差があり、どう考えても両家の間に縁談が持ち上がるはずはなかった。シメオン様に相談したお父様は、部下の人を紹介してほしいと考えただけで、分不相応な高望みをしたわけではなかった。

なのに相談相手自らが立候補したものだから、なにか裏があるのではと勘繰ってしまったそうだ。それはわたしにしても同様で、お父様が偶然シメオン様の弱みを握って、脅したのではないかと疑っていた。いろいろ考えたせいで、ちょっと失礼な誤解までしてしまったほどだ。

――ふたを開けてみればなんのことはない、もう何年も前からシメオン様にはわたしの存在を知られていて、隠した趣味までしっかり把握されていただけだった。常に周囲に目を配る近衛騎士団副団長は、宮廷の片隅で起きた令嬢同士のささやかな諍(いさか)いにも気付き、その中心となっていたわたしのことを記憶に残してくださっていた。

いじめの実体験！　物語のお約束が今ここに！　とひそかに喜んでいたわたしを、陰から見守っていた目があったなんてちっとも気付かなかった。あの時のわたしは投げかけられた数々の嫌味を書きとめることに夢中で、いじめっ子オレリア様の悪役っぷりに萌え萌えで、他(ほか)のことを考える余裕はなかった。それに人気のない場所だから見られているとは思わなかったのよ。

だいいち、それで見初められるというのもおかしな話ではない？　自分で言うのもなんだけど、引かれることはあっても気に入られる状況ではなかったはず。

　シメオン様も最初は変なのがいるという程度の認識だったらしい。だけどその後もわたしの姿を見つけては気にかけてくださって、それがいつしか……となったとか。まさに事実は小説より奇なり。そんなお約束の王道展開がわが身に起きるだなんて、さすがのわたしも妄想すらしなかった。

　てっきりただの政略結婚で、シメオン様には義務感しか抱かれていないのだと思い込んでいて、こちらもそのつもりだったのに。割り切っていたはずがすっかり恋に落ちてしまって、切ない片想いだと思っていたら。

　人生は本当に面白い。こんな嘘みたいな話が現実に起きることもある。毎日が楽しくて幸せで、少しも退屈しない。

「ふふっ」

　つい笑いがこぼれたら、シメオン様が呆れたように眉を上げた。

「またなにかおかしなことを考えていますね？」

「違います、とっても楽しいんです。シメオン様、気付いていらっしゃいます？　あちこちから注目されていますよ」

「……まあ、一応は」

　シメオン様は軽く息をつくだけで、周囲を見回すこともない。こんな状況には慣れきっているというわけだ。社交界でも、ずっと注目されていらしたものね。

「いいですよね、この空気！　『なにあれ、女の方が全然釣り合わないんだけど。あそこまで差があると隣に並ぶのは悲劇よね。どんな図太い神経していたらああも平気でいられるのかしら、信じられないわ』っていう、憐れみを込めた侮蔑の視線がたまりません！」

「それをどうして楽しめるのか私にはわかりません」

　今度は大きく息を吐いて、シメオン様は眼鏡を直した。

「どうしてですって？　当然ではありませんか。美男美女が称賛のまなざしを受けるのはありきたりの光景です。なにも珍しくない、普通のできごとです。こういう、ありえない組み合わせを目の当たりにした人々の反応。称賛や嫉妬といったありふれた反応ではなく、憐れみや優越感を向けてくるのがいいんです！　実に面白くて参考になります！」

「これを参考にしてどんな話を書くというのか……想像するだに怖いのに、できあがったものはまともな物語になっているのだから本当にわかりません。あなたの頭の中はどうなっているのだか」

　呆れきった調子で言いながらも、シメオン様のお顔にわたしへの嫌悪や軽蔑の色はなかった。趣味にとどまらず職業として小説を書いていることを、いっさい否定せずに認めてくださっている。貴族社会では公にできないことだけれど、価値ある仕事だと言ってくださる。見た目のかっこよさや曲者っぽさよりなにより、こうした寛大で公正なところが彼のいちばんの魅力だと思う。

　わたしはご機嫌な笑顔でシメオン様に応えた。彼は肩をすくめ、空いている方の手でわたしのおでこをつついた。

「図太いという部分には同意します。しかし他は間違っていますよ」

「はい？」

首をかしげるわたしに、シメオン様は身をかがめて顔を寄せた。

「人が人へ好意を寄せることに、釣り合いなど存在しません。互いを知り、認め合うだけでよいのです。悲劇だなどと言われては私の方が情けない。そういう認識は捨てなさい」

近い距離から生真面目に見つめてくる水色の瞳は、怒っているわけではなかった。でもわたしは少し困ってしまった。

「……客観的な事実ですよ？」

「事実ではなくただの思い込みです」

「世の中の大多数の人が感じることですが」

「ならば世の中が間違っている。そういう風潮があることは否定しませんし、参考にするのもかまいませんが、真理であるとは考えないように。それともあなたは、私の見た目が変わったら態度を変えてしまうのですか」

「中身が変わらなければ関係ありません。シメオン様はシメオン様です。もちろん見た目も大好きですけど」

「同じ言葉を返しましょう。自分を卑下するようなことを口にするのは、私をも侮辱するものだと覚えておいてください」

鼻の頭にぬくもりがふれて、シメオン様は元の姿勢に戻った。どうして鼻なのよと不満に思うわたしに、くすりと笑いがこぼされる。ちょっぴり意地悪っぽい曲者感たっぷりな笑顔が、悶えるほどにかっこいいったら。もうもう、生真面目さんのくせに見た目は腹黒なんだから。そんなあなたが大好きです！

わたしはまたシメオン様の腕にくっついた。ふたたび歩き出し、二人でたわいのない会話を続ける。他人の視線なんて気にしない。釣り合おうが合うまいが、わたしは今日も幸せだ。ただついでにネタを集めているだけ。この状況を楽しんでいるだけよ。

好きなことをして暮らしていたわたしの毎日は、シメオン様という人が加わることによって、いっそう明るく楽しくなった。物語よりもなによりもときめくできごとばかりだ。会えない時間はさみしくて、お顔を見られたら舞い上がりそうにうれしくて。

恋は楽しい。眺めているだけでいいなんて思っていた過去を、うんと笑ってあげたい。これほどの幸せは、やっぱり現実につかみ取らなくちゃ。

この喜びも全力で叩（たた）き込んで、次作はうんと甘い話を書くわよ！　――なんてつい考えてしまったことは、ひとまず内緒にしておきましょう。

2

さて、それはとある冬の一日。窓の外は春遠く、白くお化粧された庭園が広がっていた。大陸北部のラグランジュ王国は、冷涼な気候ゆえ冬は雪に埋めつくされる。

けれど屋内は正反対。さんさんと光を浴びて暖かな温室に、色とりどりの花が咲き誇っていた。

「ごきげんよう、殿下」

「本日はお招きありがとうございます」

「王妃様におかれましても、ごきげんうるわしゅう」

わが国の誇る花々が一堂に会する光景は壮観だ。若く美しくそして身分家柄申し分のない、えりすぐりの令嬢たちが、しとやかに挨拶（あいさつ）を交わしていた。

どなたも洗練された素晴らしい装いで、ご本人の美しさも目を瞠（みは）るほど。そして何より所作に気品と優雅さがあふれている。ここだけ春爛漫（らんまん）、満開の花盛りだ。

挨拶を受ける方々も、負けずに威厳と気品に満ちていた。それも当然のこと、わが国の王后陛下とお世継ぎの王太子殿下ですもの。今日（きょう）は王妃様主催の園遊会、という名目の、殿下のお妃（きさき）選びの集まりなのだった。

招待されているのはいずれも二十歳前後の、格式の高いお家の令嬢ばかりだった。カヴェニャック侯爵家のオレリア様もいらっしゃる。今日も豪華な金髪を波打たせ、会場の誰よりも美しく輝いていた。あの堂々とした迫力あるお姿には、ついうっとりと見とれてしまう。ああ、やっぱりオレリア様は素敵。外見で選ぶなら文句なしに彼女がいちばんよね。

もちろん、他(ほか)の令嬢だってそれぞれに魅力的だった。どなたも社交界ではよく知られた存在だ。名家中の名家から選ばれた若き美女たち。そんなとびきりの花々から熱いまなざしを一身に浴びるセヴラン殿下は、笑顔がちょっぴり引きつっていらした。

――まあね、お気持ちはよくわかる。上品な微笑(ほほえ)みをたたえたお嬢様たちの、目だけが異様に燃えているのだもの。

殿下のお妃候補として選ばれた彼女たちは、並々ならぬ気迫を漂わせていた。参加者同士で愛想よくおしゃべりをしながらも、いかにして周りを蹴落(けお)とさんと見えない火花を散らしている。殿下へ向けられるまなざしは、獲(と)る気満々の狩人(かりゅうど)そのもの。きっと殿下は、今にも皮を剥(は)がれそうな兎(うさぎ)の気分でいらっしゃることでしょう。

ああ、この緊張感！　食うか食われるかの殺伐(さつばつ)とした空気！　令嬢たちが槍を構えた戦士に見えてくる。美しくも苛烈(かれつ)な美女(アマゾネス)たち。殿下頑張って！　完全に負けてるけど！

心の中で萌(も)えながら殿下を応援していると、すぐそばでコホンと小さな咳払(せきばら)いが聞こえた。

壁際にひっそりと立つわたしのそばに、いつの間にか一人の近衛(このえ)騎士が来ていた。すらりと背が高く、見上げるとちょっと首が疲れるほど。鍛えられた身体(からだ)に白い制服がとてもよく似合っていた。

シメオン様はどんな装いでも素敵だけれど、やはり制服姿がいちばんかっこいい。制服って独特の魅力があるわよね！　見るからに禁欲的で、隙なくびしっと着込んでいるのに、なぜかえも言われぬ色気を感じてしまう。腰に佩いたサーベルがそこはかとなく危険な雰囲気を漂わせているのもいい。個人的に鞭には劣ると思うけれど、これはこれで絶妙な小道具だ。

ただでさえ美しくかっこいい人がこんな装いをしているものだから、見ているこちらは鼻血をこらえるのが大変だ。

「マリエル」

ドキドキしながら見上げていたら、シメオン様の眉間にしわが寄った。

「三十分ぶりですね、シメオン様。お変わりないようで」

「三十分で変わったら事件ですよ」

シメオン様は抑えた小声で言い返した。

「さっきから自分の世界に浸りきっているようですが、役目をちゃんと覚えていますか？　そこで背景に同化しているだけで終わったのでは、あとで殿下からお叱りを受けますよ」

わたしは小さく肩をすくめた。いやあね、忘れてなんかいませんよ。もちろん覚えていますとも。萌えと興奮に身をゆだねていたって、情報収集を怠ることはない。そんなの、いちいち意識しなくたって自然とこなしちゃうわ。日頃からの習慣だもの。シメオン様が会場警備の責任者として目配りを忘れないように、わたしは見聞きするものすべてから情報を拾い集める。たとえばあそこの女官とあちらの騎士が、ひそかに恋仲だとか。

「そんなところはどうでもよいのですよ！」

「さりげなく見交わす視線に甘い空気が流れていて、あそこだけ二人の世界ですよね。もう、捕獲の恐怖に怯える殿下の前で見せつけちゃって、彼らこそお叱りを受けそうではありません？」

「だから、その他大勢は気にしなくてかまいませんから。しっかり令嬢たちを観察してください」

シメオン様の両手がわたしの頭を挟んで、強引に令嬢たちの方へと向き直らせる。そうしたらこちらを見ていた殿下とばっちり目が合ってしまった。……いえ、別にいちゃついているわけではありませんし、見せつけるつもりもありませんのよ？　だから殿下、そんなに怖いお顔でにらまないでくださいな。

「離れていた方がよさそうですわ」

「……そうですね」

シメオン様も気付いて、わたしからそっと距離を取った。ほら殿下、こっちのことは無視していいですから、目の前の狩人――ではなくて、お嬢様たちをご覧なさいませ。

応援していますよと、わたしはこっそり手を振ってみせた。殿下からは拗ねた表情が返ってきたけれど、わたしは気にせずあらためて令嬢たちに目を向けた。

――美しく咲いた花の陰で、根に毒を持ってはいないかと見極めるために。

貴族としてさほど格が高くはない、絵に描いたような中流家庭。そんなわがクララック子爵家に思いがけない客人が訪れたのは、つい昨日のことだった。

連れ立ってやってきたのがわたしの婚約者たるシメオン様だったので、執事はすんなりと彼らを応接間へ通し、わたしを呼んだ。こんなふうに約束のない訪問を受けることに、わたしも使用人たちも慣れてきた。シメオン様は礼儀正しく真面目な方だから、基本的にきちんと連絡をしてからいらっしゃるけれども、お仕事の関係上連絡が間に合わないこともある。伯爵家嫡男としての務めに加え近衛騎士団での務めもあるから、毎日とても忙しそうだ。それでも、できるだけわたしと会う時間を取ろうと努力してくださっている。近くを通りがかったからと立ち寄ってもらえるのは、わたしにとってもうれしいお気持ちだった。

小間使いから知らせを聞いたわたしは、急いで身なりを整えて応接間へ向かった。近頃はすっかりシメオン様の訪れが待ち遠しい毎日だ。袖にインクがはねていたりしないか、ドレスに紙屑が引っかかっていないかと、注意深くたしかめてから扉を開いた。

「いらっしゃいませ、シメオン様――と、殿下のそっくりさん」

「なぜそっくりさんだ!?　普通に本人だと思わんのか!?」

わたしの挨拶に速攻でつっこんできたのは、シメオン様の隣に座る黒髪に黒い瞳の精悍な美青年だった。

シメオン様と並んでもまったく見劣りしないという、素晴らしい容姿とそれにふさわしい威厳の持ち主である。淡い色彩をまとう優美なシメオン様とは好対照で、小説家のはしくれとして大いに創作意欲をかきたてられる光景だった。わたしは男女の恋愛を書くのが専門だけれど、親友が好きな系統の物語にはこういう美青年同士の組み合わせがあふれているものだ。

　そんな高貴にして輝かしいお方が、見慣れない地味な身なりで突然わが家の応接間に現れていた。

「まあ、だって当家は王太子殿下にご訪問いただけるような格式ではございませんもの。十分なおもてなしができる準備も心得もございません。うかつにお迎えしてはかえって失礼ですから、きっとここにいらっしゃるのは殿下にそっくりな別の人ですわ。だからナタリー、お出しして」

　お茶を運んできた小間使いが、客人は王子様だと聞いて青ざめている。わたしはナタリーをなだめてお茶をお出しするようようながした。

「お、お嬢様……」

「大丈夫。仮に本物のセヴラン殿下だったとしても、小間使いを相手に威張り散らしたりなさらないけれど、この方はそっくりさんの別人だから全然心配しなくていいのよ。だってもしもセヴラン殿下がいらっしゃるとしたら、事前にお父様に内示があって、十分に準備期間をいただいてからになるはずだもの。こんなに突然に、友達か親戚（しんせき）が遊びにきたみたいに、当たり前のお顔でそこに座っていらっしゃるはずがないわ」

「……そなた、おとなしそうな顔をして結構言いたい放題だな」

　引きつり笑いを浮かべる美青年の隣で、シメオン様がこめかみを押さえていた。

「マリエル、口を慎みなさい」

「あら、わたし失礼を申しましたでしょうか」

「よくもぬけぬけと……」

「ああ、よい。もうそっくりさんでよいから」

顔をしかめるシメオン様を制して、セヴラン殿下はため息まじりにおっしゃった。

「その方がこちらとしても都合がよい。たしかに礼と手順を無視した訪問で申し訳ないが、事情があるのだ。マリエル嬢、そなたに内密の用件があって来た。畏まらずともよいから、話を聞いてくれ」

「わたしとシメオン様の逢瀬を、冷やかしまじりに邪魔なさりにいらしたのではないのですか？」

「まったく畏まっとらんな!? 私をどういう目で見ているのだ。そんな暇な真似をするか。こう見えても忙しいのだぞ」

「マリエル、本当に口がすぎます。殿下が許してくださるからと、調子に乗るのではありません」

シメオン様に叱られて、わたしは口をとがらせながら向かいに座った。

「だって、せっかくシメオン様が来てくださったと思ったら、なんだか無粋なご用件っぽいんですもの。喜んでしまった分、とってもがっかりです」

「真面目な話なのですよ。仕事と思って聞いてください」

「殿下とシメオン様で一本書くんですか？」

「そちらの仕事ではなく」

「萌えもときめきもないのでは、気分が乗りません」

「マリエル、ちゃんと聞いてください。あとでほしがっていたお菓子を買ってきてあげますから」

「夜だと両親や兄も帰っていますから、よけいに邪魔されそうですわ。外でお会いしません？ トゥラントゥールにお願いして部屋を貸してもらいましょう」

「意味をわかって言っているのですか。娼館で逢引など、後ろ暗い男女のすることですよ」

「そう思うでしょう？　ところが意外な方たちがですね」

「それ以上言わなくてよろしい！」

「……そなたら、わざとか？　私に見せつけているのか？」

シメオン様とおしゃべりしていたら、地を這うような低い声が割って入った。目を戻したわたしたちに、セヴラン殿下は荒んだ目つきで笑った。

「たしかに邪魔の一つもしてやりたくなるな。これみよがしにいちゃいちゃと、うっとうしい」

「申し訳ありません。つい先頃両想いを確認し合ったばかりで、熱が冷めていないものですから」

「さらにのろけるか！」

「殿下も早くお相手を選ばれるとよろしいですわ。妄想も楽しいですが、現実の恋はよいものでしてよ」

「妄想などしとらんわ！　そなたと一緒にするな！」

「殿下」

横からそっとシメオン様に止められて、殿下は乗り出しかけた身体を背もたれに戻した。一息つき、気をとり直してから話を続ける。

「その『お相手』の件で、そなたに頼みがあるのだ。力を貸してほしい」

「わたしに？」

どういうことだろう。わたしは首をかしげた。このマリエル・クララック、自分で言うのもなんだが地味で存在感のない、人々に空気のような印象しか持たれない人間だ。シメオン様と婚約するまでは、頻繁に集まりに出かけてもほとんど存在に気付かれることはなかった。こんなわたしを見初めてくださったシメオン様や、いじめてくださったオレリア様は貴重な例外なのだ。当然のこと、社交界における人脈などない。殿下のお妃にふさわしい女性を紹介してほしいというなら、無理な相談だった。

「情報くらいなら提供できますが……でもそんなの、王宮の方でもっとしっかり調べておいででしょう?」

王太子の結婚相手については、もう何年も前から選定が行われていた。国内外の名家の令嬢や姫君から、これぞという候補が挙がっているはずだ。なのにいまだにお相手が決まらないのは、ご本人がなかなか首を縦に振らないせいである。よりどりみどりな立場だと逆に選びかねるのか、お好みが難しいのか、殿下は何度も話を断っては周りを困らせていた。

「ああ……いや、そう、結局情報の話になるわけだが」

公の場で見せる威厳や気品が少しなりをひそめ、殿下はずいぶんとくだけたようすでため息をついた。

「さすがに母がしびれを切らせてな。いい加減に相手を決めろと、これまでにない迫力で命じてきた。それというのも、そなたらが原因だ」

ちょっぴり恨めしげな目を向けられて、わたしはシメオン様を見た。シメオン様は苦笑していた。

「シメオンがついに婚約したということで、いよいよ私も逃げ道がなくなったのだ。同い年の友人が婚約したというのに、お前はいつになったら相手を決めるのかと、そう言われては反論できん。あと少しで三十歳になるし、さすがにこれ以上先延ばしにはできなくなってきた」

殿下は二十七歳。たしかに、一国の世継ぎがそういつまでも独身ではいられない。たいていはとうに結婚しているか、婚約が決まっている年頃だ。

——まあ、妹君がいらっしゃるし、継承権のある親戚も山盛りだし、もしものことがあっても実はさほど困らないのだけれど。昔と違って生まれた時から相手が決められるということもなく、ある程度自分で選ぶ自由も与えられている。国王陛下はまだまだお若くお元気で、代替わりはずっと先の話だし。

とはいえ、なるべく早いうちにお妃を迎えられた方がいいことには変わりなかった。

だって適齢期の女性といえば二十歳前後だもの。このまま殿下が年を重ねられたら、婚期の遅れた女性を迎えるか、相当に年齢差のある結婚をすることになる。年の差婚も個人的には萌えなんだけど。殿下ほどの美形ならおじさまになってもいけるし。むしろいい。親子ほどに年の離れた夫と幼妻……あ、今なにか降りてきた。

「おい、なにをいきなり手帳を開いている。話を聞いているのか」

「聞いております。続きをどうぞ。それで殿下は、いくつくらい年が離れているのがよろしいのですか？　さすがに十五歳以下の子供が相手では、倫理的に問題がありますが」

「なんの話だ⁉　私は幼女嗜好ではないぞ！」

いつものお仕事道具、ネタ帳に急ぎ書きつけていたわたしは、はっとあることに気付いて顔を上げた。

「もしや殿下は、そっちの嗜好でいらしたと……？　なんてこと、ジュリエンヌが喜ぶわ——ではなくて、お気の毒ですが、王太子殿下のお相手は最低限女性でなければ認められないと思います」

「頼むシメオン、通訳してくれ。私では会話が成り立たん」

とうとう殿下は隣のシメオン様に泣きついた。シメオン様は眼鏡を押さえ、深々とため息をついた。

「マリエル、そっちもあっちもありませんから。意識を現実に戻してください。殿下はなにも特殊な理由で結婚を避けておられるわけではありません。ただご希望に合う相手が見つからないだけです」

「身分、家柄、容姿、教養、いずれも最高の候補ばかりでしょうに、どれだけ理想が高いんですか」

「あなたになら、わかるのではありませんか？　アニエス・ヴィヴィエ」

わざわざ筆名でシメオン様はわたしを呼んだ。その意味するところは恋愛小説家——つまり殿下は、条件で選ぶのではなく、恋がしたいとお望みなのだろうか。

……お気持ちはすごくよくわかるけれど、お立場を思うと難しいわよね。

殿下にくらべれば物の数にも入らないわたしですら、政略結婚を覚悟していたのだ。よほどにひどい相手でなければ、文句を言わずに受け入れるつもりだった。貴族や王族の結婚なんて、ほとんどがそんなもの。波瀾万丈の恋愛は物語の中だけだ。

——と思っていたら、現れたのは好み中の好み、萌えツボど真ん中な鬼畜腹黒参謀系、と見せかけて、中身は誠実で真面目な好青年。令嬢たちの憧れの的シメオン様だった上に、政略結婚ではなく実は見初められていたとかいう嘘みたいな話だったのだけど！

そんな奇跡を経験した身で言うのは申し訳ないが、普通はありえない。できるだけ好みに近い相手を選んで、そのあとゆっくり関係を育むしかないだろう。結婚してから恋をすることだってできるはず。静かに育つ愛情もある。

「候補の方々は、殿下のお好みからかけ離れていらっしゃるんですか？」

「そこが、難しいところです」

シメオン様の視線を受けて、殿下はまたため息まじりに口を開いた。聞かされたことを要約すると、以前けっこうお気に召して、話が進みかけた令嬢がいたのだそうだ。家柄もよく、なにも問題はないかに思われた。

――だが、その令嬢は傲慢（ごうまん）で冷酷な一面を持っていた。親や身分ある人たちの前では上手（うま）く隠しながら、陰で使用人や身分の低い者に対してずいぶんとひどい扱いをしていたらしい。

彼女が仕向けたことで下働きの娘があやうく死にかけるというできごとがあって、偶然それが殿下の知るところとなった。あらためて調べさせてみれば悪事が山ほど露顕して、とても妃に迎えられる人物ではないと話が流れて終わったそうな。

名前などは伏せられても、わたしには誰のことかすぐにわかった。特定するには十分な情報だ。ええ、そうね、あの方は見た目と中身が正反対なの。他の人はだませても、このわたしの目はごまかせない。よーく知っていましてよ。

それはともかく、殿下にとっては残念の一言で片付けられない経験だった。温和で心優しい控えめな女性だと思っていたら、人を死なせかねないようないじめを常習的に行っていたのだ。あまりの衝撃に、軽く女性不信になってしまったとか。以来、どんなに気立てがよさそうな人を見ても、素直に信じられないでいるらしい。

「女というものは、内面を隠すのが上手いからな。そなたのこととて、はじめは特徴らしい特徴もない、おとなしいばかりの娘だと思っていた。国中の貴族たちをその外面でだましてきただろう。こんな素(す)っ頓狂(とんきょう)な変人だとどれだけの人間が知っている？　……まあ性悪ではないし、人間に対する興味がとことん明るい方向へ変換されているようなので、シメオンがよいのなら反対する気はないが」

　なぜか複雑そうに殿下はおっしゃった。ずいぶんひどい言われ方だと思う。それではまるで、わたしがとてもおかしな人間みたいではないか。外面なんかじゃないわよ、わたしは本当におとなしく、でしゃばらない地味な女よ。花嫁修行だって真面目に頑張っている。いたって普通だ。ただ小説家という秘密のお仕事をしているだけで。執筆の参考にするためさまざまな人々を観察しているだけで。その結果極限まで存在感を薄れさせ風景に同化するという特技を身につけただけで。

「その特技を見込んで頼む。明日(あす)王宮で開かれる園遊会に、こっそりまぎれ込んでほしい」

　恐れ多くも王太子殿下に頭を下げられてしまい、わたしは困惑するしかなかった。

「園遊会ですか？　この冬のさなかに？」

「まあ会場は温室だから正確に言うと少し違うが、この際名称はどうでもよい。母が候補の令嬢たちを全員招待して、私に引き合わせようとしているのだ」

「つまりお見合いですか。一対多数とは大雑把(おおざっぱ)ですね」

「これまで何度も縁談を流し、逃げ回ってきたからな。母もなりふりかまわなくなってきた。今度こそ観念して相手を選べと厳命された。……まあ、私もいい加減腹を括(くく)るべきだとは思っている。しかし相手にどんな裏の顔があるかと不安がぬぐえぬ。正式に話が決まってしまってからではたやすく撤回できぬゆえ、念には念を入れて選びたいのだ。どうか力を貸してくれ。明日の園遊会にまぎれ込んで、令嬢たちの人となりを見極めてほしいのだ」

ここにいたって、ようやくお願いの内容がわかり、わたしは息をついた。なるほど、それでこの訪問というわけですか。王宮の関係者には頼れないだろうし、殿下が真剣にお悩みなことは理解した。

でも、簡単にうなずける話ではなかった。

「そういうことは、ご自分で考えて決められるべきだと思います。他人にまかせてよいことではありませんでしょう?」

わたしは殿下に幸せになっていただきたい。だからはっきりとお答えした。

「人生の選択を人まかせにするべきではありませんわ。結婚すれば生涯付き合う家族となるのです。ちゃんと自分で選んで、納得して決めた相手がよいでしょう? わたしのような女は親が選んだ相手に嫁ぐしかありませんが、殿下は選べるお立場です。なのに他人に選んでもらうのですか? それで将来どんなことがあっても後悔しないと言いきれます? 夫婦なんてけんかをするのが当たり前ですよ。異なる育ちと価値観の者同士が共に暮らすのですから、多かれ少なかれ衝突は起こります。それに折り合いをつけ、時に乗り越えて、家族になっていくのです。でもそもそも自分で納得していない結婚だったら、問題が起きた時に受け入れることができず、不満ばかりが募ることになります。そんなの殿下もお相手も、みんなが不幸ですわ」

わたしの言葉を、殿下は目を丸くして聞いていた。シメオン様も驚いたお顔になっている。なんですか、お二人とも。わたしなにかおかしなことを言いましたか。

「……いや、あまりにまともすぎて驚いた」

「どういう意味ですか」

「そなたがそうも真面目なことを言うとは思わなかった。だいたいそれは、十八の娘の言葉ではないぞ。まるで既婚者の経験談だ」

「わたしはいろんな人を観察してきたんです。それぞれの人間関係、人生模様を見てきたんです。両親や祖父母から学んだこともあります。自分の経験ではない、聞きかじりだと言われればそれまでですが、そうして見聞きしたものを基に小説を書いて、世間にもちゃんと認められていますのよ」

「ああ、いや失礼な言い方をした。すまない」

わたしの抗議に殿下は素直に謝って、笑顔になった。

「驚きはしたが、うれしい発見だ。奇天烈な発想しか頭にないわけではなかったのだな。まともなことも考えられるとわかって安心した。なおのこと、そなたの協力がほしくなった」

ちっとも謝っていなかった。ますます失礼なお言葉だ。わたしはむくれて殿下から顔をそむけた。

「マリエル嬢、なにもそなたに相手を選んでくれと言っているのではない。ただ選ぶべきではない人物を見極めてほしいだけだ」

「そんなこと、わたしに決められるはずがございません。誰だっていいところもあれば欠点だってあるものです。非の打ち所のない完璧な人間なんてこの世に存在しません」

「わかっている。小さな欠点くらいならかまわぬ。さきほど話したような、大きな問題のある人物を教えてくれればよいのだ」

　わたしはため息をついた。

「そのくらいは王妃様の方でお調べでしょうに。候補に挙がったということは、問題はないと判断されたわけです。ご心配なさらずとも、どなたもよい方ですよきっと」

「件の令嬢もそう言われて引き合わされたのだがな」

「………………」

　わたしは返す言葉が見つからず、視線をさまよわせた。王宮の調査どうなってるの。

　ずっと黙っているシメオン様を見ると、こちらもなにやら難しいお顔をして考えるようすだ。わたしはもう一度ため息をついた。

「あくまでも参考意見の一つとしてお聞きいただけるのでしたら……」

「引き受けてくれるか？」

　殿下がぐっと身を乗り出してくる。わたしはあわてて念押しした。

「よほどに問題があるとわかった場合だけですよ？　基本的に、殿下ご自身の直感で判断なさってくださいね？　わたしはそれに、補足を述べさせていただくだけですからね」

「ああ、それでよい。ありがとう、マリエル嬢。頼りにしている」

　美しい王子様に笑顔をふるまわれても、不安しか感じなかった。本当は縁談を断りたくて、口実をさがすためにわたしを利用なさるおつもりなんじゃないの。それで後々問題が起きたって責任とれないから、わたしは決定的なことは言いませんからね。お妃候補たちの欠点より、むしろ美点の方を強調させていただくわ。

「ちなみに、どなたが候補に挙がっていらっしゃいますの？」

まだ知らされていないのだろうかと思いながら尋ねれば、有能な王子様らしく殿下はちゃんと情報を入手していた。懐から取り出した紙を広げ、わたしの方へ出す。受け取って目を通せば、よく知る名前が並んでいた。確認していたわたしは、ある一点で視線が釘付けになった。

「まあ、オレリア様も入っていますのね。殿下、わたしこの中ではオレリア様を推しますわ。超おすすめ」

「よりによってそれをすすめるとか、いやがらせか！　わかっていてわざと言っているだろう！」

さっきの笑顔はどこへやら、また殿下はお怒り顔でつっこんできた。

「なんですか、ひどいおっしゃりようを。オレリア様に謝ってください。現在のラグランジュ宮廷でいちばんの花ですよ。お美しく華やかで堂々となさって、王太子妃にぴったりです。カヴェニャック侯爵家は国内有数の名家ですし、なにがいけませんの」

「そなた、さんざんいじめられてきたのではなかったか……」

脱力気味におっしゃる殿下に、わたしは首を振ってみせた。だめね、殿方は。ちっともわかってらっしゃらないんだから。

「オレリア様が意地悪をなさるのは、社交界では有名な話。だからこそ、おすすめするのです」

「意味がわからん」

「本当に陰湿で悪質な方は、人に知られるようなあからさまな真似はしません。以前話が流れたという令嬢も、調べてみるまでは品行方正で通っていたのでしょう？」

「む……」

「オレリア様はご自分を偽ることはなさいません。堂々と意地悪をされています。それによって悪評が立つことも、人から敬遠されることも、わかっていらっしゃるんです。その上で、ご自分の気持ちに正直に生きていらっしゃるのです。あれほどまっすぐな信頼できる方はなかなかいらっしゃいません」

「……そうだろうか」

「それに意地悪といっても可愛らしいものです。ちょっと集団で嫌味攻撃をしたり、ドレスを汚したり、化粧室に閉じ込めたり、嘘の情報を教えたり、うんと頑張っても悪い噂を捏造しようとするくらいです。どれもささやかないやがらせで、深刻なものではありませんわ」

「それをささやかと言いきれるそなたが怖い」

「だって怪我をしたり命に関わるようなものではありませんもの。嫌味なんて聞き流せばいいことですし、ドレスは着替えればおしまいです。閉じ込められたって大声を出せば誰かに気付いてもらえる場所ですし、わたしの時なんて大きな窓のある部屋でしたから余裕で脱出できました。噂はどうせ面白おかしく取り沙汰されるもの。新しい話題が入ればみんなそちらへ流れます。それにオレリア様がいじめるのは貴族の令嬢だけで、使用人をいじめたりはなさいません。やつあたりくらいはなさるでしょうけど、同じ舞台に立つこともできない弱い者に一方的な虐待はなさらない方です。あれで案外下の者からは慕われていらっしゃるんですよ。どうですか、殿下が望まれる裏表のない女性という条件にぴったりではありませんか」

「…………」

殿下は隣へ顔を向けた。シメオン様もとても困ったお顔になっていた。なにかしらね、この反応は。

殿方って女のどこを見ていらっしゃるのかしら。王妃様が候補にオレリア様を入れたのも、そうした理由からだと思うのに。

「……そういう言い方をされると、よくできた人物のように聞こえるが……」

「いえ、そうは申しませんけど。たしかに悪評の方が目立ってはおりますね。でも妃に迎えられた上で今後は意地悪をしないようにときっちり言い聞かせれば、問題は解決します。オレリア様もお立場にふさわしい行動を心がけて、一流の妃を目指されるでしょう」

殿下は椅子(いす)に肘(ひじ)をつき、大きく息を吐き出した。ひどく疲れたようすで、けれどはっきりと首を振った。

「理のある話と認めよう。だが、そもそも意地悪をしない人物の方が私はよい。もう少し、優しい気質の相手を選びたい」

——もう、わがままさんなんだから！


そんなわけで、園遊会に潜入したわたしである。

いつにもまして地味なドレスを着、髪は小さくまとめて、お堅い家庭教師か侍女のような姿でやってきた。誰かの付き添いですという顔で、堂々と会場の隅から殿下と令嬢たちの交流を見守る。名家のお嬢様が一人でやってくるわけがないので、会場には何人も同じような女性の姿がある。わたしはその中の一人として誰にも不審がられず、存在にすらほとんど気付かれず、いつもどおり景色に同化できていた。

こうして眺めていても、やはりオレリア様は群を抜いて華やかだ。容姿だけならトゥラントゥールの最高位であるわたしの女神様たちにだって張り合える。殿下はたしかにお好みが難しい。普通男性は美人で胸の大きい女性が好きなものでしょうに、どうしてだめなのかしらね。

いつもの威厳ある態度を取りながらも、殿下が内心うんざりしていらっしゃるのがよくわかった。狩人たちを前に、完全に腰が引けている。最初からあれでは、お相手を選ぶどころではないだろう。いくら王太子の義務とはいえ、こうも気が進まないものを無理に押しつけたのでは上手くいかない気がする。王妃様を説得する方法を考えた方がいいかしらと思いながら見回していたわたしは、ふと一人の令嬢に目を留めた。

その人は、集団から少し離れて立っていた。殿下に興味がないのか、目を向けることもしない。そんなそぶりで逆に目立とうという雰囲気でもなく、殿下同様早く帰りたそうな顔をしていた。

どなただったかしら。お名前がすぐに浮かんでこなかったので、わたしは殿下から見せられた一覧を思い浮かべた。あの中でわたしがよく知らない人というと……モンタニエ侯爵家のミシェル様かしらね。

最近デビューされたばかりの方で、お年はわたしより一つ下の十七歳だ。夜会などでもあまりお見かけすることはなく、貴族たちの話題に上ることも少なかった。

　ろくに人前に姿を現さないということは、華やかな場所が苦手でいらっしゃるのだろうか。今も、できるだけ目立つまいと身を小さくしているように見える。容姿も他の令嬢に比べると控えめというか、可愛らしいのだけれど派手さがなくて、なんだか親近感を覚える風情だった。

　シメオン様よりもさらに淡い色合いの白金色の髪はとてもきれいだから、装い方次第ではもっと華やかになると思うのだけれど。細身で背が高く、長身の殿下と並ぶと見栄えがしそうだ。オレリア様とは違った魅力を放つだろう。もっと堂々とお顔を上げて微笑めば……って、よけいなお世話かしら。今の清楚な雰囲気も、それはそれで魅力的ではある。

　王太子妃の候補に選ばれるなんて誰だって大喜びしそうなものなのに、ミシェル様はあまりうれしくなさそうだ。殿下といい、人の望みはそれぞれね。

　などと思いながら殿下に目を戻すと、あちらもミシェル様のお姿を目に留めたところだった。真面目なお顔でじっと見つめている。……うん、ずいぶん熱心に見ていらっしゃるわね。他の令嬢へ向ける視線とは明らかに違った。

　――あらら？

　わたしは驚きとともにその後のなりゆきを見守った。殿下はやがてみずから足を進め、ミシェル様に話しかけた。戸惑うミシェル様に優しい笑顔を見せて、結構長く話し続けている。居並ぶ他の花々など、もう目に入らないようすだった。目を剥く令嬢たちも、扇の陰で驚いている王妃様も、完全にただの背景になっている。

あらあら……まあ。

わたしはシメオン様の姿をさがした。やはり驚いたようすで二人を見ていたシメオン様は、わたしの視線に気付いてこちらを振り返った。きれいなお顔に呆(あき)れた笑いが浮かび、肩が小さくすくめられる。わたしも同じ反応を返した。

なにかしらねえ。馬鹿馬鹿(ばか)しい気分だわ。

さんざんいやがってぐずっておきながら、ふたを開けてみれば一目惚(ぼ)れですか。まったくもう。

3

殿下が乗り気になったということで、ミシェル・モンタニエ嬢との縁談は一気に進められることになった。

まだ非公開で正式な婚約はしていないが、もう王宮はすっかり本決まりという空気になっているそうだ。

「わたしがしゃしゃり出る必要なんてありませんでしたわね。結局殿下は、全部ご自分でお決めになったではありませんか」

よかったと思う一方で、振り回されただけで終わったわたしとしては、ほんのちょっぴり文句を言いたい気分でもあった。

園遊会からしばらくして、シメオン様がまた時間を取って訪ねてきてくださった。今日はお邪魔殿下の姿もなく、いつもどおり応接間に二人で差し向かい。ならば遠慮は無用とわたしは不満を訴えた。

「原稿期間真っ最中ですのに、一日つぶす覚悟でお付き合いしてさしあげましたのよ。殿下が憂いなくお相手を選べるようにと、わたしなりに応援の気持ちで出向いたのです。なのに殿下ったら、わたしの意見なんていっさいお聞きにならなかったではありませんか。事前にはああだこうだとおっしゃっていましたけども、単に今まで好みの女性が見つからなかっただけですわよね。なにが念には念を入れて、ですか。即決ではありませんか」

むくれるわたしに、シメオン様は穏やかに苦笑していた。

「まあ、あれは以前私が言っていたことを真似（まね）されたというか、口実にされていたのですよ」

「シメオン様が？」

端然としたお姿はいくら見ても飽きるということがなく、今日もシメオン様はかっこいい。殿下に負けずおとらず女性からもてていた人だから、当然わたしと出会う以前にもいろんなことがあったはずだ。

「どなたかに裏切られたことでもおありで？」

「ありません。なにもありませんから誤解しないでください。そういう話ではなく、あまり女性とどうこうしたいという意欲がなかったのですよ」

さんざん熱いまなざしを集めていたくせに、とんと浮いた噂（うわさ）のなかった人は言う。見た目はいかにも女あしらいの上手そうな腹黒美形なのにね。

でも今ならよくわかる。本当のシメオン様は真面目（まじめ）で堅物でお仕事熱心なのだ。女性と遊ぶよりも職務や訓練に励む方が性に合っていて、男性ばかりの騎士団で部下たちをしごいている時がいちばん充実しているようだ。そういえばどこかの泥棒にも見た目詐欺とか言われてらしたわね。

そんなシメオン様がわたしを見初めてくださったというのも、なかなかに驚天動地である。なにがお気を引いたのかと、今でも不思議だ。

「結婚しなければならないと思いつつも、正直気が乗りませんでした。面倒というか、女性の相手をするのは苦手で、できるだけ安心して付き合える相手がよいという話をしていたのです。あまりわずらわされない楽な相手がよかった」

「わたしの相手をしてくださるのも、面倒ですか？」

「いいえ」

即座に首を振っておきながら、すぐあとにシメオン様は笑いをこぼした。

「そんな言葉では表現しきれませんね。あなたは想像もつかないことを言い出すし、ありえないほど行動的だ。ネタが拾えそうと思ったらどこへでももぐり込もうとするから、油断ができません」

いたずらっぽくシメオン様は言う。ちょっと気になるお言葉だ。

「ご不満ですか？」

わずらわされたくないのならば、わたしが萌(も)えのおもむくままに行動することを苦々しく思っておられるのだろうか。

わたしの不安に、さて、とシメオン様はもったいぶった。

「すべてを許容することも称賛することもできませんが……それ以上に楽しんでいる自分に、結構驚いています。困らされることも多いが、あなたを見ていると飽きなくて楽しい」

これは誉められたのかしら。優しい微笑(ほほえ)みに責める雰囲気はないけれど、判断の難しいお言葉だ。

「むしろ私の方がお聞きしたいですね。あなたはどうなのです」

「わたし？」

「不満はありませんか。何年も前から知っていた私と違って、あなたは私を噂程度でしか知らなかった。親が決めた相手に嫁ぐしかないと言っていたでしょう。希望と違っても黙って我慢しているのではありませんか」

水色の瞳が、眼鏡の向こうから真摯にわたしを見つめてくる。わたしはそれに笑顔で答えた。

「不満なんてありません。もともとそういう結婚をするものだと承知していました。どこの家でも娘にはそう教えます。当たり前のことですわ。両親はちゃんとわたしのために心を砕いて、幸せになれるような相手をさがしてくれていましたし」

「…………」

「それこそ、とんでもない裏の顔を持つ人だとか、どうしても生理的に受け付けられない人だったら嘆いていたでしょうが、引き合わされたのはシメオン様ですよ？　喜びこそすれ不満を持つ要素がどこにありますか。わたしの好みど真ん中、鬼畜腹黒参謀系。さらに眼鏡美形と属性増し増し！　そのくせ中身は硬派で純情とか、見た目との違いにますます萌えます萌え死にます！　この意外性がたまらない！　しかも寛大でわたしの趣味や仕事を認めてくださっています。これで不満があるのなら、一体どんな人と結婚すればいいんですか！」

「…………」

わたしの熱弁に、なぜかシメオン様は沈痛なお顔になってしまった。誉め足りなかったかしら？　シメオン様を賛美する言葉なら、いくらでも出てきましてよ。

「……そう、不満がないのならよいのですが」

小さく息を吐いて、シメオン様は言った。

「私はそんなに鬼畜ですか……？」

「見た目の印象ですよ。あと鬼畜というのは単なるわたしの妄想です。客観的にはちょっぴり曲者（くせもの）っぽい雰囲気があるだけの、かっこいい人ですよ」

「そうですか……」

鬼畜が誉め言葉にならないことは承知しているわ。これはあくまでも萌えネタの話。シメオン様が優しくて誠実な方であることは、ちゃんと知っています。

「春が待ち遠しいですねえ」

窓の外には今日も雪が積もっている。暖かな日差しはまだ遠い。

春は社交の本番だ。新しく夫婦となった二人がお披露目をするのに、もっともふさわしい季節である。わたしたちは春になったら式を挙げることになっていた。

結婚へ向けての準備は着々と進められている。花嫁衣装も注文した。お父様だけでなくお祖母様（ばあさま）たちまで、わたしのために精一杯の用意をしてくれている。うんと格上の名門伯爵家に嫁ぐわたしが恥ずかしい思いをしないようにと、わが家には厳しいくらいのお金をつぎ込んでくれていた。あまり無理はしないでと言ったら、こういうことはきちんとしておくものだと諭された。せめてわたしがこれまでに稼いできた原稿料を使ってもらおうと差し出せば、それは持参金と一緒に持って行くよう言われてしまった。親の仕事は結婚を命じて終わりではなく、その後のことにも気を配り責任を持つものなのだと、わたしはお父様たちから教わった。

「花嫁衣装のデザインを決める時、女神様たちにも意見をいただきましたのよ。ちょっと華やかすぎるのではと思ったのですが、花嫁はそのくらいでいいと言われて」

「まあ、彼女たちが地味なものを支持するはずがありませんね」

「お式を見たいと言われて、わたしもぜひ来ていただきたいと思ったのですが……いけません？」

そっとお伺いを立てると、シメオン様は柔らかく微笑んだ。

「彼女たちならば、どうふるまうべきかは心得ているでしょう。これみよがしに目立ったりしないはずですから、かまいませんよ」

悩むようすもなく、いやがりもせず、すんなりとうなずいてくださる。結婚式に妓女を招くなど、普通の人なら拒絶するところなのに、シメオン様はそうは言わない。わたしの友人ではなくシメオン様の愛人かと誤解され、面白おかしく噂されてしまうかもしれないのにだ。

わたしへの寛容と、女神様たちの人柄に対する信頼がある。この公正さを心から尊敬し、うれしく思う。

「ありがとうございます！」

ねえ、こんなに素敵な人に誰が不満を持つというの？　そんなお馬鹿さんがいたらお目にかかりたいわ。

わたしはとっても幸せだ。毎日が楽しくて、きっとこれからも楽しくて。こんなに恵まれていていいのかしらと思ってしまう。

セヴラン殿下とミシェル様にも、幸せな未来がありますように。そう祈りかけて、ふとわたしの心に影がさした。

殿下は運命の恋に落ちて舞い上がっていらしたけれど、ミシェル様の方は……どうだったかしら。

そもそも彼女を目に留めた理由は、一人気乗りしないようすだったからだ。殿下に話しかけられても儀礼的な微笑みを返すだけで、あまり喜んでいるようには見えなかった。その理由はなんだろう。選ばれて話が進められる中、彼女はどう思っているのかが気になった。

杞憂ならばよいのだけれど。単に他の令嬢たちに気後れしていただけかもしれない。デビューしたばかりでまだ不慣れな令嬢にとって、一躍脚光を浴び、同時に嫉妬も向けられる立場になることには、不安や戸惑いが多いだろう。

それで怖じ気づいているだけならいい。いずれ落ち着き、慣れていくだろうから。

でも、もし、違う理由があったら……？

「マリエル？」

そう、今思い出したわ。一つだけ、ミシェル様に関する噂を聞いたことがあった。

全然証拠もない、ただの勘繰りとも言える話なのだけれど。

「マリエル、どうかしましたか」

シメオン様の問いに、今は首を振って黙っておいた。なにかを判断するには早すぎる。わたしはミシェル様のことをよく知らない。もう少し観察してからでもいいだろう。

雪がひどくなってきたので、予定より早めにシメオン様は席を立たれた。わたしは名残惜しくて、玄関までいいと言われるのを聞かず外へお見送りに出た。

「風邪をひきますよ。早く中へ入りなさい」

黒い軍用コートを着込んだシメオン様は、いっそう危険な匂いをふりまいていてたまらない。雪が降りしきる中、死神のように立つ姿にときめきがおさまらない。寒さなんて感じないわ。この萌えにわたしの周りの温度は急上昇、雪も蒸発しちゃうわよ。

「お気をつけて」

馬車に乗り込もうとするシメオン様にご挨拶してお別れする寸前、強い風が吹きつけた。や、やっぱり寒いし冷たいかも。髪が雪まみれになりそう。

身を縮めていたら、ぐいと腰を抱き寄せられた。大きな身体が風をさえぎって雪からわたしを守ってくれる。思わず見上げたお顔が驚くほど近い、と思ったら、唇がぬくもりに包まれた。お互いの眼鏡がふれ合い、カチリと小さく音を立てた。

「——私も、春が楽しみです」

ささやきが耳をくすぐり、離れていく。馬車の扉が閉じられ走り出すのを陶然と見送り、完全に視界から消えてしまう頃になってはじめて、シメオン様の襟巻きにくるまれていることに気がついた。

——だから萌え死ぬってばもうっ!! もうもうもう！

生真面目な不器用さんのくせに、時折不意打ちで驚かせてくるのだから。なんなのこれは、大人の色気？ あんもう、違う理由で熱が出そうよ！

シメオン様への萌えはおさまるどころか、日増しに高まるばかり。わたし本当に、いつか萌えすぎで昇天しちゃうかもね。

「お嬢様、雪だるまになる前にお戻りください」

そうしてナタリーに無理やり引っ張り込まれるまで、玄関先で一人悶えるわたしなのだった。


王宮からの招待状が届いたのは、それからすぐのことだった。親しい友人同士でのお茶会に殿下が呼んでくださったのだけれど、魂胆は見え見えだ。ええ、そのお茶会にはきっとミシェル様も招待されていらっしゃるのでしょう。

ミシェル様との距離を縮めるために、わたしとシメオン様をダシにしてくださるわけね。まったく、わたしだって暇ではないのに。締め切りが迫る中、一日つぶれるのはきついのに。

でも殿下の幸せのためだ。お手伝いいたしましょう。純粋に興味もあるし。

などと軽く考えていたことを、わたしは会場に着いてからちょっぴり後悔した。てっきり四人だけのお茶会かと思っていたら、思いがけない方々がいらっしゃったのだ。

「ごきげんよう、マリエルさん。お会いできてうれしいわ」

「一度お話してみたいと思っていたのよ。シメオンに言ってもなかなか会わせてくれないのだもの」

若く華やかな女性たちがわたしを出迎える。殿下のお二人の妹君、リュシエンヌ様とアンリエット様だった。いきなり王女様たちに出くわして、わたしは思わず殿下を見てしまった。

「すまぬ……強引に押しかけてきてな」

殿下は渋いお顔をされていた。

「まあ、お兄様ったら。以前から紹介してほしいとお願いしていたのに、こんな時までわたくしたちをのけ者になさるおつもりですの」

「人目の多い宴では気軽に話しかけられませんもの。なにかとやかましい人々のいない内輪のお茶会なんて、絶好の機会だわ。見逃せなくてよ」

うきうきと楽しげなようすは、ちょっとトゥラントゥールの女神様たちを思い出す。美人に囲まれるのはうれしいけれど、相手のご身分がご身分だから緊張しちゃうわね。

そして、シメオン様はどこだろう。

典雅な室内のどこにも、わが婚約者の姿は見当たらなかった。

「やつは来ぬ。仕事中に抜け出して茶会などできぬと断られた」

まあ、わたしをこの中に一人で放り込んで知らん顔ですか。前言撤回、ここは不満を述べさせていただくわ。

王太子殿下のお誘いをすぱっと断っちゃうあたりは、さすがの鬼副長と感心する。

「身に余る場にお招きいただきまして、恐縮に存じます。エミール・クララックの娘、マリエルにございます。王女様方におめもじかないましたこと、身の誉れと感激するばかりです」

とにもかくにもご挨拶をとおじぎすると、王女様たちは明るい笑い声を立てた。

「あらあら、堅苦しいこと」

「そんなに畏まらないで。今日は内輪の集まりなのだから、気楽にいきましょう」

わたしはそっとお二人を観察した。上の妹君リュシエンヌ様は二十五歳。シャリエ公爵の奥方で、社交界の若手女性の筆頭格だ。下の妹君アンリエット様は二十歳で、お隣のラビア公国の公子殿下と縁談が持ち上がっていらっしゃる。

黒髪と黒い瞳は王家の方々に共通する特徴だ。お美しいのも一緒だけれど、そこは女性らしく柔らかな雰囲気があった。セヴラン殿下は王妃様の美貌と国王陛下の雄々しさとを、いいとこ取りしたような方である。

お二人に、わたしに対する敵意めいたものは感じられなかった。向けられているのは明るい好奇心だ。そんなに身構えなくても大丈夫そうと判断して、わたしはほっと力を抜いた。

「モンタニエ家のミシェル様でいらっしゃいますね？　はじめまして、マリエルです」

王女様たちの反応に安堵して、次に一歩下がった場所でおとなしく控えていらっしゃるミシェル様にもご挨拶する。ミシェル様はあわてたようすでおじぎを返した。

「あ、はじめまして……あの、ご挨拶が遅れて申し訳ありません。田舎育ちで不調法なもので、どうぞお許しください」

こちらは実に初々しくも腰の低い反応だった。ふうん、お声はわりと低めなのね。なんとなく鈴が鳴るような声を想像していたから、ちょっと予想外。でも落ち着きがあって耳に心地よい声だ。

「とんでもないことです。わたしの方がずっと格下なのですから、ミシェル様がお気を遣われる必要はございませんわ」

「いえ、そんな……」

名門侯爵家の総領娘だというのに、ミシェル様はずいぶんと遠慮されているようだ。と、いうより、もしかして怯えている？　顔を伏せがちな、身の置き所がないという風情にそんな印象を覚えた。王族に囲まれて萎縮しているのだとしても、わたしにまで遠慮するのがわからない。もしや、わたしを名門の令嬢と勘違いしているのだろうか。

わたしはちょっと揺さぶりをかける意図も持って、言ってみた。

「わたしの婚約者は、セヴラン殿下と幼少時より友人付き合いをさせていただいております。ミシェル様がセヴラン殿下とご結婚なされば、わたしたちもなにかとご縁を持つことになりましょう。格の低い子爵家出身で、高貴な方々の中へ入っていくのはとても気後れしておりますの。ミシェル様に仲良くしていただけましたら大変心強いですわ。お願いできますかしら？」

視界の端でセヴラン殿下がにやけている。ミシェル様を婚約者扱いされてうれしいのね。でもよくご覧になって？　ミシェル様、ちょっと青ざめていらしてよ。

「はい……こちらこそ、よろしくお願いいたします」

精一杯に平静をとりつくろっているけれども、彼女が無理をしていることは明らかだった。

うーん？　どういうことなのかしら。気になるわね。

おそらく王女様たちも気付いていらっしゃるだろう。でも表面上は知らん顔で、なにも指摘されることなく、なごやかにお茶会がはじまった。

会話はもっぱら女同士で行われた。男一人で交じるセヴラン殿下はすっかり置いてきぼりだ。ミシェル様といろいろお話したいのでしょうに、妹君たちに取り上げられてしまっていた。

「ねえ、シメオンはあなたと二人の時ってどんな感じなの？　あの人、見た目は極上なのに仕事第一の朴念仁でしょう。苦労してらっしゃるのではなくて？」

「あれで婚約者の前では甘々だとかいったら笑えるのだけど」

王女様たちはわたしとシメオン様のことを聞きたがった。シメオン様って本当に浮いた噂がなかったから、婚約したとなると普通の人より興味を持たれてしまうようだ。甘々と言われて先日の別れ際のできごとを思い出してしまった。あれはたしかに甘かったわね！　でもこんなところで人にしゃべったりできないわ、恥ずかしい。わたしの胸だけに秘めて、いずれ創作の糧にさせていただきます。

「なにかと気遣っていただいて、ありがたく思っております。婚約した当初は緊張もしましたが、互いをよく知っていけば、なにげない瞬間にも小さな喜びが見つかるものです。お堅い方にもそれなりの可愛らしさがありますわ」

「あらあら、ごちそうさま」

リュシエンヌ様は軽いからかいを込めた余裕で笑われ、アンリエット様は少しさぐるように聞き返されてきた。

「よく知らない人と結婚することに不安はない？　あなたの立場なら、婚約以前にシメオンと交流することもなかったでしょう」

外国へ嫁がれるかもしれないアンリエット様と、王太子に見初められたミシェル様。お二人は共通するものを抱えていらっしゃる。

「不安を持ちはじめると際限がありません。わたしはそれより、シメオン様と結婚することでどんな楽しさがあるかを考えました。今までよく知らなかったからこそ、これから知る楽しみがありますでしょう？　見た目の印象と違うところとか、見つけるたびにうれしくなりますわ」

　わたしの萌え心を刺激してやまない鬼副長。あの方を間近で観察できる日々は喜びと興奮の連続だ。たとえば眼鏡をかけなおすしぐさとか、手袋をつける時とか、腰のサーベルにふれる癖とか。なんだか正義のヒーローより悪役っぽい雰囲気が漂って、萌えずに見てはいられない。

　それでいて中身は純情さんなんだから、もうキュンキュンしちゃうわよ。

「前向きね」

「後ろ向きになっても楽しいことはありませんもの。人生楽しんだ者勝ちです」

「至言だわ」

　リュシエンヌ様が楽しそうに笑われた。

「苦労しているのはシメオンの方だがな……」

　セヴラン殿下のつぶやきは、女性陣によって黙殺された。

「いいわね、その考え方。わたくしも見習って頑張ってみるわ」

　アンリエット様も笑顔でおっしゃる。元々明るい気質でいらっしゃるから、そう深刻に悩まれてもいないようだ。このごようすなら心配はないだろう。

　対照的に、ミシェル様は黙りこくったままだった。こちらの話を聞いているのかいないのか、お人形のようにじっと座っている。

　これでは、ミシェル様の話題になるよう水を向けても負担になりそうだ。セヴラン殿下もつまらなそうだし、ここはわたしが王女様たちを引き受けてさしあげるべきかしら。

「こうして王宮へお招きいただけるようになりましたのも、シメオン様のおかげですわ。以前は舞踏会などの折だけ特別に入ることを許されて、それでも会場の隅にいるのが関の山でしたのに。王太子殿下や王女様たちとご一緒させていただけるなんて、とても考えられないことでした。正直、今でも分不相応で怖いくらいです」

「よくも言う。そなたのどこにそんな殊勝さがある」

「まあ、そんな、当然ではありませんか。わたしごときが王族の方々と直接お話するなんて、本来なら許されないことですもの。この気持ち、ミシェル様にはわかっていただけますかしら。あら、ミシェル様？　お顔の色がすぐれませんね」

しらじらしく声をかけると、ミシェル様の肩がびくりと跳ねた。口実ではなく本当に顔色が悪い。白い頬（ほお）から血の気が引いていた。

「あ、あの……」

「まあ大変、お加減が？　殿下、別室で休んでいただいた方がよろしいのでは」

「いえ、あの、どうかおかまいなく。わ、わたし、今日は失礼させていただきたく……」

「そんな状態でお帰しするのは心配ですわ。気分が落ち着くまで休まれた方がよろしいと思います。ねえ、殿下？」

目と声に力を込めてもう一度うながせば、セヴラン殿下はわたしの意図に気付いてくださった。ものわかりのよさそうな顔になって席を立つ。

「そうだな、予定外の者が参加したせいで、緊張させてしまったのだろう。ミシェル嬢、休憩できる部屋へご案内する」

「殿下……」

ためらうミシェル様の手を取って、紳士的かつ強引に立たせる。二人きりになれる機会を逃すまいという気迫があった。

ミシェル様もそれ以上固辞することはなく、わたしたちに挨拶して殿下とともに部屋を出ていった。扉が閉じられ、足音が遠ざかると、リュシエンヌ様がふっと笑いをこぼした。

「お兄様ったらうれしそうだったこと。ずいぶん親切ね」

皮肉げな目をわたしに向けてくる。わたしはにっこりとそれに答えた。

「お手伝いしないと、あとで文句を言われてしまいますもの。今日はそのために呼ばれたはずですから」

「お兄様のおっしゃるとおり、ものおじしない人ね。面白いこと」

「悪かったわね、お邪魔虫で」

リュシエンヌ様はわたしのでしゃばりをとがめず、下唇を突き出しておっしゃるアンリエット様も目が笑っていた。どちらも話のわかる、優しい姫君たちのようだ。よかった。

「わたくしたちだって、適当なところで気を利かせてさしあげるつもりだったのよ。せっかくお兄様に一足早い春が訪れたのだから、ずっと邪魔するつもりなんてなかったわ。……でもねえ、あれ、どうなのかしら」

最後のお言葉が何を指しているものなのか、はっきり言われずともわかった。王女様たちもミシェル様のようすがおかしいことには気付いていたようだ。

「王太子妃に選ばれたという喜びや誇らしさはかけらも感じられなかったわね。ものすごくいやそうじゃなかった？」

「いやそうというか、悲壮感が漂っていたわね。どうやら、お兄様の完全な片想いみたいね」

リュシエンヌ様が閉じた扇を頬に当ててため息をつく。

「父親のモンタニエ侯爵は、狂喜しているそうだけど」

「侯爵家との話し合いには問題がないのですね？」

わたしの問いにお二人はうなずく。ではミシェル様は、お父様に逆らえずに悩んでいらっしゃるのだろうか。

女の結婚は親が決めるもの。ましてモンタニエ家ほどの名家ともなれば、娘に自由な選択肢があるはずもない。ミシェル様もそのくらいはご承知でしょうに、なにが彼女を悩ませているのかしら。

セヴラン殿下が生理的に受け付けられない？　ラグランジュ宮廷で一、二を争う美青年で、ご趣味は乗馬と爽やか系。お人柄もよろしく、お仕事ぶりには定評がある。普通に考えると文句なしの優良物件だけれど、人の好みは千差万別、ミシェル様はじっとり粘りつくような陰のある男性がお好みなのかもしれない。陽の属性のセヴラン殿下のそばにいると、光が強すぎてひからびるのかも。

——と、いう解釈もできなくはないが、まあ普通に考えて違う理由でしょうね。

親が決めた縁談に困る理由といえば、たいていは恋愛がらみだ。ミシェル様、他に好きな人がいらっしゃるのかしら。

「大丈夫なのかしらね、あんな調子で。せっかくお兄様が乗り気になったのだからと、お母様も妥協されたのに」

リュシエンヌ様の言葉に、わたしの耳がぴくりと反応した。妥協とおっしゃいましたか。ミシェル様は、王妃様にとって満足なお相手ではなかったと？

「王妃様のお心には、本命の方がいらっしゃったのですか？」

わたしが尋ねると、お二人は当然の顔でうなずいた。

「ある程度はね。そういうものでしょう？　もちろん、お兄様が気に入ってくれなければ話にならなかったのだけれど」

「付き合いの関係上、無視するわけにはいかない相手もいたのよ。モンタニエ家もその一つ。呼ぶだけは呼ぼうってことで数に入っていたの。でも有力候補ではなかったわ」

ああ……そういうことですか。わたしは納得してうなずいた。

歴史ある名家だけれど、現在のモンタニエ家は勢いを失っている。ありていに言えば落ち目だ。政治の舞台からは外れ、財産も減る一方なのだとか。オレリア様のカヴェニャック家やシメオン様のフロベール家が輝く陰で、人々から忘れられつつある家だった。

だから王妃様の本命にはなれなかったし、それを押して選ばれたことで侯爵は狂喜した。これで一気に家運を盛り返そうと意気込んでいることだろう。ならばなおのこと、ミシェル様個人のお気持ちなんて度外視されてしまうわね。

「ですが、たしかモンタニエ侯爵は、アンリエット様のお輿入れに尽力なさっているのでは？」

侯爵家の遠縁にあたる人がラビア大公の近くにいて、その伝で両国を取り持っていると聞いている。侯爵もなんとかお家の再建をはかろうと努力しているのだ。

「まあそうなのだけど」

うなずきながらも、アンリエット様は皮肉な表情だった。

「でもやっていることは伝書鳩のようなものよ。本当に活躍しているのは大使や外交官で、彼はさして重要な役どころではないわ」

「そうなのですか」

「たしかに、大公殿下にほぼ直通で話が通せるのはありがたいのだけれど……」

目線でリュシエンヌ様がたしなめ、アンリエット様はそこで言葉を切った。わたしは何も気付いていない顔でお菓子を口にした。中流子爵家の娘風情がそれ以上のことを知っているはずはなく、関心も持たないものだ。だからアンリエット様が呑み込んだ続きについて、わたしから口にすることはしなかった。

北部大陸における勢力争いが関わってくるとか、きな臭い話になってしまうものね。お茶会の話題にはふさわしくない。

わたしはセヴラン殿下とミシェル様のことに話を戻した。王女様たちもすぐに乗ってくる。それからずっと、わたしたちはにぎやかに盛り上がった。お二人が気さくにしてくださるので、わたしも普段の空気っぷりを返上しておしゃべりを楽しませていただいた。殿下がお戻りになる頃には、すっかり意気投合してしまっていた。

「あらお兄様、ミシェル嬢は？」

一人で戻っていらしたセヴラン殿下に、リュシエンヌ様が尋ねた。

「体調がすぐれぬようで、帰った。詫びを伝えておいてほしいと頼まれたが、詫びるべきなのはお前たちの方だろうな」

「まあ、失礼ね。わたくしたちがなにをしたとおっしゃいますの。義姉となる方にご挨拶したいと思うのは当然ではありませんか」

「お兄様こそ、進んで紹介してくださるべきでしょうに。いやあね、コソコソと」

「コソコソなどしておらぬ！　お前たちに引っかき回されたくなかっただけだ！　リュシィ、結婚した者がたびたび実家に入り浸るものではない。もう公爵家へ帰れ。アンリもラビア史の授業があるだろう」

殿下に追い立てられて、むくれながら王女様たちは席を立った。座って見送るわけにはいかないので、わたしも立ち上がる。

「またね、マリエルさん。次は女だけでゆっくりお会いしましょう」

「シメオンのこと、もっといろいろ聞かせてね」

華やかなお二人が立ち去ると、室内は急に静かになった。わたしと殿下は、なんとなくその場に立ったまま向かい合った。

「ずいぶんとうちとけたのだな。あの二人がほぼ素のままで話していたとは珍しい」

「そうなのですか？　お二人とも気さくに接してくださって、大変に楽しい時間をすごさせていただきました。美しい姫君たちと差し向かいで眼福でした。殿下のこともいろいろお聞きできましたし」

「何を聞いた⁉」

「それは言えません。子供の頃の失敗談とか、失恋した回数とか、ここだけの話とお約束したのですもの」

「あやつら……」

拳(こぶし)を震わせる殿下に、わたしは真面目に問いかけた。

「殿下の方はミシェル様と少しはうちとけられまして？」

「うっ……」

たちまち殿下は言葉を詰まらせる。やっぱりね。わたしはため息をついた。

「殿下、お気付きですよね？　どうもミシェル様はこの縁談に乗り気ではいらっしゃらないようですが」

「…………」

「お父様に逆らえずにいらっしゃるのでしょうが、殿下はどうお思いですの？　このまま強引に話を進めてしまってよいのでしょうか」

眉根(まゆね)を寄せて殿下はわたしから目をそらす。しばらくして、力のない言葉が返された。

「まだ、付き合いはじめたばかりだ。徐々にうちとけてくれるのではないかと思う」

「……そうですね」

だといいけれど、という言葉は胸におさめておいた。せっかく好みの女性にめぐり合えたのに、相手に脈はなさそうだから諦めなさいと言いきってしまうのも気の毒だ。

今は恋に舞い上がっていても、殿下は無神経な方でも傲慢な方でもない。ミシェル様のお気持ちを無視してご自分の希望だけを押し通そうとはなさらないだろう。いよいよとなったら諦めてくださるはずだ。それに、もしかしたら本当にミシェル様のお気持ちが変わるかもしれないし。その可能性もないとは限らないので、これ以上つっこむことはやめておいた。

御前を辞して、一人で外へ向かう。時折顔見知りの近衛騎士とすれ違い、会釈をして通りすぎた。

シメオン様は今なにをしていらっしゃるだろう。殿下に助言や諫言をしてさしあげるのは、やはりシメオン様のお役目だと思う。あとで相談できないかしら。

あのお二人は親友なだけあって、けっこう似たところがあるのよね。殿下もなんだかんだ言って真面目な方だ。ご身分とあの容姿とで、いくらでも女の人を引っかけて遊ぶことができるのに、そんなふるまいはなさらない。純に運命の相手を求めていらっしゃる。

積極的に近寄ってくる女性には魅力を感じることができず、心惹かれた相手にはつれなくされて。考えてみるとかわいそうな方だ。あんなに美形なのに、王子様なのに、どうして不憫なのかしら。

ままならない恋の行方に同情しつつも、わきあがるものを抑えられず、わたしはそそと柱の陰に身を寄せた。手提げから手帳を取り出してペンを構える。

完璧な男性が不憫って、萌えるわよね。かっこいいのに不憫。もてるはずなのに不憫。有能なのに不憫。素敵な男性が振り回される立場って、にやにやしちゃうわね！

殿下への同情は同情として、非常に創作意欲をかきたてられてしまった。次は不憫ヒーローで書こうかしら。ヒロインのことが大好きで一生懸命迫るのに、なぜか通じず振り回されるとかいいと思う！　もちろん最後はちゃんと両想いにしてあげる。でも途中経過はうんと苦労させちゃおう！

うふふ、と思わず笑いが漏れてしまった。

「楽しそうだね。何を書いてるんだい？」

近くに人がいないことを確認していたはずなのに、いつの間にかすぐそばまで人が来ていて、わたしはあわてて手帳を閉じた。振り返れば、背の高い男性が一人立っていた。

若い人だった。短い黒髪が元気に跳ね、青い瞳はわたしへの興味をありありと浮かべている。日に焼けた快活そうな顔に見覚えがある気がして、わたしは眉を寄せた。

この顔……知っているわよね。つい最近見たばかりではなかったかしら。

「あなた……」

「やあマリエル、今日はおめかしだね。王子様のお茶会は楽しかったかい」

男性は親しげに声をかけながらわたしの手を取り、口づけようとする。わたしは彼の手を力一杯振り払った。

「あれ、つれないなあ。僕のこと忘れちゃったのかい」

悪びれない態度で飄々と肩をすくめる。そのふてぶてしい姿。忘れたくても忘れられるものですか。

ええ、よく覚えているわ。でもまさか、こんなところで再会するとは思わなかった。

せっかくシメオン様が逮捕したのに警察がお間抜けなせいで脱走させてしまった泥棒が、どうして今度は王宮に現れるのよ!?

4

「とうとう王宮の宝物を狙いにきたの？　いいわ、ちょっと待ってらっしゃい。すぐ近衛騎士を呼んでくるから」

わたしは素早く周囲に視線をめぐらせた。宮殿内には警備の騎士がたくさんいる。ちょっと大声を出せば聞きつけてくれるだろう。

騎士たちが集まってくればおしまいだ。取り押さえられるのが目に見えているのに、目の前の男は少しも動じるようすがなかった。

「呼んだってどうにもならないよ。君が叱られるだけだ」

「どうしてわたしが叱られるのよ。泥棒がいたら通報するのは国民の義務でしょう」

「泥棒なんてどこにいるんだい？」

にやにや笑いながら呆れるほど白々しく言い放つ。ラグランジュのみならず、周辺諸国にも名の知れ渡った怪盗リュタンは、変装らしい変装もせず堂々と王宮の廊下に立ってわたしを見下ろしていた。

なんなの、これ。どういうつもりで素顔のまま乗り込んできたのかしら。わたしだけではなく、シメオン様はもちろん近衛騎士の中に何人も彼の顔を見知った者がいるというのに。

わたしは深く息を吸い込み、驚く心臓をなだめた。うろたえてはだめだ。相手は名うての悪党、隙を見せたらなにをされるかわからない。しっかり用心しないと。

「そんなに身構えなくても、なにもしないよ。恋しい人の姿を見つけたから思わず声をかけただけさ」

警戒するわたしにリュタンはふざけたことを言う。なぁにが恋しい人よ。ただ面白がってからかっているだけでしょうに。

「ここにいるのが泥棒リュタンでないのなら、一体どこのどなた様なのかしら。どんな手を使って王宮の門をくぐったの」

「正式に手続きを踏んで通ったさ。そう、まだ名乗っていなかったね。エミディオ・チャルディーニ伯爵だ。よろしく、マリエル嬢」

わたしは呆れ果てて口を開いてしまった。誰が伯爵よ。言うに事欠いて貴族を名乗るとはずうずうしい。

「まああ、そのお名前からして、ラビア公国のお方？」

「そう。アンリエット王女とわが国の世継ぎの君リベルト様の婚約交渉のため、ラグランジュを訪れている。ようするに外交官だね」

「はあ？」

外交官？　リュタンが？　アンリエット様の婚約交渉って……。

「……なるほど、そういう肩書に化けているわけ。ラビア大使に面通ししていただいたら、一発でばれちゃうわね」

「とっくに会ってるよ。当然だろ」

リュタンはびくともしない。面白そうに笑うばかりだ。どういうことかとわたしは混乱した。大使もリュタンの仲間なの？　それともよほど念入りに準備してだましているのだろうか。

からくりの謎(なぞ)を解こうと必死に考えていたわたしは、大事なことに気付いてしまった。ラビアの外交官――婚約交渉をまかされている人物について、今日聞いたばかりではなかったか。

「もしかして、モンタニエ侯爵の遠縁という人になりすましていたりする？」

驚きとともに問えば、目の前の笑みが深まった。

「少し違うね。なりすましなんかじゃなく、僕が本人だよ」

やはりな答えだった。よりにもよって、そんなややこしいところにもぐり込んでいるなんて。

侯爵がだまされて身元の保証をしてしまったのだろうか。外国にいる遠縁なんて、今まで一度も会ったことがなくても不思議はない。ポートリエ伯爵家の時だって、そうやってセドリック様になりすまして入り込んだのだ。

……でも、あの時はちゃんとセドリック様そっくりな姿に化けていた。チャルディーニ伯爵になりすますなら、伯爵の姿を写し取るべきだろうに。それとも素顔だと思っていたのが間違いで、これがチャルディーニ伯爵の姿なの？

わたしは手を伸ばし、リュタンの髪をつかんだ。遠慮なく引っ張ってやるが、黒髪はピンと伸びるだけで落ちたりしなかった。かつらを被(かぶ)っているわけではないようだ。

「いてて、おいおい、お手柔らかに頼むよ。僕の髪をむしらないでくれ」

次に顔をごしごしこすってみても、なにも変わらない。こちらも作り物ではなさそうだ。

「全部自前だってば。やれやれ、相変わらず大胆だな」

リュタンはわたしの手をつかんでやめさせる。と思ったら、そのまま指に口づけられてしまった。

こいつってばまたしても！

「放して！　なにもしないって言ったじゃない」

「君から迫られたなら、喜んでお応えするさ」

わたしの手をつかまえたままリュタンは意地悪く笑う。腕を振って逃れようとしても強い力にかなわない。身体ごとリュタンが迫ってきて、わたしは柱に押しつけられてしまった。

「勝手な解釈しないでくださる？　わたしが泥棒に迫るわけがないでしょう。言ってて自分であつかましいと思わないの」

「泥棒じゃなくてエミディオ。そう呼んでほしいな」

「ちょっとやめてよ、離れてってば」

リュタンの顔が間近に迫ってくる。のけぞれば後頭部が柱にぶつかった。え、ちょっと待って。さすがにそれ以上は無理よ。シメオン様以外には許せないわ。

「いくら外交官でハンサムでも女性に無体を働くのは許されないわよ！」

「お誉めいただきありがとう。この顔は君の好みに合っているわけだね」

「全然好みじゃないわ！　わたしの好みは腹黒系であってたらし系ではない——って、本当にもうやめてよっ」

どうしようもなく目をつぶってうつむいた時、何かが髪をかすめる感触がした。頭のすぐ横でビシリと鋭い音が響く。ふれそうなまでに迫っていたリュタンの身体が、一瞬早く引いて逃れていた。

思わず目を開けて見れば、わたしとリュタンの間を切り裂くように割って入ったものが壁に打ちつけられていた。細くよくしなる芯（しん）に黒革を巻き付けた、サーベルの刀身より短いこれは……この武器は。

「危ないなあ。いきなりなにするんだい」

リュタンが口元だけ笑って持ち主をにらむ。剣呑（けんのん）な目つきに負けず強い瞳（ひとみ）がにらみ返す。眼鏡（めがね）の奥に青い焔（ほのお）が燃えていた。

「失礼、虫がおりましたもので」

シメオン様――!!

頼もしい姿がそこにある。わたしを助けてくれたのはシメオン様だった。

「私の婚約者に、なにかご用ですか、チャルディーニ伯爵」

言葉だけは丁寧に、低い声が脅しつける。壁から離れたものが、いまだわたしを捕らえるリュタンの手を軽く叩（たた）いた。

ふん、と鼻を鳴らしてリュタンがわたしの手を放した。自由を取り戻したわたしは大急ぎでシメオン様の懐へ飛び込んだ。空いている方の腕がしっかりと抱きしめてくれる。大きな胸にくっつけば、ほっと安堵（あんど）に包まれた。

「相手かまわず手を出すのはご遠慮いただきたい。お国ではどうか知りませんが、この国では未婚の女性に不埒な真似をすることは許されないのですよ」

「外交官に武器を向けることは許されるのかい？」

「虫を払っただけです。真冬にもくたばらない、しぶとい虫がいるものですから」

束の間、二人は無言でにらみ合う。引いたのはリュタンの方だった。

「番犬が出てきたんじゃしかたないね、この場は負けてあげるよ。でもラビアの男は情熱的なんだ。ひとたび恋に落ちればそう簡単に諦めない。覚えておいて、マリエル」

わたしに甘い声をかけて悠然と歩き出す。殺気を隠しもしないシメオン様に堂々と背中を向けて、リュタンはなにごともなかったかのように立ち去っていった。

頭の上で舌打ちの音がする。シメオン様が見事にいまいましげな顔で吐き捨てた。

「あのコソ泥が」

普段は上品なシメオン様が、リュタンを前にした時だけは少し口が悪くなるようだ。手にしたものを苛立たしげに壁に叩きつける。ふたたび鳴る鋭い音に、わたしはもう我慢しきれなかった。

「シメオン様ぁ……！」

「もう大丈夫ですよ。茶会が終わったらすぐ迎えに行くつもりでしたのに、遅くなってすみません」

「いいえ、素敵です最高ですかっこよすぎて萌え死にます。それを持ったお姿、ぜひ絵に残してくださいませ！」

「そっちですか！」

シメオン様の手にあるもの。それは、わたしが憧（あこが）れてやまない鞭（むち）だった。夢にまで見た鬼畜小道具が今ここに！

「呑気（のんき）なことを。自分がどういう状況かわかっていなかったのですか」

「わかってましたけど吹っ飛びました！　シメオン様がついに！　みずから鞭を！　それも乗馬用などではなく人を打つために作られた鞭を持って現れるなんて！　これで萌えるなと言うのが無理な話ではありませんか！　あああ眼福すぎて本当に死にそう……わが人生に悔いなし……！」

崩れ落ちそうなわたしをあわててシメオン様が抱きとめた。

「なにを馬鹿（ばか）なことを言っているのですか。正気に戻りなさい」

「無理です……この喜びのまま天に召されるならば、本望というもの」

「締め切りがあるのではなかったのですか。まだ原稿上がっていないのでしょう」

「そうでした」

わたしは背筋を伸ばし、きちんと立ち直した。シメオン様は深々とため息をついた。

「ああでも、鞭の衝撃が強すぎて創作の世界に戻れませんわ。どうしてくださるんですかシメオン様ってばもう」

「なぜ私が文句を言われるのですか。そんなに迷惑ならこれは片付けますよ」

「やだ片付けないで！　そのまま常に持ち歩いてください！」

「いつも持っていたら変人扱いされるでしょう！」

「大丈夫、似合ってますから！　鬼畜度増量で危ない魅力が増すだけですから！」

「それのどこが大丈夫なのですか！　いいかげんになさい！」

お叱りとともに、シメオン様の鞭がわたしの頭をぺしっと叩いた。あん……鬼畜ご褒美素敵……。

なんだなんだと騒ぎを聞きつけた騎士たちが寄ってくる。それへ手を振って、持ち場へ戻るようシメオン様は追い払った。

「シメオン様、リュタンを追わせなくていいんですか？」

「わざわざ追わずとも居場所はわかっています。それにどうせまた腹が立つほど堂々と乗り込んできますよ」

「それですよ！　どうしてリュタンがあんなに堂々と現れるんですか。なんですかチャルディーニ伯爵って。ラビア大使やモンタニエ侯爵がそろってだまされているのでしょうか。殿下にご報告申し上げて、即刻逮捕しませんと」

「落ち着きなさい」

シメオン様はわたしをなだめ、歩くようながした。騒がないよう言われて、しかたなくわたしは従う。シメオン様に連れられて正面玄関へ向かった。

「いったいなにがどうなっているんでしょう。わけがわかりませんわ」

「あの男は、正式にラビアの外交官として現れました。手続きにも身元証明にも不審な点は見つからない。一応ラビア駐在大使に連絡を取って確認を依頼していますが、どうもポートリエ家の時と違ってなりすましではなさそうです」

「……つまり、リュタンの正体はラビアの外交官だったと？」

「外交官というのは今回のみの臨時的な肩書で、本職は異なりそうですが」

「泥棒が本職で外交官が副職？」

「さてね」

シメオン様は首を振った。

「でもリュタンがあちこちで盗みを働いたのは事実です。犯罪者として捕らえることができるのでは？」

「外交官特権というものがありますよ。追及しても我々に逮捕することはできず、せいぜい国元へ引き渡して終わりです。それに、彼がリュタンであるとはっきり証明できるものがない」

「顔を確認されているではありませんか。警察に行けば覚えている人がたくさんいますよ」

「忘れましたか？　リュタンは変装の名人で通っているのです。チャルディーニ伯爵に化けていたのだろうと言い逃れされれば、どうしようもない」

「そんな……」

なんてこと。目の前に泥棒がいるとみんなわかっているのに、捕まえることができないだなんて。これほど腹立たしく、歯がゆいことはない。

否定の言葉を並べるシメオン様自身も腹立たしい思いを抱えているようだ。お顔は厳しかった。

「こんなことなら警察にまかせきりにせず、もっと念入りにリュタンを拘束しておくべきだったと後悔していますよ。現行犯で捕らえたなら、どんな言い逃れも通用しなかったのに。やつの得意気な顔を見るたびに腸（はらわた）が煮えて、抜刀しそうになるのをあやうくこらえています」

いつになく過激なことをおっしゃる。さっきも怖いくらいにらんでいたし、本気でリュタンを斬り捨てたいと思っているのかもしれなかった。それで鞭を持っていたのね。剣を向けない代わりに、せめてもの代用品というわけか。

腰のホルダーに戻された鞭をちらりと見下ろす。迫力満点の黒革に身震いがする。剣のように斬れなくても、本気で打たれたら皮膚くらいは簡単に裂けるだろう。ああ……副長が凄味を増してたまらない。すれ違う部下の皆さんの目に怯えが浮かんでいる。ついでにわたしにも気味悪そうな顔が向けられるのはなぜかしら。

「本当に警察の失態が悔やまれますね……今回はなにを狙っているのでしょう」

「さあ。今のところは名目どおり、婚約交渉に従事しているようですが」

「ラビアの思惑がわかりません。たしかにこちらから持ちかけた縁談で、向こうの立場としては大歓迎とは言えないでしょうが、だからって泥棒を外交官にして送り込んでくるなんて。あまりに失礼ですよね。殿下や陛下はこのことをご存じなのですか」

「もちろんですよ。ご承知の上で、慎重にラビア側の出方を窺っておいでです」

「もしかして、お輿入れの話は取りやめに？」

「いえ……そこはまだ、なんとも。あまり大声では話せないことですから、あなたも他で言わないようにね」

これ以上は言うなと注意されて、わたしは口を閉じた。せっかくアンリエット様が前向きに頑張ろうとなさっているのに、裏でこんな事態になっているだなんて。アンリエット様がお気の毒で、なんとかできないものかと思ってしまう。でも陛下が即座に破談にされない理由もなんとなくわかるので、ただの女のわたしは黙るしかなかった。

　ラビア公国の立場は複雑だ。大国ラグランジュとイーズデイルの間に挟まれ、勢力争いのもめごとに常に巻き込まれている。ラグランジュと手を結ぶべきだと主張する派閥と、反対にイーズデイルを推す派閥があって、国内でも争いがある。アンリエット様とリベルト公子の縁談が具体化してきたことで、一応ラグランジュ派が勝ったような形になっているが、まだ本決まりではないしイーズデイル派がおとなしく引き下がるかはわからなかった。

　陛下はラビアを完全にこちら側へ取り込んで、イーズデイルを牽制(けんせい)したいのでしょうね。アンリエット様はそのための、政略の駒(こま)……か。

　セヴラン殿下の恋も前途多難だし、王家の方は結婚するにもいろいろ大変だ。せめてリベルト公子が優しい素敵な方で、アンリエット様を大事にしてくださるとよいのだけれど。

　セヴラン殿下の方は……まあ、ご縁の問題だし。ミシェル様とうまくいかなかった時のために、おすすめ女性を調べておいてさしあげよう。

　一目惚(ぼ)れだったことを考えると、どうやら殿下は華やかな美女よりもおとなしい清楚(せいそ)な女性がお好みらしい。ミシェル様と似た雰囲気の方を選べばよいのではないかと思う。ただ名家の令嬢や姫君って、たいてい派手なのよね。注目されもてはやされる立場だと、自然にそうなってしまうのかしら。

「マリエル？　なにを考え込んでいるのです」

　控室に待たせていたナタリーが馬車を呼んでくるのを待つ間、わたしは記憶にある適齢期の令嬢を片っ端から頭に並べて悩んでいた。殿下の好みってけっこう難しい。もう少し格を落とせばぴったりな人もいる。でも王太子妃に迎えるからには、相応の格が求められるでしょうし。

「シメオン様は親友なのですから、殿下の性格はよく把握しておいでてでしょう？　お好みに合う女性にお心当たりはありませんの？」

見上げて尋ねると、シメオン様は呆れたような顔になった。

「そんなことを考えていたのですか。……リュタンに固執されるよりはよいが」

「そっちも忘れてはおりませんが、まずは殿下ですわ。どうもミシェル様には脈がないようで、お気の毒な結果になる可能性が高いのですもの。次の候補をさがしておきませんと。どなたか、シメオン様にお心当たりはありません？　清楚で可憐な雰囲気の、あまり派手ではない可愛らしい方」

「……なくはないですが、あいにくその人にはもう相手が決まっていますので」

「えー」

「それに外見が好みなだけで、中身は絶対に違うでしょうから。あれに惚れるのは物好きな婚約者か泥棒くらいです」

「なんで泥棒です？　他には？」

首を振りながら、シメオン様はわたしに外套を着せかけた。冷たい外気に備えて、帽子もしっかり被らされる。

「ミシェル嬢がどう思っていようと、侯爵は乗り気ですよ。このまま話が進められると思います」

「ご本人のお気持ちは完全に無視ですか？　それではミシェル様がお気の毒すぎます。殿下だってそれでお幸せになれると思えません」

「親が決めた相手に嫁ぐものだと言ったのはあなたではありませんか。ミシェル嬢もわきまえているはずです。横から口を挟まず、見守っていればよい。殿下が愛情を持って接してくださるのだから、きっとよい関係が築けますよ」

「……もし、ミシェル様に他に想う相手がいたら？」

「どうにもなりませんね。諦めるしかないでしょう」

んまあ——あまりに薄情なおっしゃりように、わたしは目を剥いてしまった。

「好きな人のことを諦めて、泣く泣く自分に嫁いでくるのを殿下が喜ばれるとでも？　親友がそういうことをおっしゃいますか」

「だからといって、我々になにができるのですか。すでにお二人だけの問題ではなく、国事として動きはじめているのです。正式な婚約発表も時間の問題だ。今さら後戻りはできません」

「いいえ、まだどうにかなるはずです。神様の前で誓い合うまでは、考え直すことも撤回することもできますよ。……ミシェル様の想い人ってどなたなのかしら。その方がミシェル様をさらってくだされば……」

「馬鹿なことを言うのではありません。小説ではあるまいし、現実にそんなことをすれば破滅が待っているだけです。モンタニエ家もぬぐいきれない汚名を被ることになり、没落へ一直線だ」

うんもう！　シメオン様ってば本当に真面目がすぎるのだから。普段は好ましいお人柄も、こういう時には困ってしまう。もうちょっと融通を利かせてくれないものかしら。

「だいたいミシェル嬢に恋人がいるというのも、あなたの勝手な想像でしょう。それらしい相手や証拠を目にしたわけでもないのに、実在を前提で話すのではありません。ミシェル嬢にとっても不名誉な流言になりますよ」

「でもこういう場合って、たいてい親に言えない恋人がいるもので」

「現実に妄想を持ち込むなと言っている！」

鞭打つような声に叱責されて、わたしはびくりと肩を跳ねさせた。わたしが不満を感じるように、シメオン様の方も苛立っていたらしい。とても厳しい視線を向けられて身がすくんだ。シメオン様が怖くて何も言えなくなってしまう。束の間、硬直した空気が流れたと思ったら、シメオン様がわたしの怯えに気付いて目をそらした。

「……大きな声を出してすみません。あなたの趣味も仕事も否定する気はないが、現実は現実として区別してください。あなたの前にいるのは物語の登場人物ではなく、生きた本物の人間なのです。どうかそのことを、忘れないでください」

さっきよりはずっと柔らかい声に戻ってシメオン様は言う。でもやはり、わたしはなにも答えられなかった。

「あのう……」

互いに沈黙したまま立ち尽くしていると、戸口の方からおずおずと声をかけられた。ナタリーが戻っていた。なぜか近衛騎士の姿も後ろにあった。二名、ナタリーと一緒に入ってくる。

「馬車の用意ができましたが……」

「ああ——ではマリエル、気をつけてお帰りなさい。彼らに護衛を頼んであります」

「護衛？」

わたしはもう一度騎士たちに目を向けた。二人は外へ出られるよう、コートを身に着けていた。

「私が送っていければよかったのですが、今日は長く離れられませんので」

「どうして護衛なんて……」

「今しがたやつに出くわしたばかりでしょう。忘れましたか？　あいつはあなたを狙っている。不用意に一人で出かけたりしないよう、十分に気をつけるのですよ」

リュタンのことを気にしていらっしゃるのか。わたしがさらわれるかもしれないと？　そこまで心配する必要があるのかしら。調子のいいことばかり言うし、強引に迫ってきたりもしたけれど、さすがに誘拐までは——と思ったけれど、今シメオン様に逆らうのは怖いのでおとなしく従っておいた。

まあたしかに前回、なりゆきで誘拐されそうになったし。なにせ相手は泥棒、悪党だ。なにをするかわからないのだから、絶対にありえないとも言いきれない。

馬車に乗り込むわたしを、最後までシメオン様は見送ってくださった。いつもどおりに気遣ってくださるけれども、どこかぎこちない空気のままだった。シメオン様のお顔はずっと厳しく引き締まっていて、怒っていらっしゃるのだろうかと不安になる。

お別れする前に何か言うべきかもしれない。まだちゃんと謝っていない。でもいい言葉が見つからず、怯える気持ちも残っていて、迷っているうちに扉が閉じられてしまった。気まずさを残したまま、ものものしく護衛を連れて馬車は動き出した。

窓から後方を見れば、折しも降り出した雪が遠ざかっていくシメオン様の姿を覆い隠す。そのまま二度とシメオン様を取り戻せなくなりそうな、いやな胸騒ぎがいつまでもわたしを悩ませた。

5

お茶会からしばらくの間は、なにごとも起こらず時間が流れた。書き上げた原稿を出版社に渡し、ゆっくりできるようになったので、わたしは刺繍などをしてすごしていた。

わたしだって常に小説のことしか頭にないわけではない。両親も教育をいい加減にする人たちではないから、ひととおりのことは幼い頃から練習させられてきた。刺繍、ダンス、楽器演奏、乗馬……いずれも名人級にはいたらず、すべてが「そこそこ」だ。名人級を目指したいという意欲がないので、どうしてもそのくらいで頭打ちになってしまう。唯一、詩作だけが教師に誉めてもらえる項目だった。

居間で暖炉の前に陣取って、せっせと針を動かす。白絹にやはり白い光沢のある絹糸で縫い取っているのは、フロベール家の紋章だ。シメオン様にさしあげるためのものだった。

練習作を縫う時よりずっと熱心かつ丁寧に糸をくぐらせる。恋人や旦那様が身につけるものに刺繍をするのは、乙女たちの憧れだ。手芸自慢の人なら婚礼衣装そのものを仕立てたりするけれど、わたしにはそこまで作る腕前も時間もない。せめてクラバットを贈って、結婚式で着けていただけたらいいなと思いながら頑張っていた。

……でもシメオン様の場合、お式も制服かしら。軍人さんってたいていそうよね。そして列席者も制服だらけになる。肩章に金モールのついた礼装はかっこいいけれど、詰め襟だからクラバットの出番はないわね。だったら披露宴で使っていただこう。

糸が短くなったので一旦留めて余分を切る。ふうと息をついて首をほぐし、わたしは窓を見た。

今日は雪がやんで、明るい日が差していた。屋根から溶けてポタポタとしたたり、時に豪快に滑り落ちる音が、ひっきりなしに響いていた。

このまま春になってしまえばいいのに。

お茶会の日に気まずい別れ方をしてから、シメオン様とは一度も会っていなかった。お手紙や贈り物は時々届く。さすがにこの時期薔薇は手に入らないようで、代わりにお菓子や可愛らしい装飾品をいくつも贈ってくださっていた。

忙しくて会いにくる時間が取れないだけ。きっとそうよね。お手紙ではわたしのことを気にかけて、誠実な言葉を伝えてくださっているもの。わたしも最初の手紙には真っ先に謝罪の言葉を書いた。それに対しても優しいお返事をいただいているし、愛想を尽かされてはいないかと不安になる必要はないはずだ。

そのはず、なのに。

「……はあ」

すっかりため息が増えてしまっていた。暴走しすぎて叱られることはしょっちゅうなのに、この間のことがいつまでも胸に引っかかっている。気付くとつい考えている。これまでとは何かが違うように感じていた。

雪の中に消えてしまいそうだったシメオン様のお姿が、脳裏から離れない。二度と会えないだなんて、そんなはずはないのに。でもあれきり会っていないから、不安は日増しに大きくなるばかりだった。

「進み具合はどう？　あら、なかなかいい出来じゃない」

沈みがちになっていると、お母様がやってきてわたしの手元を覗き込んだ。

「あなたにしては熱心に頑張っているわね。やはり婚約者への贈り物となると力が入るのねえ」

ちょっぴりからかいを含みながらも、お母様はうれしそうに言う。なんだか恥ずかしくなって、わたしは布を裁縫箱に片付けた。

「あら、どうしてやめちゃうの」

「休憩です。ずっと根を詰めていたから疲れました」

「小説を書く時にはいくらでも根を詰められるのにね」

そう言いながらもお母様は小間使いにお茶の用意を言いつけ、わたしの向かいに座った。この季節、他家からお誘いがかかることも少ないので、女はどうしても家にこもりがちになる。散歩をしようにも寒いし雪で道が悪いしね。昼間はお母様と二人で、おしゃべりをしながらすごすのが日常だった。そこへたまに親友のジュリエンヌが加わったり、逆にわたしが向こうのお家へ行ったりするくらいだ。

「こうしてあなたとすごす冬も、これで最後なのねえ」

らしくもなく感傷的にお母様は言う。なかなか縁談が見つからなくて悩んでいたくせに、いざ結婚が決まるとさみしくなるのかしら。

「あちらへ行ったら、あまり好き勝手にふるまうのではありませんよ。いくらシメオン様が寛大でも、伯爵様や奥方様の前でおかしな言動をしないよう気をつけなさいね」

「お母様ってば、ほとんど毎日それをおっしゃってますわ」

「だって心配なのだもの。基本的になんでも無難にこなすとわかっているけれど、ひとたび趣味に関わるとたちまち常軌を逸してしまうのだから」

実の娘にそこまでおっしゃいますか。

でも親だけによくわかっている。実はそのせいでシメオン様と気まずくなっていると、白状したらものすごく叱られそうだからわたしは口をつぐんでおいた。

たしかにちょっぴり暴走しやすいけれど、そこをわかったうえでシメオン様は求婚してくださったのだもの。こんな変な女はお断りだと、今さら言われたりしないわよね……？

熱いお茶を飲み、ほっと息を吐く。こんなにもやもやするくらいなら、いっそこちらから会いに行ってみようかしら。でもお仕事の邪魔をしてはいけないし……。

などとうじうじ悩んでいた時だった。まるでわたしの願いが聞こえたかのように、家政婦がシメオン様からの手紙を受け取ってきた。

「……今日、これからお邪魔してもいいかですって」

「あらっ。まあまあ、直接お会いできるのはちょっと久しぶりね？　よかったわね、マリエル」

わたしよりもお母様の方がはしゃいだ。もしかして気まずい思いを引きずっていることに気付かれていたのかしら。

筆跡は間違いなくシメオン様のものだけれど、封筒と便箋(びんせん)は素っ気ない真っ白なものだった。いつもはフロベール家の紋章が型押しされた、とても洗練されたものを使っていらっしゃるのに。文面をたどれば、昼間が無理なら夜でもいいので今日中に時間がほしいとある。よほど急ぎの用件で王宮から連絡してくることになり、その辺にある道具、つまり近衛(このえ)騎士団の備品を使ったのだろう。

……なにかしらね？

急な知らせにたちまちわが家は慌ただしい雰囲気に包まれた。お母様が応接間を暖めておくよう指図している横で、わたしはいつでもどうぞと返事を書いていた。

この間の別れ際を思い出すと、シメオン様と顔を合わせることには少し勇気がいる。でも会えない不安の方がずっと大きかったので、この知らせはありがたかった。不安と喜びが半々だ。

返事を出したあとドレスを着替え、お迎えの準備をしていると、びっくりするほど早くにシメオン様がやってきた。返事を受け取ってすぐに飛び出してきたという感じだった。

「急なお願いをして申し訳ありません」

溶けかけの雪に濡(ぬ)れた靴を、玄関で丁寧にぬぐってシメオン様は入ってきた。一緒に迎えに出たお母様に手土産(てみやげ)の菓子箱を渡す。王室御用達店の刻印入りだ。まさか殿下のところから強奪してきたのではないわよね？

「まあまあ、ご丁寧にお気遣いくださいまして、ありがとうございます。今日はお天気がよいですけれど、外はやはり寒かったでしょう？　どうぞ早くお通りくださいませ」

準備の整った応接間へシメオン様を通し、少し挨拶(あいさつ)しただけでお母様はすぐに出ていった。いつもはもうちょっとねばるくせに、やはりなにかあったと気付いていたのね。早々と二人きりになり、お茶を前にお互いなんとなく言葉が出てこなくて沈黙が漂った。

「……ええと……あの、お手紙やいろいろ贈り物を、ありがとうございました」

なんとかひねり出した言葉は、まるで婚約したばかりの頃のような堅苦しいものだった。

「ええ。その、気に入っていただけましたでしょうか」

シメオン様の方も負けずに堅苦しい。

「はい、可愛らしいものばかりで、とてもうれしかったです」

「それはよかった」

「…………」

「…………」

か、会話が続かない！

どうしよう。これは確実に、シメオン様の方もこの間のことを引きずっていらっしゃる。まさか、まさかとは思うけれど、今日の訪問は婚約破棄を伝えるためだったりするのだろうか。

そんな！　たしかにあれはわたしが悪かったけれど、ちゃんと謝ったじゃない。ちょっと先走っただけで婚約破棄までされるなんてひどいわ、極端すぎる。

……でも、今までの積み重ねで、もういい加減嫌気がさしたのだとしたら？　あれが見限られるきっかけになったのだとしたら。

わたし、シメオン様に嫌われちゃったの……？

「マリエル？」

ぎょっとした顔でシメオン様が声を上げた。わたしはにじんできた涙をこらえて彼を見返した。

「贈り物は、慰謝料がわりということでしょうか」

「なんの話ですか⁉」

シメオン様が腰を浮かせるのと同時に、扉の向こうでガタガタッと物音がした。思わず涙も引っ込んで、わたしは扉をにらむ。「まあおほほ、ナタリーったら粗忽ねえ」「あっ、ひどいですよ奥様、わたしのせいにして！」と声がして、気配と足音がそそくさと去っていった。

……心配してくれたのでしょうけど、盗み聞きするならわからないようにやってほしいわ。

シメオン様と二人、同時に顔を戻し、なんとなく見つめ合う。椅子に座り直してシメオン様は咳払いをした。

「今度はなにを考えたのですか。途中経過を説明してもらわないと、わかりませんよ」

「先日の件で見限られて、今日は婚約破棄を告げにいらしたのかと」

「ああ、そういう……」

椅子の背にもたれて、シメオン様は長く息を吐き出した。

「驚きました。いきなり慰謝料などと言われるから、私はなにをしてしまったのだろうと……この間のことならもう謝ってくださって、終わった話ではありませんか」

「でもシメオン様だって、気にしていらっしゃるでしょう？」

「それは……」

困った顔になって、シメオン様は意味もなく眼鏡をかけ直した。

「……あの時はずいぶんきつい言い方をしましたから。あなたを怯えさせてしまったと、反省していたのです。あれから会うこともできなかったので、どう思われているかと気になっていました」

わたしではなくご自分に非があると言わんばかりのお言葉で、少し驚いてしまった。

「叱られるようなことをしたわたしが悪いのですもの、シメオン様が反省なさる必要はありませんでしょう」

「叱ったこと自体を後悔しているわけではありませんが、感情的になってしまったのは間違いでしょう。冷静さを欠いたのは私の失態です」

当然の口調でシメオン様は言う。わたしが調子に乗りすぎたと反省していたように、シメオン様も言いすぎたと反省していたのか。二人して、同じように悩んでいたのね。

おかしさといとしさがこみ上げて、口元がゆるむ。肩から力が抜けて、ようやくいつもの調子で話せた。

「わたしも、もう愛想を尽かされてしまったのではないかと、ちょっぴり不安でしたわ」

「そう言ってもらえるなら、私の方も安心してよいのでしょうね」

シメオン様も柔らかな表情で返してくださる。ずっと胸に積もっていた不安がぬぐわれて、ぬくもりに包まれていく。よかった。シメオン様は消えたりしない。ちゃんとわたしの前にいてくださる。

そう確信できることがうれしかった。

自覚する以上に心配が大きかったらしい。たいていのことは一晩眠れば忘れて立ち直れるのに、シメオン様だけは別なのね。わたしの中でシメオン様の存在がとても大きくなっていることを、あらためて実感した。

「この間のことは、本当に申し訳ありませんでした。ちょっと先走りすぎたと反省しましたわ。……ただね、わたしとしても面白半分にネタにしていたわけではありませんのよ。わたしなりに、あのお二人のことを案じていたのです。それだけは、わかってくださいませ」

「ええ、あなたはちゃんと思いやりのある人だということは承知しています。他人の事情をただ面白がるような人ではない。それはわかっているのですが……いえ、もうやめましょう。あまり時間もありませんから、この話はここまでということで」

いささか性急にシメオン様は話を切り上げた。言いかけた続きが気になったけれど、もう話したくなさそうな気配だ。また気まずくなってはいやなので、食い下がるのはやめておいた。

「お仕事が忙しいのですか？」

「ええ、まあ。いろいろありますからね」

「その『いろいろ』の部分が気になるのですが。今日いらっしゃったのも、なにかあったからなのでしょう？」

私の問いに、シメオン様は表情を引き締めてうなずいた。

「不粋な用件で申し訳ないのですが――いや、あなたにとっては逆かな。殿下の件です」

おお。わたしはぐっと身を乗り出した。

「その後、いかがです？」

「交際は順調に続いていていますよ」

意気込むわたしをいなして、シメオン様は答える。

「茶会のあとも何度も二人で会っていらっしゃいます。ミシェル嬢も少しずつ緊張が取れて、うちとけてきたそうですよ」

「……本当に？」

そうならば喜ばしい話だけれど、ついつい疑ってしまった。お口ぶりからして、シメオン様ご自身が見聞きして感じた印象ではなく、伝え聞いた話――おそらく殿下からのものだろうから。

「殿下が喜んでおいでですから、そのとおりなのでしょう。そんな嘘をつく方ではありません」

わたしの疑問をシメオン様は否定する。

「ミシェル嬢は極端に内気で人見知りなのかもしれませんね。相手が王太子だったのでなおさら怯えていたのではないでしょうか。時間をかければ解決する問題です。心配ありません」

「ならよいのですけど……」

ふうん。そうなのかしら。だったらまあ、このままお話が進んでも大丈夫よね。そんなに内気で未来の王妃が務まるのかという心配はあるけれど。

「それなら、いったいわたしにどのようなご用件が？　またお茶会ですか？」

「もう少し大がかりです。モンタニエ侯爵家の別荘に殿下が招かれましてね、それに同行してほしいとのご要望なのです」

「別荘ですか。どちらに？」

「郊外のレルネーだそうです」

ふむ、レルネーならば首都サン＝テールから馬車で数時間だ。大きな街道が通っているし、雪がよほどにひどくない限り行き来に問題はないだろう。

「たしか、都に近いわりに静かで風光明媚な土地でしたっけ」

「ええ、貴族の別荘も多いですね。王宮や本宅で会うよりも、そこの方が落ち着けるとミシェル嬢から言い出したらしいですよ」

「ふうん……」

それはちょっと意外だった。ミシェル様からそんな希望が出たということは、本当にうちとけてきたのかもしれない。

「まあ雪遊びも悪くありませんわね。寒い季節は恋人同士の距離が縮まりますし。で、わたしはまた協力を望まれているのですか？」

「そう……一度会っているし、年の近い同性ということでミシェル嬢も気を許せるだろうと仰せで。茶会の時にもそんな話をしたそうですね？　結婚後の付き合いも見据えて、今のうちに親しくなっておいてもらいたいとお考えのようです」

「それは一向にかまいませんが、でしたらなにもこんなに大急ぎで知らせてくださる必要はなかったのでは？」

シメオン様はうなずき、お茶を飲んだ。一拍置いて、口調をあらためる。

「殿下からは、明日くらいに正式に連絡がくるでしょう。その前に直接会って言いたかった。マリエル、この依頼は断りなさい」
　わたしもお茶を飲もうと口元に運びかけていた手が、思わず止まった。

シメオン様は真面目（まじめ）な顔でまっすぐにわたしを見つめてくる。どうしてそんなことをおっしゃるのだろうと、わたしは頭を忙しく働かせた。

「……あの、もしかして、別荘にはリュタンも招待されているとか？」

　行くなと言われる理由は、あまりたくさんは思いつかない。いちばんありえそうな心当たりを述べると、シメオン様は固い表情のままうなずいた。

「元々モンタニエ家に滞在していますからね。一家が揃（そろ）って移動するというのに、アレを残してはいかないでしょう。婚約交渉は一旦置いて、殿下と交流する方を選んでもおかしくはない」

「でも、それだけで殿下の依頼をお断りするのは」

　リュタンの行動に気をつけていればいい話だ。向こうだってラビア外交官としての顔があるのに、そうそうおかしな真似（まね）はできないだろう。

「シメオン様も行かれるのでしょう？」

「行きますよ。ですが、私は殿下の護衛を第一にしなければなりません。職務として、臣下として、それをおろそかにするわけにはいかない」

「当然です」

「ずっとあなたのそばにいることはできない。だから殿下には、ひどい風邪で寝込んでいるとお返事なさい。そうすれば角も立ちません」

わたしはちょっとお行儀悪く腕を組んで、シメオン様をにらんだ。

「つまりシメオン様の独断でいらしたわけですね？　セヴラン殿下は当然リュタンのこともご承知で、そのうえでわたしに同行を望まれているのに、内緒で断らせようとするなんてシメオン様らしくありませんね？　いつもなら殿下をだますようなことはお考えにならないでしょうに」

「……殿下は今、ミシェル嬢との関係に意識が向きがちです。あなたの安全に十分な配慮をしていただけるかわからない」

「あら、殿下はそんなに勝手な方ですの？　ご自分の都合がからめば、他人のことなんて頭から飛んでしまうほどに？」

「………」

シメオン様は眉間(みけん)にしわを寄せて黙り込む。臣下の礼儀として、そして殿下をよく知る親友としても、そのとおりとは言えないでしょうね。

それにきっと、別の理由もある。

なんとなく、わたしは察していた。問題がリュタンだけならば、むしろ自分がいなくなる都にわたしを残してはいかない気がする。リュタンには悪事の仲間がたくさんいるのだから、本人がいなくなるなら大丈夫とは言いきれないもの。お供するのはシメオン様一人ではないだろうし、最優先事項が殿下の護衛でもリュタンの行動に目を光らせることはできるはずだ。

「シメオン様、隠しごとはなしにしてください。他(ほか)に気にしてらっしゃる問題があるのではありませんか？」

わたしが言うと、シメオン様は硬いものを飲み込んだような顔になった。どうやら図星らしい。言い逃れは許さないとにらめば、シメオン様はため息をついた。

「……あなたは時々、怖いくらいに鋭くなりますね。気付いてほしいことには鈍感なくせに」

「なんですか、気付いてほしいことって」

首を振ってシメオン様は答えない。鈍感というのはちょっと気になった。わたし、そんなにシメオン様を困らせているかしら。

いえ、しょっちゅう困らせているわね。そこは認めるわ。でも鈍感？　どういうことだろう。

「確証があるわけではありませんが、いやな予感がするのです。ラビアの動向が気にかかる」

シメオン様の告白に、わたしの意識は引き戻された。

「ラビア公国が？　ええと、アンリエット様との縁談を拒否したがっているということですか？」

「今のところ大公や公子の反応は悪くありません。しかし周りには反対する者が多い」

「ああ……イーズデイル派ですね」

「そうです。リュタンの件で確認を依頼していた大使が伝えてきました。ラビアのイーズデイル派はまだ諦める気はなく、むしろ対立を深めているそうです」

「だったら、用心すべきなのはアンリエット様のご身辺ではありませんか？　わたしは関係ないと思いますけど。もちろんミシェル様も……いえ？」

言いながら、ふと首をかしげた。本当に関係ないかしら？　アンリエット様との婚約交渉に遣わされた外交官（泥棒だけど）はモンタニエ家に滞在中で、おそらく別荘へも同行する。まるきり無関係とは言いきれない。

「……リュタンはラグランジュ派ですよね？」

「本音のところは知りませんが、そう動いていますね」

「彼が何かするわけではなく、彼が狙われるかもしれない……と？」

「アレが一人で勝手にくたばってくれれば祝杯を上げて終わりなのですが」

シメオン様、本当にリュタンがお嫌いなのね。言葉が微妙に乱暴になっている。

「なにか起きてもおかしくないと、単に私が心配しているだけですが。そして基本的にあなたが狙われる恐れもないとは思うのですが。しかしなぜでしょうね？　そういう問題の種があるところにあなたが加わると、絶対に無関係で済まなくなりそうないやな予感を覚えるのは」

「本当に、なぜでしょうね」

わたしはうそぶいてそっぽを向いた。わっからないわあ。

……ええまあ、すわ陰謀の匂い⁉　とちょっと萌えちゃいましたけど。ぜひ間近で取材させていただきたいと思っちゃいましたけど。

だって本物の事件や陰謀なんて、そうそうお目にかかれるものではないのだもの。想像だけで書くよりも、実体験を踏まえた方が臨場感ある描写ができるじゃない。常に作品の向上を目指す作家のはしくれとして、心惹かれずにはいられなかった。

でも、シメオン様のお顔が怖い。ここで正直に言っちゃったらまた厳しく叱られるに違いない。

——まあね、お芝居じゃなくて本物の危険がある話だし。自分で自分の身を守れもしないのに、軽い気持ちで首をつっこむのは間違いよね。

残念だけど……本当に、ほんっとーに残念だけど……うう、未練が振りきれない。

「マリエル」

「わ、わかっています。殿下をお守りしなくてはならないシメオン様に、よけいな負担をかけて足手まといになってはいけませんものね。わかっていますわ……我慢、します」

血を吐く思いで言った。そうよマリエル。シメオン様に迷惑をかけてはいけないわ。どんなに残念でも、魂が抜け出て現地へ飛んで行ってしまいそうなほどでも、ここは諦めなくてはいけないの。

いえ、いっそそうなればいいのに。魂だけなら何も危険はないものね。剣だろうが矢だろうが霊魂を傷つけることはできない。どんな場面もかぶりつきで見学できて、怪我の心配もないとか魅力的すぎる！　なんとか幽体離脱を習得できないものかしら。ちょっと心霊関係の本を読み返してみよう。

「わかっていませんよ」

「いいえ、大丈夫です！　この存在感の希薄さは、幽体離脱に適していると思いますから！」

「だからなんの話ですか⁉」

——あら？　違ったかしら。

「やめてください、このうえ超常現象まで起こされたらついていける自信がありません」

「ついていくのはわたしの方ですわ。ええもう、どこへでも」

「いや、そうではなく……本当に、勘弁してください」

頭を抱えてシメオン様は息を吐き出した。

「危ないことはしないと約束してください。あなたは鼻先に餌をぶらさげられると、闘牛のごとき勢いで突進するから心配なのですよ。私を早死にさせたくなかったら、どうかおとなしく言うことを聞いてください」

なにやらひどくしみじみおっしゃる。鼻先にニンジンをぶらさげるのは馬ではありませんかと、つっこむのははばかられる雰囲気だった。

乙女に対してたとえがずいぶんだという文句は呑み込んで、わたしはうなずいた。幽体離脱ができたとしても、きっと霊魂は人の目には映らないから大丈夫。ばれないばれない。

「別荘へはいつ？」

留守番を約束すると、ようやくシメオン様はほっと安心した顔になった。

「三日後の予定です。言うまでもありませんが、私の不在中にうろうろ出歩かないでおとなしくしていてくださいね」

「はぁい」

いい子のお返事をするかわりに、一つお願いをしておこう。

「戻ったら向こうでのできごとを、全部お聞かせくださいね？　殿下とミシェル様のことはもちろん、事件が起きたならそれも詳細に！　むしろそっちが重要で！」

「……起きたらね。話せる範囲でのみなら約束しましょう」

「ずるいお返事ですね」

「察してください。ことは国家間の問題なのですから」

言いながらシメオン様は立ち上がった。辞去の気配にわたしはあわてた。

「もうお帰りになるんですか？」

「仕事中に抜けてきましたから。殿下に気付かれないうちに戻りませんと」

せっかく久しぶりに会えたのに、椅子を温める暇もなかったではないの。殿下のお供でまたしばらく会えなくなるのに、と恨めしい気分で見上げたら、シメオン様の視線がさまよった。

「……いろいろ片付いたら、少しゆっくり会いましょうか」

「お休みが取れるんですか？」

「あー……一日くらいなら」

「一日だけ？」

「結婚式のあと、しばらく休む予定なのですから、今はそのくらいで我慢してください」

――しかたないか。しばらく休むということは、蜜月というものをゆっくり堪能できるのよね。ならばそれを楽しみにして、今は準備期間と思って我慢しておこう。

笑顔を浮かべてわたしはうなずく。シメオン様は軽く咳払いしたあと、わたしを抱き寄せた。

わたしは手を伸ばしてシメオン様の眼鏡を抜き取った。眼鏡なしのきれいなお顔をうっとり眺める。シメオン様もわたしの眼鏡に手をかけた。近寄ってくるぬくもりにそっと目を閉じて甘い瞬間を待ったのに、あわただしく扉を叩く音が邪魔をした。

――んもう！　いいところだったのに！

「なあに？」

シメオン様が気まずげに眼鏡をかけ直す。むくれながら返事をすれば、ナタリーが飛び込んできた。

「お、お嬢様、お客様がっ」

「なにをあわてているの。約束もなしに飛び込んでくるなんてジュリエンヌかしらね？」

「いえ、ジュリエンヌ様ではなく――あの、ほら、アレです、あのお方！」

「アレ？」

誰よと聞こうとした時、ナタリーの後ろから足音が近づいてきた。

「すまぬな、マリエル嬢。そなたに頼みがあって参った。急ぎで抜けてきたものだから今回も礼は省略で許してほしい――うん？　シメオンも来ていたのか」

張りのあるお声とともに、威厳を備えたお姿が現れる。わたしとシメオン様は呆気にとられて立ち尽くした。

「もしかして、代わりに伝えにきたのか？　なんだ、気を回さずとも。個人的な頼みごとなのだから、こちらから出向くのが筋だろう」

わたしたちはゆっくり顔を見合わせる。真面目で紳士な王子様は、使者や手紙一つで命令を突きつけるようなお方ではなかった。

……寝込むどころか、ぴんぴんしているところを見られちゃったわね。

シメオン様はまたも頭を抱えていた。

6

郊外の景勝地は夏に人気の高まる場所だけれど、冬の景色もなかなかに美しかった。

都会暮らしのわたしたちにとって、遠い山々まで見渡せる開けた視界というものは新鮮だ。ぴんと冷たい空気も街のものとは違う気がする。建物はぽつぽつとまばらで、葡萄畑や林檎畑を眺めながら歩いていくと小さな川が現れる。欄干もない狭く短い橋を渡れば、川の先に池が見えた。

——そのどれもがみんな、今は雪で真っ白だ。

とても静かで、思いきり孤独に浸れそうな景色だった。物語の舞台としては雰囲気があっていいわね。せっかく訪れたのだからいろんな風景を記憶に残しておこう。

わたしは池のそばまで行ってみた。水鳥の姿もなく一面に氷が張っている。ためしにちょっと靴先でつついてみても割れるようすはない。これならスケートができるかしら。

「危ないですよ」

覗き込んでいると後ろから腕を引かれて体勢を崩した。雪で足も滑らせ、倒れそうになったのを、大きな身体がしっかりと支えてくれた。

「一人にならないようにと言ったでしょう」

難しいお顔でシメオン様がお小言を口にする。わたしは彼の手を借りて平らな場所へ移動した。

「ちょっと気を利かせようかと思って。そんなに離れるつもりはありませんでしたわ」

目を向けた先、少し遠くにセヴラン殿下とミシェル様の姿がある。お二人は静かに語らいながら、雪の小道をそぞろ歩いていた。

レルネーに到着したのはまだ早い時間で天気もよかったので、ちょっと近くを散策にと出てきたわけだ。お茶会の時にくらべるとミシェル様の表情もずっと柔らかくなって、言葉は少ないながらちゃんと殿下と会話をしていた。なるほど、あれを見るとうちとけてきたと聞かされるのも納得がいく。人の少ない静かな土地へ来たのは殿下にとってもよかったようで、にぎやかに盛り上がるよりああして静かにすごす方がお好きなのだと見ていてわかった。

だからちょっと、二人きりにしてさしあげようかなと思ったのだ。まあ護衛の騎士たちが一定の距離を空けてついて歩くし、完全に二人きりにはなれないのだけれど、気分の問題だ。

「殿下、うれしそうですね」

「ええ」

わたしとシメオン様も、ゆっくりと彼らの後方を歩いた。

「ミシェル様の方はどうかしら。シメオン様はどう感じられました？」

「落ち着いているように見えますよ。いやいや引っ張ってこられたという雰囲気ではありませんね」

シメオン様は即答する。たしかに、見た感じではそのとおりだ。

はじめはわたしやシメオン様も一緒にいて、いきなり二人きりにはしなかった。それでミシェル様もあまり身構えずにいられたようだ。表面的には上手くいっている――のだけれど。

「まだ疑っているのですか？　そもそも別荘へ来たのはミシェル嬢の希望ですよ。殿下から言い出されたことではありません」

「侯爵がお決めになって、ミシェル様のご希望だと言ってらっしゃるのかもしれませんよ」

シメオン様は首を振った。

「そうだとしても、ミシェル嬢がいやがっていないのなら問題はないでしょう」

「本当にいやがっていなければね」

「あなたは、お二人が破談になることを期待しているのですか？　裏があってほしいと言わんばかりですね」

「そうではありませんけど」

わたしだって、殿下がお幸せになれるものならば全力で応援したい。だけどどうしても、お茶会の時のミシェル様のようすが忘れられないのだ。

あの悲壮感を漂わせた青いお顔を見てしまったあとでは、いくら上手くいっているように見えても不安に思わずにはいられなかった。あの時はほとんどまともに殿下のお顔を見ることもできず、今にも卒倒しそうだったのに、一転して仲良くなれるっておかしくない？

お茶会のあとも何度か会っていらっしゃるそうだし、少しずつうちとけたとは聞いている。それを見ていないせいで、違和感を抱いてしまうのかも。そう思っても、わたしはなんだか納得のいかない気分だった。

「やれやれ、他人の事情をそうも気にかけるのは、恋愛小説家の職業病ですか？　それならば障害を乗り越えて結ばれる展開を期待してもよいのでは？」

「その場合、気持ちは最初から惹かれ合っていますわ」

「はじめはいやがっていたのが、相手の熱烈な求愛にほだされて、という展開もあるでしょう」

「シメオン様、ますますお詳しくなってらっしゃいますね」

「……婚約者を理解するために努力したまでです」

うふふと笑ってわたしはシメオン様の腕に寄り添った。硬派な男性が女性向けの恋愛小説を読んでいる姿を想像すると、おかしいやら可愛いやらでくすぐったい。いったいどんなお顔で読んでいらっしゃるのかしらね。

「その半分でも私のことを気にかけてもらえるとうれしいのですが」

「まあ、もちろんですよ。シメオン様のことを忘れるなんてありえません」

「どうだかね。あなたの頭に最上位で君臨しているのは『萌え』でしょう」

「萌え、すなわちシメオン様ですわ」

断言すると複雑な顔で見下ろされた。

「結局嬉々として同行して、少しもこちらの気持ちをわかってくれていないではありませんか」

「わかってますけど、殿下のご要望ですし……」

半分以上言い訳なのは承知している。でもお断りしきれなかったのも事実だ。

あのあと、シメオン様は正直にご自分の懸念を殿下に訴えて、わたしを同行させないよう頼まれた。

殿下も考えてくださったけれど、説得するには根拠が弱かった。

「それは、明確な情報によるものではなく、単にお前が心配しているだけだろう？　大使はイーズディル派の反応を伝えてはきたが、具体的な動きを把握しているわけではなかったぞ」

「承知しております。しかしラビアではたびたび派閥同士の争いにより事件が起きています。ありえない話でもないでしょう」

「だとしても、狙われそうなのはチャルディーニ伯爵だ。私にとばっちりがくる可能性はあっても、マリエル嬢が巻き込まれるとは考えにくいぞ。ラビア人にとっては名前すら知らない無関係な人間だ。よけいなところへ手出しする暇もなかろう」

「巻き込まれずとも、みずから飛び込んでいきかねませんから」

お二人の視線が同時にわたしへ向けられる。殿下がしかつめらしく言った。

「マリエル嬢、子供ではないのだから状況をわきまえて、危険には近寄らないと約束できるな？」

「……生身では」

「なんだ生身って!?　よくわからんが、そなたの役目はミシェル嬢と親しくなることだ。彼女は子供の頃身体が弱かったそうで、ずっと田舎で暮らしていたらしい。貴族の中に知り合いがなく、人前に出ても気後れしてどうふるまえばよいのかわからないそうだ。そなたが友人になってくれればなにかと相談もできて心強かろう。普段は注目されないよう存在感を消しているそなただが、話をしてみればうちとけやすく楽しい人物だ。……ところどころ理解できぬ部分はあるが……互いに助け合える関係になれるのではないかと思う。頼めないだろうか？」

間を取り持ってほしいというよりは、ミシェル様に味方を作ってあげたいとお考えになったようだ。そのお気持ちは尊いと思うし、できることなら協力したい。わたしはシメオン様を見た。殿下もシメオン様に向き直って頼まれた。

「お前が婚約者のことを心配する気持ちはわかる。だがいささか過保護がすぎるのではないか？　あからさまに危険というわけではないし、お前以外の護衛も連れていく。チャルディーニ伯爵……リュタンの存在はたしかに気になるが、今の状況で妙な真似(まね)はしないだろう。前回と違って、なにかすれば外交問題に発展するのだから、マリエル嬢にも度を越した手出しはしないはずだ。私もなるべく気に留めると約束するから、彼女の同行を認めてくれぬか？」

殿下からこうも頼まれては、さすがのシメオン様もむべにはできない。渋々ながらも承諾し、わたしの同行が決定したのだった。

わたし自身乗り気だったのは事実だけれど、暴走したわけではないわよね。

「別になにごとも起こらず平和ですし、そうピリピリなさらなくてもよろしいのでは？　心配するのは問題が起きてからにして、今は楽しいことを考えましょうよ。さきほどの池でスケートなんてどうでしょう？　殿下とミシェル様の仲を深めるにもよいと思いますわ」

騎士のように鍛えてはいなくても、殿下は運動能力の高いお方だ。転びそうになるミシェル様をしっかり支えて頼もしいところを印象づければ、乙女心(おとめごころ)にキュンとくること間違いなし。

「自分が遊びたいだけでしょう。前々から言っていましたよね」

「冬の楽しみですもの。シメオン様はスケートは苦手ですか？」

「子供の頃にはよく遊びましたが、もう十年以上やっていませんね」

ふうん。でもシメオン様なら今だってお上手に滑りそうな気がする。転んじゃうところも見てみたいけどね！

あまり長く外にいても寒いので、もうしばらく歩いてから一行は館（やかた）へ帰った。暖められた部屋に落ち着くと、女中が熱いお茶と軽食を用意してくれる。おいしくいただきながら、わたしはミシェル様に提案してみた。

「スケート、ですか」

「はい。ちょうどおあつらえ向きの池がありますもの。靴はすぐに用意できると思いますから、明日（あす）みんなで遊びません？」

殿下にもちらりと目を向ける。まさか滑れないとはおっしゃいませんよね、王子様？

「なんだその目は。私だってスケートをしたことくらいあるぞ。面白そうだな、やってみないかミシェル嬢？」

「あ……でも、あの池はとても深くて、危ないと聞かされております」

ミシェル様にはあまりそそられる話題ではないのか、戸惑った表情で返された。

「氷も場所によっては薄いそうですので、スケートは無理かと」

「まあ、そうなのですか？　とてもよさげに見えましたのに、残念」

「……見かけによらず、活発でいらっしゃるんですね」

肩を落とすわたしに、ミシェル様は優しく微笑（ほほえ）んだ。

「うーん、そうかしら。おとなしいつもりですけど、ミシェル様を見ているとなにやら自分が奔放な人間に思えてきますわね」

「違うつもりだったのか」

殿下のつっこみは聞こえなかったことにする。

「深窓の令嬢とはかくあるべしと、お手本を見せられている気分ですわ。慎ましやかで儚げで、殿方でなくても思わず守ってあげたくなっちゃいますね」

「そんな……」

困ったように微笑むお顔も可愛らしい。うん、殿下のお気持ちがわかっちゃった。華やかな美女は目に楽しいけれど、放っておいてもしたたかに社交界を生き抜いているから、時として男性はただの添え物になっちゃうこともある。殿下なら貫禄負けすることはないでしょうけど、自分が雨や風から守ってそっと咲かせてあげたい花って、多分男性にとっては一種の理想よね。

「マリエル様の方が、ずっと令嬢らしいです。先日のお茶会でも、王女様たちの前で気後れせず堂々としていらして、ご立派だと思いました」

「あら、最初はけっこう緊張しましたのよ？　お話ししてみると気さくな方々で、安心しただけです。ああいう気取らない方々とお付き合いすることからはじめて、徐々に人付き合いにも慣れていかれれば……と思いますけど、さすがに王女様たちではまったく緊張せずにはいられませんわね」

互いに苦笑する。いくら気さくにしていただいても、相手が王女様では遠慮抜きというわけにはいかない。

「私にまったく遠慮しないのはどこの誰(だれ)だ」

「殿下、女の会話に口を挟まないでくださいませ。そうだわ、ミシェル様、もしよろしければ今度わたしの友人を紹介させてくださいな」

いいことを思いついて、わたしは手を打った。視界の端でむくれる殿下にシメオン様が首を振っている。仲良くしてほしいとおっしゃったくせに、なにを不満げにしてらっしゃるのかしらね。

「お友達ですか？」

「はい！　もう全然、まったく遠慮も気後れも必要ない相手ですから。わたしの遠縁になるのですけど、たまたま同い年で、子供の頃から仲良くしていますの。きつい性格ではありませんし、意地悪でもありません。優しくてけっこうお茶目で、明るい子です。男爵家の娘ですから、ミシェル様とはだいぶん格が違いますが、むしろそういう相手の方が気楽でしょう？　ミシェル様と仲良くしていただけたら、きっとジュリエンヌも喜ぶと思うのですけど」

「ジュリエンヌ様とおっしゃるのですか。マリエル様のお友達なら、楽しい方なのでしょうね」

ミシェル様はまぶしそうに目を細める。そのようすにはどことなく、憧憬(しょうけい)と諦観(ていかん)が含まれているように感じられた。

今まで友達がいなかったのなら憧(あこが)れるのはわかるけれど、諦(あきら)める必要はないわよね？　これからだって友達は作れる。内気だから無理だと思い込んでいるのだろうか。

笑顔で話をしていても、ミシェル様との間を薄い壁にさえぎられているような気分だった。向こうを透かし見ることはできるのに、通り抜けられないようなもどかしさを覚える。

いずれ親しくなれば崩せる壁なのかもしれない。でもずっと抱いている印象とともに、わたしを不安にさせる材料だった。

その夜、侯爵夫妻やご子息（と、ついでにリュタン）も揃った晩餐の席で、わたしはあらためてスケートができないか尋ねてみた。答えてくれたのは侯爵の後ろに控えた執事だった。

「滅相もないことにございます。端の方は厚く凍っておりますが、中心へ近づくにつれて氷が薄くなっていて大変に危険です。過去に何度も事故が起きております。深さがあるのはもちろんのこと、川とつながっておりますから水の中に流れがあるのです。この季節ですし、落ちればまず助かりません。けっして踏み込まれませんよう、ご注意くださいませ」

んー、やっぱり無理か。残念だけどしかたがない。別にスケートがしたい一心でこだわっていたわけではないわよ？　お上品に会話するばかりでなく、思わずはしゃいでしまうほど楽しく遊べば、ミシェル様もぐっと気安くなれるかなって期待したのよ。だから殿下もシメオン様も、わがままな子を見るような目を向けないでくださいな。

スケートがだめなら橇遊びでも提案してみようかな。それとも雪合戦とか。

などと検討していたら、侯爵夫人のベルナデット様が厳しい声を出した。

「そんな危ないことに誘うなんて、どういうつもりなの。殿下やシメオン様に万一のことがあったらどうする気？　軽率にもほどがあるでしょう。浮かれるのもたいがいになさい」

ベルナデット夫人がにらんでいるのは、わたしではなくミシェル様だった。とんでもない勘違いをされていると気付いて、わたしは急いで言った。

「いいえ、ミシェル様のご提案ではなく、わたしが言い出したのです。申し訳ありません、ブリューネ公園の池と同じに考えていて。本当に、軽率でしたわね」

ベルナデット夫人の目がちらりとわたしに向けられ、フンと鼻息が聞こえそうな勢いでそらされる。信じていないのかミシェル様への視線は厳しいままだった。

「どうせお前がつまらない話を聞かせてそそのかしたのでしょう」

「やめんか」

侯爵にとがめられて、ようやくベルナデット夫人は口を閉じる。不機嫌そうにツンとそっぽを向かれて、食卓に気まずい空気が流れた。

ミシェル様は言い返すこともせず、黙って小さくなっている。わたしのせいでとんだ濡(ぬ)れ衣を着せてしまった。とてもこのままにはしておけない。

とはいえ、どうしたものかと困った。シメオン様の婚約者で殿下が連れてきたから一応客扱いされているけれど、気位の高い侯爵夫人からすれば、本当はわたしなんてお招きを受ける身ではないものね。意見したところで聞いてもらえるはずがない。むしろよけいに機嫌を悪化させてしまいそうだ。

ミシェル様の好感度を上げるためにも、ここは殿下に口添えしていただきたいと目を向けた時、違うところから助け船が出た。

「スケートできないのかあ。実は僕もあそこを見て、ワクワクしていたんだけどなあ。童心に返って遊ぶのもいいと思いませんか？　だってせっかくこんな所へ来ているんだから、いろいろ楽しみたいじゃありませんか。橇遊びや雪合戦もしてみたいですよね」

場の空気が読めないのかと思うくらい、明るい呑気(のんき)そうな声でリュタンが言った。わたしと目が合うと、バチリとウインクしてくる。わたしは反応に困った。助け船はありがたいし、同じことを考える人がいたのもうれしい。でも相手がリュタンだと素直に意気投合してしまっていいのかと悩む。

「……そうだな、スケートは諦めるしかないが、雪遊びは楽しそうだ」

わたしが黙っていると殿下が同意した。シメオン様もそれに続いた。

「ええ、童心に返って遠慮なく雪と戯れるのもよいですね」

あ、今のは雪に埋めてやるぞという意味ね。リュタンに向けられた目がそう言っている。きれいな笑顔の中で目だけが据わっていた。ああん、腹黒っぽくて素敵。

返されるリュタンのまなざしも挑発的だ。二人の間でぶつかり合う見えない火花を、退屈そうな白けた声が遮った。

「雪遊びなんて、寒いだけじゃないですか。僕はいやだな」

せっかく持ち直しかけた会話に水を差したのは、侯爵家の若君カミーユ様だった。一同の中でもっとも若い十六歳の少年は、昼間の散策にも同行しなかったし、遊びの計画に目を輝かせることもなかった。

「わざわざこんな雪しかないところに来て、うんざりですよ。都にいれば劇場や紳士クラブで楽しむこともできたのに、ミシェルのせいでとんだ迷惑だ」

「カミーユ、口を慎め。殿下の御前で無礼だぞ」

侯爵が叱りつけても、ぶすくれた顔をそむけるだけだ。侯爵家のお坊っちゃまは、外で身体を動かすことはお好きでないらしい。

「申し訳ございません、母親が甘やかすものですから。こんなことを言っておりますが、単に大人ぶっていたいだけですよ」

「この子は少々身体が弱くて。冬になると必ず一度は寝込んでしまうものですから。殿下のようなお方に本当は憧れているのですよ。それを素直に言えなくてこんな憎まれ口を。本当に申し訳ございません」

　両親が殿下に謝ってとりなそうとする。殿下は優雅にワイングラスを傾けて微笑んだ。

「ああ、かまわない。その年頃は生意気を口にしたがるものだ。私にも恥ずかしい思い出があるさ。カミーユ、心配せずともそなたを誘う予定はない。暖かい部屋で存分にくつろいでいるがよい」

揶揄する調子で言われて、お坊っちゃまの白い頬に朱が差した。彼はただ悔しそうにしているだけだが、親の方はさすがにもっとわかっている。王太子から相手をする気がないと言われてひそかに焦っていた。

　せっかくミシェル様をお輿入れさせて権勢を取り戻そうとしているのに、跡継ぎが次期国王から見放されてはだいなしだ。話題を変えて懸命に殿下のご機嫌を取ろうとしていた。そうした反応には慣れているのだろう、殿下は鷹揚な態度で適当に話を合わせている。シメオン様も同様で、表面上だけなごやかに晩餐は終えられた。

　食後のおしゃべりは男女に分かれて行われる。男性陣を正餐室に残して、まずベルナデット夫人が先頭に立って外へ向かう。そのあとにわたしとミシェル様も続いた。そのまま応接間へ移り、殿方のおしゃべりが終わるのをこちらも女同士でおしゃべりしながら待つ——のだと思ったら、夫人はわたしたちを振り返ることもなく、さっさとその場を立ち去ってしまった。

使用人がわたしたちを案内するようすもない。廊下にミシェル様と二人きりで取り残されて、内心ちょっとだけ呆(あき)れてしまった。

なんてまあ、あからさまな真似をなさること。

女主人の作法としてはありえないふるまいだ。よほどに客の顔ぶれが気に入らず同席したくなくたって、せめて急に体調が悪くなったからと言い訳くらい——それだってけして誉められたものではないけれど、何も言わずに客を放り出したりはしないものだ。これはつまり、わたしを客だとは思っていないという無言の意思表示なわけね。一言断りを入れる必要すらないということなのでしょう。

ご挨拶(あいさつ)した時からほとんど無視されていたし、これまでに見聞きしてきたベルナデット夫人のお人柄を考えれば、特に驚きはない。シメオン様に対してすら、侯爵家より格下の伯爵家と見下す気配があるのだもの。まあそこには、フロベール家への対抗心などが関係しているのだけれど。おまけのわたしなんてきっと夫人にとっては、道端の雑草程度だろう。

むしろありがたいと思考を切り換えることにした。正直、夫人とどんなおしゃべりをすればいいのか難しく感じてもいたし。向こうが拒否してくれたならかえって気楽だ。夫人は黙って見送り、ともかくにもミシェル様に謝った。

「さきほどは申し訳ありませんでした。わたしのせいでミシェル様にいやな思いをさせてしまって」

「いいえ、そんな」

ミシェル様は微笑んで首を振った。

「マリエル様がお気になさる必要はございません。いつも、あんな感じですから」

母親から冷たくされても特に落ち込むようではなく、わりと平然としていらっしゃる。内気で儚げな方と思わせて、意外に図太いところも持っている？　親子の当たり前の関係と慣れているのだろうか。

格の高いお家ってこんなものなのだろうか。でもカミーユ様には普通に母親らしい顔を見せていた。息子と娘とでは接し方が違うにしても、どうにも納得できない。うちのお母様はお兄様に対してあれこれ世話を焼いたりするけれど、仲良くおしゃべりするのはもっぱらわたしの方だもの。ジュリエンヌのところだって同じようなものだ。

ベルナデット夫人には、ミシェル様に対して母親らしい愛情がまるで感じられなかった。むしろ嫌ってすらいる雰囲気だった。

……これは、以前聞いた噂が真実味を帯びてきたわね。

「こちらこそ、失礼をお詫びします。お客様を放り出して引き上げるだなんて、不作法な真似を」

ミシェル様の方も、ベルナデット夫人の態度を謝ってきた。

「それこそお気になさらず。以前にも申しましたが、わたしは本来このような場所にお邪魔できる身分ではないのです。ベルナデット夫人がいちいち相手をする気になれないのは、当然ですわ」

「マリエル様はれっきとした貴族の令嬢です。敬意をはらわれてしかるべきお方です」

軽く流そうとしたら思いがけず強い口調で返されて、わたしは少し驚いてしまった。ミシェル様もあわてたようすになって、すぐに言い添えた。

「すみません、あの、違うのです。母があのような態度をとったのはマリエル様のせいではなく、わたしのせいで……」

「ミシェル様？」

「マリエル様は、何も悪くありません」

小さく苦笑して、ミシェル様はわたしをうながす。いつまでも出入り口の近くで立ち話をしていると行き来する使用人の邪魔になるので、わたしたちは場を移すことにした。二人で二階へ上がり、少し歩く。廊下の一角に広く取った空間があり、腰を落ち着けられるよう椅子が置かれていた。気軽な談話のための場所だ。わたしとミシェル様は、そこで向かい合って座った。

すぐそばに大きな出窓があり、暖かな季節の明るい時間だったなら居心地がよかっただろう。しんしんと冷え込む冬の夜には、あいにく長居できそうにない。

目の前の廊下を時折使用人が通りすぎるが、誰もわたしたちに目を向けなかった。明かりと暖房が用意された応接間へは招かれない。もちろんお茶が運ばれてくることもない。冷たく無視されているというより、関わってはならないと避けられている気配を感じた。

廊下からの明かりに浮かぶミシェル様のお顔は、静かでさみしげだった。王太子殿下に見初められ、いずれは国母となる道を約束された人なのに、そんな輝かしさとはまるで無縁に見える。この館の中で彼女は幸せではないと、誰でもすぐにわかる光景だった。

殿下との縁談は、この境遇から抜け出す機会と言えるのではないだろうか。ミシェル様はどのように思っておられるのだろう。

ずっと気になっていたことだし、せっかく二人きりになれたこの機会に、わたしは思いきって尋ねてみることにした。

「園遊会からこちら、いろいろお忙しかったでしょうね。ずいぶん急にお話が進んでいるようですし、ミシェル様も戸惑われることが多いのではありませんか？」

「ええ……」

ミシェル様は言葉少なに微笑む。うれしいできごとならば忙しくても同時に浮き立つ気持ちがあるものだけれど、彼女のようすからはそうしたものが窺えない。

「殿下のお妃選びについては、周りの皆様もやきもきされていましたからね。ようやく決まって大喜びなのでしょう。先日王女様たちからお聞きしたところでも、王宮は歓迎する意向で一致しているそうです」

「……ありがたいことです」

微笑みながらも、彼女の手はスカートの上で握りしめられている。

「そうですね、とてもありがたいことです。殿下ご自身はもう見るからにミシェル様に夢中ですし、周りもそれを歓迎しているとなれば、なんら障害はなく王室へのお輿入れに不安はない……と、申したいところですが、ミシェル様のお気持ちが少々気になります。なにか、気がかりなことでもあるのでは？　あまりお元気がないように見えるのが心配です」

はっきりと言ってみれば、ミシェル様は驚いたようすで目をまたたいた。急いで微笑みを作り、聞き返してくる。

「そんなふうに見えますか？」

「少し。わたしはそう何度もお会いしておりませんから、あまりわかったようなことは言えませんが、しとやかで内気な方というだけには思えないのです。もしなにかお悩みがあるのでしたら、よろしければ聞かせていただけません？　殿下に直接申し上げにくいことなども、たとえばシメオン様に手伝っていただくとかして、上手い具合にお伝えすることができますわ」

「………」

ミシェル様の視線がさまよう。言うべきか否か、迷ったことがわかった。けれどすぐ笑顔に戻り、彼女は首を振った。

「ありがとうございます。でも、ご心配いただくほどのことはありません。たしかに思いがけないお話に戸惑いや不安もありますが、殿下もとてもよくしてくださいますから……大丈夫です」

やはり、そう簡単に打ち明けてはくれないか。ミシェル様にとって、わたしは知り合ったばかりの信用できるかどうかわからない相手だ。下手（へた）なことは言えないと警戒されるのは無理もなかった。

しつこく聞くのはやめて、この場は引き下がることにした。この滞在期間中に、親しくなる機会はまたあるだろう。あわてる必要はない。

「そうですか、ならばよいのですが。差し出がましいことを言って、お気を悪くされたなら申し訳ありません」

「いいえ、とんでもない。お気遣いに感謝します」

「殿下はね、ミシェル様に助け合える友人を持たせてさしあげたいとお考えになって、わたしに同行を依頼されたのですよ。信頼していただけたこともうれしかったですし、お友達ができるのは大歓迎です。ミシェル様さえよろしければ、仲良くしてくださいませね」

膝に置かれたミシェル様の手が、さらに強く握りしめられた。わたしはそれに気付かないふりをする。ミシェル様のお顔は、不快感をこらえるというものではなかった。もっと別のなにかをこらえている。言いたくても言えない、どんな思いがあるのだろう。

「ありがとうございます。わたしなどに、そうまで言っていただけるなんて……」

「お礼なら殿下に。わたしはお友達が増えてうれしいだけですから。今度本当にジュリエンヌを紹介させてくださいね。あと、とっても素敵な人たちも知っていますのよ。王太子妃となる方にご紹介してよいのかどうかわかりませんけど……でも殿下もご存じの方たちですし、かまいませんかしら？　いつかお引き合わせしたいものですわ」

「マリエル様には、お友達がたくさんいらっしゃるのですね」

微笑みの中にはまた憧憬と諦観が混じっていた。見ているこちらの方が切なくなるような儚さだ。彼女をそんな顔にさせているのは、やはりこの侯爵家の冷ややかさなのだろうか。

その後も少し話を続け、わたしはいろいろ提案してみたが、結局ミシェル様から同意の返事は得られなかった。お礼や感想などを口にするばかりで、「はい」と答えることを慎重に避けているようすだった。わたしと友人付き合いをする気はないということなのかしら……迷惑そうな気配はなかったと思うのだけれど、なんとなく落ち込む結果だった。

ミシェル様と別れたわたしは使用人をつかまえて、先に引き上げることをシメオン様たちに伝えてもらい、割り当てられた客間へ戻った。まだ休むつもりはない。就寝には早いので、急いで旅行鞄(かばん)を開いた。

幅を取る重たいドレスを脱ぎ捨てて、簡素な黒いドレスに着替える。今回もナタリーから借りてきたものだ。靴も替えた。リボンのついた短靴から動きやすい実用的な編み上げ靴に。髪をひっつめて白い頭巾(ずきん)を被(かぶ)り、仕上げにエプロンを身につければ、たちまち地味な令嬢は姿を消して書き割りのような女中のできあがりだ。

何度見ても我ながら感心するわあ。鏡に映る自分の姿は、どこにでもいそうなありふれた女中でしかなかった。不自然さなんてこれっぽっちも感じない。わたしって生まれる階級を間違えたかも。

周囲の気配をさぐりながらそうっと客間から滑り出て、何食わぬ顔で館内の探索を開始した。ミシェル様からなにも聞き出せなかったからといって、残念でしたで終わったりはしない。殿下のご希望に沿うためにも、もっと彼女のことを知りたい。普通の幸せそうな令嬢ではないのだもの。彼女が抱えている事情や悩みを知らないと、どんなふうに接すればいいのか図りにくい。

今こそわが特技、背景同化能力を活用する時だ。誰にも存在を意識させず噂を聞き集めるのは得意中の得意。いざ行かん、情報収集へ！

話を聞くならば人が集まっている場所だ。まずは晩餐の後片付けに忙しそうな厨房(ちゅうぼう)へもぐり込んだ。落ち目といってもそこは名門侯爵家、働く使用人の数は多い。バタバタしている中へさり気なく交ざることは難しくなかった。

洗い物を手伝いながら使用人たちの会話に耳を澄ませる。でもあいにくと有益な情報は得られなかった。女中たちの関心はもっぱら見目麗しい殿方のことに集中していた。殿下もシメオン様も滅多に見られない美形だものね。リュタンも一応かっこいいし。大がかりな宴を催すことも少なくなった侯爵家の使用人にとって、そうした客人の姿を目にできたのが楽しそうだった。

ミシェル様とベルナデット夫人の関係について、おしゃべり好きな女中ならいろいろ話すかと期待していたんだけどな。そういう話題は当分出てきそうにない。

あまりのんびりできる時間はないので、他をあたろうと適当なところでわたしは抜け出した。次はどこへ行こうかな。ベルナデット夫人のようすを見に行きたいけれど、さすがにそれは難しいわよね。

用事の途中というふりで廊下を歩き回っていると、年配の女中に声をかけられた。部外者とばれたわけではなく、手が空いているなら石炭を取ってくるよう言いつけられる。一対一で向かい合っても気付かれないとは、相手がうかつなのかわたしがなじみすぎなのか。この調子ならベルナデット夫人の部屋にももぐり込めるかも？　夫人はわたしの顔なんてろくに見ていないから、きっと気付かないと思う。ただ女主人の身の回りの世話って下働きの担当ではないから、入れるとしても夫人がいない時の掃除くらいだ。それではあまり意味がないし、そもそもこの時間には無理だろう。

今はまず石炭だと、屋敷の裏手へ向かった。廊下を歩いていても寒かったけれど、夜の屋外は極寒だった。女中のお仕着せってあまり温かくないのね。こんなことなら下にもっと着込んでくるのだった。みんなどうやって寒さをしのいでいるのだろう。もし辛い思いをしているのなら、もっと温かい服を支給するようお母様に相談しなくては。

さっさと用事を済ませて戻らないと凍死しそうだ。でも暗がりの中、不案内なわたしはなかなか石炭置き場を見つけられなかった。

震えながらさがし回っていると、かすかな気配と人の声に気付いた。誰かいるらしい。わたしはほっとなって声の方へ向かった。

石炭石炭、石炭はどこ？

教えてもらって早く中へ戻ろうと急いでいた足を、しかし途中であわてて止めた。近づいてきた声に、聞き覚えがあるような気がしたのだ。

足音を忍ばせて進み、物置小屋の陰からそうっと向こうを覗く。雪明かりの中、植栽の陰で立ち話をしていたのは、一組の男女だった。

頭から大きなショールをすっぽり被って顔が見えないけれど、あれはミシェル様に違いない。ドレスもさきほどと同じだ。お部屋に戻ったはずなのに、こんなところでなにをしているのだろう。

向かい合っている男性は背が高く、がっしりした体格をしていた。身なりからして、おそらく使用人の一人だろう。

二人は小声でやり取りしていて、話の内容をはっきり聞き取ることはできなかった。でもこれ以上は近付けない。見るからに深刻そうな雰囲気で、人目を避けて会っているのが明らかなので、わたしは小屋の陰で気配を殺しながら全神経を耳に集中した。うう、ここで幽体離脱ができたなら！　できない!?　こう、頭のてっぺんからスルッと抜け出せないかしら！

「……――に、戻ってから――」

「――する分、十分に……」

く……っ、聞こえるようで絶妙にわからない！　でも何かの相談というか、打ち合わせのような雰囲気だった。

ただならぬ状況にドキドキしてくる。以前シメオン様に否定された仮説は、やはり当たっていたのかもしれない。あの男性はミシェル様の恋人ではないの？　それにしても深刻そうなのが心配だ。まさかまさか、本当に駆け落ちの相談でもしているのだろうか。

二人の会話を聞き取れないのがもどかしかった。せめて向こうからこっちに向かって風が吹いてくればいいのに。そうしたらもう少し聞こえそうなのに。ついでに小屋が風除（かざよ）けになってくれるのに。後ろから吹きつけてくるから寒いのよ！

身体がガタガタ震えている。手や爪先（つまさき）も冷えきって痛い。彼女たちのことは気になるけれど、全身が限界を訴えていた。

それを必死に耐えていると、ふと背中に吹きつける風が消えた。一瞬やんだのかと喜びかけて、すぐに違うと気付く。風はまだ吹いている。わたしの背後が遮られているだけだ。

後ろに誰かいる――!?

思わず振り返りそうになった身体が、寸前で抱きすくめられた。大きな手に口元を抑えられ、声を封じられてしまう。

「誰っ!?」

ミシェル様たちが物音に気付き、ぱっとこちらを振り向いた。後ろの人物に抵抗しかけていたわたしは、あわてて動きを止めてじっと気配を押し殺した。しばし沈黙が続く。夜の闇に、風だけが吹き抜けていった。

「……風の音みたいですね」

安心した声で言ったのは男の方だった。ミシェル様もそれにうなずいた。どうやら気付かれずにすんだようだ。でも不安になったのか、二人はすぐに話を切り上げて別々に立ち去ってしまった。

「やれやれ、行ったかな」

耳元に声がささやく。こんな状況なのに楽しげな、明るい声で背後の男は言う。

「危なかったね。でもなかなかの密偵ぶりだったよ。君ならちょっと訓練すれば、一流の女諜報員になれそうだ」

「………」

わたしは無言で相手の手を叩いた。この状況、いつぞやを彷彿とさせる。別な意味で身の危険を感じてしまう。

「大声出しちゃだめだよ？　人に見つかって困るのは君だ」

わかってるってば！

こくこくうなずけば、ようやく男はわたしの口を解放した。はあ、と息を吐いて胸一杯に新鮮な空気を吸い込む。冷たいけれどほっとした。

「……ちょっと、いつまでくっついてるのよ。いい加減離れてくれない？」

口だけ解放しても、わたしをつかまえる腕は離れない。文句を言うと、むしろ両腕でしっかり抱きしめられてしまった。

「ちょっと！」

「すごく冷たいよ。温めないと凍え死にしてしまいそうだ」

「ええ、もう暖炉のある部屋に戻りたいわ。だから放してくださる？」

「このまま抱き上げて運んであげようか、お姫様」

「結構よ。自分で歩いて帰ります」

力一杯抵抗すれば、案外あっさりと腕は離れていった。わたしは数歩距離を取って振り返る。リュタンは晩餐の正装の上に、羽織るだけの外套をまとっていた。

夜の景色の中にたたずむ姿は、物語の怪盗さながらだった。誉めたいわけじゃないけれど、かっこいいことは事実よね。もちろんシメオン様の方がもっとずっと何倍もかっこいいけれど！　でも彼にはない、軽やかで怪しげな魅力をふりまいていた。

「さて、モンタニエの姫君になにやら不穏な気配あり。君はどっちの味方につくのかな？　婚約者にならって王子様のために働くのか、それとも彼を裏切って姫君を救うのか」

「……あなた、なにを知っているの」

「なにも？　侯爵家の人々とは最近出会ったばかりだからね。詳しい事情なんか知らないさ」

ぬけぬけとうそぶく泥棒を、わたしは呆れてにらんだ。ミシェル様の味方をすれば殿下を裏切ることになると、言ったその口で直後によくもまあ。

追及したところでこの男が素直に口を割るとも思えない。それになにより寒くて死にそうなのは切実に本当だったので、わたしは回れ右して館の出入り口へ向かった。リュタンは当たり前の顔をしてついてきた。

「さっきの人とミシェル様が一緒にいるところ、これまでにも見た？」

「ああ、まあね。ミシェル嬢が頼りにしているのは、子供の頃から世話になっている乳母と、あの下男だけみたいだね」

「……ご両親には頼れないのね」

答えるかわりにリュタンはふっと吐息で笑った。軽く嘲笑う気配にわたしは顔をしかめる。

「君の方こそ知っているんじゃないの？　あの母娘――というか、侯爵家の人々とミシェル嬢との不自然な関係の理由を」

「知らないわ。ミシェル様とお会いするのはこれで二度目だし、侯爵夫妻とも親しくお付き合いしたことはなかったもの」

おかえしにツンと顎をそびやかす。わたしのそんな態度を、リュタンはにやにやと面白そうに見ていた。

――白々しい会話だ。お互いの考えはいやというほど察しているのに。

でも口に出すわけにはいかない。他人の事情を相手かまわずしゃべるわけにはいかないもの。殿下のご結婚問題にも関わってくるのだし、よりにもよってこんな男に言えるものですか。

「セヴラン王子は惚れる相手を間違えたね。君の方が有能だし人物的にも魅力的なのに」

「あら、誉めてくださってありがとう。でもわたしに魅力を感じてくださるのはシメオン様だけでいいのよ。殿下とややこしい関係になってしまっては困るし、まして泥棒なんてお呼びでないわ」

「エミディオと呼んでって言ってるのに」

　どれだけ冷たくしてもリュタンはまるでこたえない。へらへら笑う顔を見ていると、なんだか気を張っているのが馬鹿(ばか)らしくなってきた。

　裏口の小さな扉を開いて館の中に飛び込む。結局石炭を見つけられなかったけれど、もう寒いし疲れたから探索はおしまいにしよう。わたしに言いつけた女中は怒るでしょうね、ごめんなさい。

「震えてるよ。温まってから戻ったら」

「温まれる場所なんてある？」

「こっちだ、おいで」

　心得たようすでリュタンは誘う。不用意についていっていいのかためらっていると、歩きかけた足を止めて苦笑した。

「なにもしないよ」

「この間もそう言ったわ」

「あれは君の方からさわってきたんじゃないか。そんな唇まで青くしている子になにかするほど悪辣(あくらつ)じゃないつもりだけどなあ」

　迷った結果、わたしはついていく方を選んだ。リュタンの思惑についても、気になってはいたのだ。この男が正直に教えてくれるとは思わないけれど、なにかは聞き出せるかもしれない。それになにより、寒さに負けた時、わたしの部屋にはまだ火の気がなかった。あんなにすぐ戻ると思わずに、支度が遅れていただけかもしれない。でもベルナデット夫人の態度を見ていると、故意に放置されている可能性もあるのが心配だった。この身体で冷えきった部屋に戻るのは辛い。

シメオン様に叱られるかしら。脳裏に彼の渋い顔が浮かぶ。内心で謝りながらリュタンについていくと、物置らしき小さな部屋に招き入れられた。普段使われそうにない道具類が収められている中、ぽつんと石炭ストーブが置かれている。そばにはちゃんと火の入ったランプもあった。ずいぶん用意がいいことだ。

「僕だって真冬の夜中に外へ出れば寒いと感じるんだよ。ここなら使用人も来ないし、落ち着いて話ができる」

「別に話をしにきたわけじゃないんだけど」

言い返しながらわたしは急いでストーブの前に座り込み、身体を温めた。冷えすぎた指先は、痛いのを通り越してもう麻痺しかけていた。

真っ赤に燃える石炭から熱が伝わり、体内をめぐりはじめる。ようやく震えがおさまり、ほっと肩から力が抜けていった。ああ……火って偉大だわ。でも前が温かい分背中の寒さが気になる――と思ったら、まるで心を読んだようにリュタンが自分の外套を脱いで着せかけてくれた。

「……ありがとう」

「どういたしまして。ふふ、一見上手く化けているけど、やっぱりお嬢様だね。そのきれいな手、隠さないと目ざとい人間には見破られるよ」

指摘されてまじまじと自分の手を見てしまった。たしかに地味でも中流でも貴族の娘、労働で荒れることはなかったわね。中指のペンだこが目立つくらいだ。

「さすが変装の名人は細かいところに目ざといってわけね。でもそういえば、あなたも手が原因でシメオン様に偽物だってばれちゃったのよね」

「ああ、伯爵家の若様と思って見くびりすぎたね」

いやなことを思い出したと、リュタンは顔をゆがめた。

「庶民育ちの男なら手がきれいじゃなくて当たり前だ。仕事でまめやたこを作ることもあるだろう。騎士の手とそんなに違わないと思ったのになあ。ささいな特徴に気付くなんて、彼はちょっと神経質すぎるよね」

本当に悔しそうな負け惜しみに、わたしは思わず笑ってしまった。

「エミディオって本名なの？　ラビアのチャルディーニ伯爵があなたの正体？」

「ま、今のところは」

「なによそれ、結局嘘ってこと？」

「いや、まるきり嘘でもないけど。僕の場合、基本的に表舞台で動くことはなくてね。ラビア人にもそんなに知られていないんだ。伯爵位はほとんど肩書だけで、あまり意味はない。他にもいくつか違う名前を持っていて、場合によって使い分けている」

「……よくわからないわ。結局偽名なんじゃないの」

「どれも本物だよ。しょせん肩書だけだからね」

どういうことかとわたしは首をひねった。肩書を偽造——ではなく、書類上では正式な名前をいくつも持っている？　そんな細工、簡単にできるものではない。裏のお仕事を匂わせるあたり、もしかして彼こそが諜報員なのではないだろうか。泥棒は世をしのぶ仮の姿？　……普通逆じゃないかと思うんだけど。

「そんな人がなにをたくらんでラグランジュに乗り込んできたの。言っておきますけど、殿下も陛下もあなたのことはよくご承知で、けっしてだまされてなんかいらっしゃらないわよ」

「そうだね、彼らはちゃんとわかっている。僕が本当にアンリエット王女との縁談交渉のために来ているってね」

「……それ、本当に本当なの？」

「もちろん。他にどんな理由がある？」

「こっちが聞いているんだけど」

わたしは肩をすくめた。やっぱりはぐらかすのね。それならどうしてあちこちで盗みを働く必要があったというのだか。

わからないことが多いし、好奇心も刺激されている。でも温まったことで疲労と眠気が一気に押し寄せてきて、これ以上言葉遊びのようなさぐり合いを続ける余裕がなかった。

とりあえず死にそうな寒さは去った。長居は無用だ。わたしは欠伸(あくび)をしながら立ち上がった。

「なら身の回りに気をつけることね。イーズデイル派があなたを狙っているかもしれなくてよ」

「心配してくれるのかい。優しいね」

「いいえ、事件が起きたらしっかり見物して今後の参考にさせていただくわ」

外套を脱いで返そうとしたら、リュタンはやんわりと押し戻した。

「戻る間にまた冷えたらいけない。貸してあげるよ」

「今日はずいぶんと紳士的ね？」

「僕はいつでも紳士だよ。それに好きな子には優しくしたいさ」

「はいはい、じゃあ遠慮なく。ありがとう、おやすみなさい」

戯言(ざれごと)を聞き流して外套を羽織り直す。扉へ向かうと、リュタンの声が追いかけてきた。

「マリエル、ミシェル嬢のことは放っときな。君が世話を焼いてやる必要はない。多分その方がセヴラン王子のためでもあるよ」

わたしは振り返ってリュタンを見た。古い机に浅く腰かけ、思わせぶりな笑顔をこちらへ向けている。なんとなく戦意をかきたてられるにくたらしい態度だった。

「あいにく、お友達が悩んでいそうなのに放っておくほど薄情にはなれないのよ。殿下だってミシェル様のお気持ちを無視なさるお方ではないわ」

「お友達ねえ……」

揶揄する声を無視して外へ出る。もうまっすぐに、人に見つからないよう気を付けながら客間へと急いだ。館内の明かりも減り、暗がりがいい具合に姿を隠してくれる。誰に見とがめられることもなく、無事に二階へと戻ってこられた。

そうして部屋の近くまできた時だった。不意に行く手から名前を呼ばれた。

「マリエル！」

一瞬驚いてもすぐに大丈夫と安堵する。響いたのはとても慕わしい声だった。こちらへ向かってくる姿が目に入った。

シメオン様だけはわたしがどんな姿をしていても、どこからでもすぐに見つけてくださる。心の中も温かくなって、自然と笑みが浮かんだ。

……けれど、彼が近づいてくるほどに、浮き上がりかけた気分はすとんと落ちてしまった。

わたしの前で立ち止まったシメオン様は、とても怖い顔をしていた。

7

口を開く前から、シメオン様が怒っていることはわかっていた。

「どこへ行っていたのです！　あれほど一人にならないよう言ったのに」

いつものお小言ではない、本気の怒りを宿した声に、わたしは身がすくむのを感じた。

「……あの、ちょっと調べてみようと……大丈夫でしたよ？　誰もわたしだと気付きませんでしたから」

「なにを呑気な。来る前に殿下からも注意されたでしょう。どうして約束を守れないのですか」

水色の瞳には、わたしへの非難と憤りしか浮かんでいない。苛立たしげにシメオン様はわたしをにらんでいる。とても気安い言葉で返せる雰囲気ではなかった。

なおも言葉を続けようとしたシメオン様は、階段を上がってくる足音に気付いてわたしの腕をつかんだ。少し痛いほど強引に引かれて、わたしの部屋へ連れて行かれる。入ってみればやはり暖炉は沈黙したままで、わたしが出る前に残していったランプの明かりが灯っているだけだった。こちらがこれなら、当然寝室の布団も温められてはいないだろう。

わたしを放り出して扉の向こうの気配を窺っていたシメオン様は、しばらくしてこちらへ目を戻した。

「……ようすを見にきてみれば部屋はこんな状態で、あなたはどこにもいない。私がどれだけ心配してさがし回ったか、わかりませんか」

外へ聞こえないよう抑えた声に、隠しきれない怒気が漂っている。わたしは頭を下げて謝った。

「ごめんなさい。晩餐の時のベルナデット夫人の態度が気になって、このお家でのミシェル様の立場をたしかめたかったんです。黙って行ったことは……本当に、ごめんなさい。お戻りを待っていたら、もう出られる時間ではなくなりそうでしたので」

「せめてなにか、私にわかるようにしていこうとも思わなかったのですか。あなたに私の気持ちがわかりますか？　使われたようすのない部屋を見たら、戻る途中でかどわかされたのかと思うでしょう！」

「ご、ごめんなさい——書き置きを残したら、誰かに見られてしまいそうでしょう？　あの、部屋がこんななのは、元からというか、多分私の世話はしなくていいと言われているのだと」

「言い訳を聞いているのではありません！」

強い声に打たれて、わたしはびくりと首をすくめた。そう、結局なにを言っても言い訳でしかない。シメオン様が怒るのは当然だった。

うつむいて立つわたしの前で、シメオン様もしばし言葉を切って呼吸を整えていた。どう謝ればいいのだろう。ごめんなさいをくり返すばかりでは、まともな謝罪にはならない気がする。でも他にどう言えばいいのか思いつかない。

「……それは？」

低く尋ねられて、わたしは顔を上げた。聞かれた意味が一瞬わからなかった。シメオン様の視線を追ってようやく悟る。リュタンから借りた外套を羽織ったままだった。

「あ……」

しまった——という言葉が頭に浮かんだのは、なぜだったのだろう。うしろめたいことなんてしていないのに、なにを隠そうと思ったのだろう。

……でも、本当にそうかしら。婚約者がいる身で他の男性と、それもよりによってあの男と二人きりになってしまったのは事実だ。けっしておかしなことを考えたわけではないし、そもそもあんなところにリュタンが現れるとも思っていなかった。調子のいい口説き文句も全部聞き流していた。

だけど……即座に彼から逃げようともしなかった。

それが、うしろめたいのだわ。

のこのこついていって、外套まで借りて。そうした行動が、シメオン様に対する裏切りのように思えてくる。どんなに寒くても、あそこはきっぱりと断るべきだったのかもしれない。

「……あの男と会っていたのですか」

シメオン様の方も同じように思ったのだろうか。わたしを責める声に、さっきとは違う響きを感じた。わたしはあわてて外套を脱いだ。

「あ、会いましたけど、たまたまです。そんな目的で出たのでは……」

「やつと、なにをしていたのですか」

「なにって、なにも——」

わたしは必死に首を振った。違う。違うわ、わたしはシメオン様を裏切ったりなんかしない。

「違います！　わたしは、ミシェル様が秘密の相談をしているところを見かけて！　そこにリュタンが現れたんです。わたしが凍えていたからストーブのある部屋へ連れていって外套も貸してくれましたけど、それだけです。本当に、なにもしていません！」

「…………」

必死に否定すると、シメオン様はきつく唇を噛んでわたしから目をそらした。怒りを懸命に抑え込もうとしているのがよくわかる。握りしめた拳がかすかに震えていた。彼は深い呼吸をくり返す。つとめて冷静になろうとするその姿は、つまり納得はしていないのだと悟らせるものだった。

わたしの言葉は信じてもらえないのだろうか。それとも、やはり不貞と言われてもしかたのないことだったのだろうか。

沈黙に泣きそうになる。わたしはうなだれて、リュタンの外套を椅子の背にかけた。

「……申し訳ありません。軽率でした。シメオン様や殿下のお言葉を忘れてはいませんでしたけれど、館の中を見て回るくらいは大丈夫だろうと……でも、そうですね、わたしは約束を破ったのですよね。どんな言い訳をしようと、それは裏切りですね……申し訳ありませんでした」

もう一度、シメオン様に向かって深く頭を下げる。ここで泣くのは卑怯だと、こみ上げる涙はこらえた。

「リュタンとは、少しだけ話をしました。主に彼の立場についてですが……疲れていて眠くなったので、温まったらすぐに別れました」

「…………」

「誓ってそれだけです。世間に恥じるようなことはなにもしていません。……もう、信じてはいただけませんか」

なにを言われてもすべて受け入れよう。どれほどなじられても、婚約を破棄すると言われても。自分がしたことの結果を受け入れるのが、わたしにできるせめてものけじめだと思った。

……それが、どんなに辛くても。

わたしから顔をそむけたまま、シメオン様はぎゅっと目を閉じた。眼鏡の下に手をくぐらせ、疲れたように目元を覆う。深く息を吐き出したあと、彼は目をこするようにして手を下ろした。

こちらへ戻された瞳に、さきほどまでの激情はなかった。ただ、とても切なそうな色をしていた。

「……あなたの言葉を疑っているのではありません。違うというのなら、真実なにもなかったのでしょう。あなたがふしだらなことをするとも思いません。……それでも、私の見ていないところであの男があなたに近づいていたのかと思うと、頭に血が上った。つまらない嫉妬です。そこは私が悪い。すみませんでした」

こんな時でも彼は公正であろうとする。懸命にみずからを律しようとしている姿がよけいに辛く思えて、わたしは首を振った。シメオン様が悪いだなんて思わない。悪いのはわたしだわ。でも……嫉妬？　シメオン様の口からそんな言葉が出てくるなんて。

「私があなたに言いたいのは、わかってもらいたいのは、そういうことではない。どうしたら伝えられるのか……私の言葉が上手くないせいでしょうか。言っているつもりなのに、まるで伝わらないのがもどかしく、腹立たしく……さみしいのです」

今度は静かに目が伏せられる。本当にさみしげな表情に、わたしの方が胸に痛みを覚えた。

「私が感じるのは、怒りよりも、虚しさのような、やりきれないさみしさです。こうして手を伸ばせばふれられるほど近くにいても、あなたに届かない。そんな気分になるのです」

「届かない……？」

シメオン様の手がわたしへと向けられる。頬にふれる前に、それは力なく下ろされた。

「私がどうしてこれほど取り乱したのか、あなたは本当に理解してくれていますか？　ただ約束を破ったから怒らせたと、そんなふうにしか思っていないのではありませんか。心配したと、くり返し言っても小言程度にしか聞いていないでしょう。本当に心配したのですよ。リュタンの悪さくらいならどうにかなる。しかしもっと危険な、取り返しのつかない事態が起きてはいないかと――考えすぎだと、殿下のおっしゃるとおり過保護だと思っても、不安にならずにはいられなかった。あなたが大切だからこそ、心配でならなかったのです」

「………」

胸に、風のように強くて、光のように明るいものが通り抜けていった。開いた穴からシメオン様の言葉が、その意味が、わたしの中にしみこんでくる。叱られることに慣れすぎて、なぜ叱られるのか考えなくなっていた自分を自覚した。

「その気持ちをわかってもらえないのが、あまりにさみしい。あなたの方はそれだけ私に関心がないのだと突きつけられている。どれだけ訴えても届かず、一人で暴れているような気分ですよ。婚約して、ともに春を待っても、私とあなたとでは気持ちに大きく温度差がある。私が想うほどにあなたは私を想ってくれない。……それが、とてつもなくさみしい」

「ま、待ってください」

わたしのなにがいけなかったのか、ようやく理解した。したけれど、シメオン様の言葉をすべて認めるわけにはいかなかった。

「関心がないだなんて。そんなこと、ありえません。もちろんそう思わせてしまったのはわたしですよね、お詫びします。でも絶対に違います。わたしだってシメオン様のことが大好きですわ！　シメオン様にもしものことがあれば、わたしも同じだけ心配するし取り乱します。お気持ちを理解していなかったことは本当に申し訳ありませんでした。反省します。でもそれは、あなたに興味がないからではなく、家族のように甘えられる人だという油断があっただけです。両親や兄のように、馬鹿な真似をして叱られても最後は許してもらえると、シメオン様に甘えていただけなんです。ごめんなさい」

一生懸命説明して謝る。わたしがシメオン様を想っていないだなんて、そんな誤解をされたままではいられなかった。

でも、シメオン様はうんざりした顔で首を振る。

「好きといっても、それは『萌え』なんでしょう？　物語の登場人物にときめくように、私をただ面白がっているだけだ。本当の意味で好いてくれているわけではない」

「違います！」

「なにが違うと言うのです。そうではありませんか。あなたはいつだって自分の楽しみが最優先でしょう。そこに危険があろうとも面白ければ迷わず飛び込んでいく。あなたの第一の判断基準は『萌え』があるか否かだ。たしかに私になにかあれば心配くらいしてくれるでしょうよ。だがそれは私に限った話ではない。あなたは誰のこともすぐ『お友達』と言い、困っていると見れば当たり前に助けようとする。その優しさはまごうことなきあなたの美点であり、いとしくも思います。けれど同時に、私はその他大勢と同じでしかなく、なに一つ特別にはなりえないのだと思い知らされる。あなたはひどい人だ。まっすぐ全力で好意を向けてきながら、生身の人間としては愛してくれない。こんなに虚しいことがありますか」

わたしにぶつけられる言葉の数々は、さっきまでの怖いほどの激情ではなく、どこか拗ねた響きになっていた。他の誰よりも自分を見てほしい、愛してほしいと訴えるなんて、いつものシメオン様からは想像もつかない言葉だ。他者に対して以上に己を厳しく律し、寛容で公正な態度を貫く人なのに。こんな文句なんて、矜持にかけても口にはできないはずなのに。

それをこうまであからさまに言わせてしまったのは、わたしなの？

矜持を投げ捨ててしまうくらい、言わずにはいられなかった……？

「…………」

どうしよう、と考えたのはほんの少しの間だった。頭を働かすより衝動に突き動かされて、わたしはシメオン様に抱きついた。首に両腕をからめてうんと背伸びする。シメオン様の驚いた顔はすぐに見えなくなった。つい目を閉じてしまったから。

とてもはしたないふるまいね。人に知られれば、なんて慎みのないと眉をひそめられそうだ。こういうことは殿方のリードにまかせて、自分からするものではない。変人とか頓狂とか言われるわたしでも、それくらいの恥じらいは持っていた。

だけど、こうせずにはいられなかったのよ。どれだけ言葉を重ねるよりも雄弁だ。それにシメオン様がいとしくてたまらない。彼にふれたくてたまらなかった。

ふれ合ったのは唇だけでなく、眼鏡もぶつかり合って音を立てた。ちょっと痛かった。多分シメオン様も痛かっただろう。

わたしはすぐに離れて、持ち上げていた踵を下ろした。

「…………」

目の前のきれいなお顔は、まだ驚きに彩られていた。

「シメオン様は大きな勘違いをしていらっしゃいます。正直、言われた時わたしもそうなのかもってちょっとだけ思っちゃいましたけど、やっぱり違います。今のではっきり確信しました。他の人と同じだなんて、ありえません。シメオン様はシメオン様——たった一人の、他にかけがえのない方です。こういう気持ちを他の人に抱いたことはありません」

「…………」

シメオン様の首に回した腕はほどかないまま言う。ぶら下がっているみたいでかっこよくはないだろうけれど、意地でも放さない。

「正直に言っちゃいますよ？　怒らないでくださいね？　実は殿下にもリュタンにも萌えちゃいます。

王子様は乙女の永遠の憧れですし、怪盗の正体は諜報員とかなにそれ設定盛りすぎって感じですよ。おまけに二人とも美男ですし。でも、彼らにこういうことをしたいとは思いません。『してはいけない』ではなく『したいと思わない』です。あの二人こそ完全に鑑賞用であって、ふれ合いたいとは思わないんです」

「…………」

「いろんな人に萌えますしときめきます。だけど、こうしたいと思うのはシメオン様だけです。婚約者だからではありません。理屈抜きで、ただシメオン様を見ていると衝動がこみ上げてくるんです。これって特別な気持ちではありませんの？　これが特別な愛情でないのなら、どんなものが愛と呼ばれるのでしょう。これ以上ってなにをすればいいのか見当がつきませんわ」

シメオン様は呆れた顔になり、ため息をついた。わたしをとがめるまなざしに、もう鋭さも切なさもない。

「……下手ですね」

眼鏡がぶつかったとおぼしき場所をさする。わたしは口をとがらせた。

「すみませんね。しかたないでしょう、自分からははじめてなんですもの。いきなり上手な方がびっくりでしょう」

「そうですね……あなたがまだ十八歳だということを、忘れていました」

ずれた眼鏡を直すのかと思ったら、するりと抜き取る。わたしからも眼鏡も取り上げ、まとめて机の上に放り出した。

ぐいと腰が引き寄せられ、思わずわたしは目を閉じた。押しつけられる熱は、いつもよりずっと強引だった。

「ん……」

挨拶のような遠慮に満ちたものではなく、ほんの一瞬の不意打ちでもなく。強く長く吐息が奪われる。苦しさに喘げば重なる角度がずれて、さらに深く押し入ってきた。

「ん、んっ」

呼吸するどころではない。どう応えればいいのかわからず翻弄されるばかりだ。首に回していた腕は落ちて、無意識にシメオン様を押し戻そうとしていた。大きな身体はびくともせず、ますます強く抱きしめられる。腕の中にとらわれて逃れることもできないわたしに、シメオン様は見たことのない一方的な情熱を押しつけてきた。

はじめて知る感覚に、身体の奥がゾクゾクする。苦しくて、ちょっと怖くて、なのにとてつもなく甘美でもあった。もっと深く交じり合いたいという欲望がこみ上げてくる。身体から力が抜けて、蝋のように溶けてしまいそうだった。

理性も一緒に溶けそうなのを踏みとどまれたのは、ただひとえに息苦しくて死にそうなせいだった。

「んん、んーっ！」

も、もうだめ、無理、無理ですから！　本気で死にます苦しいです！

息を止めるのも限界だ。あやうく意識が途切れそうになった時、ようやくシメオン様がわたしを解放してくれた。もう恥も外聞もなくわたしは空気を求める。抱かれたままぐったりと喘ぐわたしに、シメオン様が笑いを含んだ声で言った。

「このくらいしてから言ってほしかったですね」

……無理言わないでください。

いえ、知ってましたけどね。知識だけはありましたよ。恋愛小説家ですから、知らないとは言いませんけれど！

でも自分がする状況は頭になかったわ。なぜかしら、完全に現実と切り離していた。あくまでも物語の中だけの情景として認識していた。

……そんなはずなかったわね。

「死ぬかと思いました……」

「息を止めるからでしょう」

止めちゃうわよ！　いきなりあんなことされたら、反射的に止めてしまうではないの！　普通でしょ⁉　普通よね⁉

憤慨するわたしにシメオン様は笑う。むくれてにらんでもつい形のよい唇に目が行ってしまい、さっきのことを思い出して全身がかっと熱くなった。

い、今さらだけど、恥ずかしい……。うう、あれは反則よね。強引で容赦なくて、このうえなく甘いだなんて。

耳まで熱い。なのに突然くしゃみが飛び出した。

「す、すみません」

もう、なんでこの場面で。間抜けでよけいに恥ずかしいじゃない。

「いや――そもそもどうして、この部屋はこんなに寒いのですか」

今気付いた顔でシメオン様は室内を見回す。せっかく温まった身体もここまで戻ってくるのと話をしている間に、また冷えてしまっていた。

「暖炉の火は？」

「最初からついていません。多分、ベルナデット夫人の指示でしょう」

シメオン様の顔に怒りが浮かぶ。わたしは首を振った。

「わたしに対する侮りだけではないのでしょう。モンタニエ家の状況とは対照的なフロベール家に対して、内心妬みや憤りがあるのだと思います。侯爵夫妻は気位の高い方々で知られていますからね。といって、さすがにシメオン様には手出しできませんから、かわりに婚約者のわたしを、というところでしょう」

「そのような……」

「また憎まれる材料が揃っているんですよねえ。わたし自身はうんと格下の、物の数にも入らない家の娘なのに、殿下やシメオン様の手前一応は客扱いしなければなりませんもの。さぞ不愉快なことでしょう」

「馬鹿馬鹿しい。相手の身分がどうであろうと、客として受け入れたなら相応の待遇をするのが礼儀というものです。客に不自由させるなどむしろ恥だ。体面を気にするならなおのこと、手落ちのないようにするべきでしょうに」

「おっしゃるとおりですけど、それは健全な人の思考ですよ」

わたしは苦笑してシメオン様の頬をなでた。その手がとらえられ、大きな手に包み込まれた。

「……冷たい」

「あ、ごめんなさい」

引っ込めようとするのを引き止められる。

「違います。こんなに冷えていたのに今まで気付かず、すみませんでした」

ふたたびわたしを抱き寄せ、ぬくもりの中に包み込んでくれる。シメオン様の目が一瞬椅子の背の外套に留（と）まり、すぐにむっとそらされた。

「女中を呼んできますから、とりあえず布団に入っていなさい」

「もうこんな時間ですから、今日（きょう）はいいですわ。寝てしまえば同じです」

「これだけ冷えてしまっては、なかなか寝つけないでしょう」

「んー……では、あと少しだけこうしていてくださいな」

わたしは広い胸に甘えて頬をすり寄せた。

「こうしていると、温かいです」

制服越しにシメオン様の体温と鼓動が伝わってくる。少し早いように感じるのは気のせいかしら。

わたしの胸はさっきからずっとダンスを踊り続けている。

「このまま寝られたら、とても心地よさそうなんですけど」

「……それは、誘っているのですか？」

「いえ、実はものすごく眠くて、とてもそんな元気はありません」

わたしを抱いたまま、シメオン様はがくりと脱力した。

「時々、あなたはとんでもない悪女なのではないかと思いますよ」

ぼやきながらも身をかがめ、片手をわたしの膝裏に回す。軽々と抱き上げて彼は寝室へ向かった。

寝台にわたしを下ろし、制服の上着に手をかける。軽やかなワルツを踊っていたわたしの胸が、南国の激しい民族舞踊に変わった。

「あの、シメオン様？　ですから、そういうつもりではないと……」

あわてて立ち上がろうとすれば、シメオン様に制される。

「私もそこまで余裕のない男ではありませんよ。あなたが寝つくまで懐炉がわりになるだけです」

か、懐炉って。それはまた、ずいぶん豪華な懐炉というか、たしかにさっきそんなこと言っちゃいましたけど！

腰のベルトと剣帯が外され、サーベルがベッド脇の小卓に立てかけられる。いつもきっちり上まで閉じられている詰め襟に手をかけて、シメオン様はためらいなくボタンを外していく。下から現れる白いシャツに、胸の中の踊り子が火を噴いた。

「…………っ」

こっ、こここ、これは……っ！

「ああっ、そこまで！　だめです、それ以上脱いでは！」

胸の途中まで下りた手を、わたしは必死にくい止めた。

「だから、なにもしないと……いやならやめますが」

ちょっと拗ねた顔でシメオン様はそっぽを向く。わたしはぶんぶんと首を振った。

「違います！　それ、その状態がいいんです！　その開き具合が絶妙！　全部脱いでしまうと逆にだめなんです！」

「……は？」

怪訝そうな顔が振り返る。わたしは鼻血をこらえながらうっとりと見上げた。

「あとできれば、下のシャツも二つばかりボタンを外していただければ……鎖骨がちらりと見えるくらいが完璧なんです！」

いつも冷たく鎧う鬼副長が、わずかに隙を見せる！　制服の下に隠された禁断の領域がかいま見え、そこからすさまじい色気が流れ出している！　これが、これこそが、まさに、萌え――!!

「…………」

ぎゅっと目をつぶってなにかをこらえていたシメオン様は、いきなり手の動きを早くしてボタンを全部外してしまった。そのまま勢いよく上着を脱ぎ捨てる。

「ああー……」

思わず落胆のため息がこぼれてしまった。そんなに気前よく脱がれちゃうと、むしろ萎えてしまう。見えそうで見えないくらいがいいのにぃ。

「まったく、あなたという人は！」

「きゃっ」

シメオン様は怒った顔でベッドの上掛けをめくり、わたしを投げるように転がせた。素早く軍靴を脱いで、起き上がろうとしたわたしにのしかかってくる。ばさりと上掛けに包まれ、布団の中で深く抱きしめられた。

「結局、元通りか……」

頭の上にため息が落とされる。ひっつめていた髪がほどかれ、肩からシーツへと流れた。

「あなたはどうしても、どこまで行っても、変わることはできないのですね」

わたしの髪に指を通しながら、諦めと嘆きを含んだ声で言う。わたしは頭を動かして、すぐそばにある顔を見た。これだけ近いと眼鏡がなくてもはっきりわかる。シメオン様は怒っているわけではなさそうだった。

「ごめんなさい、変われませんわ。それはシメオン様が、軽薄な遊び人になれないのと同じです。これがわたしなんです」

「わかっていますが……」

はあ、とまたシメオン様は息を吐く。

「シメオン様にさみしい思いや不愉快な思いをさせていたことは謝ります。ごめんなさい。たしかにわたし、配慮に欠けていましたね。それでシメオン様を傷つけていたなんて、ひどいことをしました。申し訳なく思いますし、自分の無神経さを情けなくも思います。心から反省しますわ」

「…………」

「……でも、さきほども言いましたように、わたしは本当にシメオン様が好きですよ。けっして偶像に憧れているのではありません。かっこいいばかりでなく、真面目すぎて融通が利かないところや、不器用なところとか、時々んもう！　って思っちゃったりもしますけど、全部ひっくるめてシメオン様が大好きなんです。シメオン様がまったく萌えられない行動をとったりしても、この気持ちは変わりません」

わたしも腕を伸ばして、よりいっそうにシメオン様との距離をなくしてしまう。ぴったりとくっついて、そのぬくもりと頼もしさを堪能した。

「それにね、『萌え』って言うからなにか特殊な言葉のように思われるのでしょうけど、わたしだけでなく誰の心にもあるものですよ。子犬や子猫が無邪気に転げ回っているようすを見て、たまらなく可愛らしいとときめく人もいるでしょう。騎士ならばつやつやと輝く毛並みの、若くたくましい軍馬に憧れるでしょう。最新式の船をかっこいいと思ったり、古い貴重な書物が並ぶ空間に喜びを感じたり、上質の絹やレースにうっとりしたり、家族の笑顔を何よりも楽しみにしていたり……人それぞれに心を動かされるものがあり、喜びやときめきを感じています。それが萌えですよ。大好きなもの、素晴らしいと思うものに感動し、興奮もする。当たり前の人の心の動きです」

「…………」

いつぞや彼にされたように、わたしは目の前のお鼻に軽く口づけた。

「わたしがいちばん萌えるのはシメオン様。誰よりもシメオン様がいちばんかっこよくて、いちばん面白くて、いちばん可愛くて、いちばんそばで見ていたいと思います。だっていちばん好きだから」

シメオン様の腕に力がこもり、わたしに深く口づけてきた。今度は落ち着いてそれを受け入れる。

ふれ合うところから、伝わるぬくもりから、いとしさがあふれて止まらない。

「……誤解させちゃって、ごめんなさい。あと心配させたのもごめんなさい」

「私も、大人げなく責めてすみませんでした」

頬に頬をすり寄せる。あ、ちょっぴりお髭が伸びている。色が薄いから目立たないけど、やっぱり男の人なのね。

「不満や不安がある時は、どんどん責めちゃってくださいな。わたしは萌えのままにすぐ暴走しちゃいますから、時々は歯止めも必要ですよね」

「その前に自制してくれると助かるのですが……」

言いながらもシメオン様は笑っていた。いつもの、ちょっと呆れを含んだ優しい笑顔だ。もう怒っていない。どうにか愛想を尽かされずに済んだらしい。

この人を失わずに済んで、本当によかった。あんまり無神経がすぎて本当に見捨てられてしまわないよう、これからはもっとちゃんと気をつけないと。

でも、萌えは止められない。

そんなの、呼吸をするのと同じなんだもの。意識してやっていることではない。生きている限り、萌えもときめきも止まらない。

萌えを隠すのは心を隠すこと。それでは互いを信頼し合う素敵な夫婦になれない。こんなわたしだと知りながら愛してくださったシメオン様に、わたしは何も隠したくない。ただシメオン様を傷つけないよう、自分本位にならないよう気をつけるだけだわ。いちばん大切なものはなにか、それは見失うなと自分を戒めよう。

ぴったりくっつき合って布団にくるまっていると、温かくて心地よかった。冷えていた手足も熱を取り戻し、寒さに力んでいた身体が弛緩していく。とろとろと眠気に身をまかせながら、わたしは共に眠る幸福を実感していた。

「寒くありませんか」

「とても温かいです……気持ちいいですね」

「そうですね」

すぐ耳元に聞こえる声がいとおしい。

「結婚したら、毎日こうやって寝られるんですよね」

「ええ」

「早く結婚したいなあ……」

「…………」

焦ったような咳払いが聞こえた。

「ほどほどにしてくれますか。約束を守れなくなっても知りませんよ」

「……はぁい……？」

「マリエル？　……もう眠ったのですか？」

ううん……うん……すごく眠い。もう目が開けられない。

そういえばまだ言っていないことがあったのに。ミシェル様のことやリュタンのことを、シメオン

様に報告しなきゃいけないのに。押し寄せてくる波は圧倒的な強さと心地よさでとても太刀打ちできない。

すべては、あした。あした、また。

そう思ったのを最後に、わたしはなすすべもなく陥落した。

8

目覚めた時そばにシメオン様の姿はなく、暖炉では赤々と薪が燃えて室内を暖めていた。ベルを鳴らせばすぐに女中がやってきて、ベッドに入ったまま熱いお茶をいただけた。飲んでいる間に支度が整えられ、お湯を張った洗面器で顔を洗う。とても優雅な一日のはじまりだった。まるで昨夜のできごとはすべて夢だったと思わせるかのようだ。

もちろん現実よね。あれが夢だったりしたら、今すぐシメオン様のところへ駆け込んで現実にしていただくわ！

いろいろ思い出すと悶えてしまう。前半はともかく、後半はもう甘くて甘くて甘すぎて。あの情熱的な口づけは記憶に鮮烈に焼き付いている。きっと死ぬまで色褪せない。シメオン様があんなことをするなんて。いつも上品で優雅で礼儀正しくて、怒っていたって乱暴な真似をされたことはなかったのに。それが激情のままに強引に……って、やだもう、どこのヒーローよ！　わたしのヒーローよ！

朝だけど夕日に向かって叫びたい！　シメオン様が好き――――!!

「……あのう？　どうかなさいましたか？」

声をかけられて我に返った。身支度を手伝ってくれていた女中が、なぜか怯えた顔で一歩引いていた。

「あ、いいえ、終わったのね。ありがとう、とっても素敵」

あわてておすまし笑顔をとりつくろう。お礼を言うと女中はほっとした顔になった。さっきのは気に入らなくて機嫌を損ねたと心配していたのよね。それだけよね。

今日は親切にお世話をしてもらえている。きっとシメオン様が言ってくださったのだろう。もちろんわざと意地悪をしただなんて認めるはずもなく、使用人の不手際ということになっているのは想像に難くない。勝手に罪を着せられた女中たちが気の毒だ。主人と違って使用人たちは特に横柄な態度も取らず丁重にしてくれている。昨日のことに罪悪感を抱いているのがなんとなく察せられたので、わたしは鞄からショコラの箱を取り出して、見つからないよう仲間内でこっそり分けてねと言って渡した。

ベルナデット夫人へのお土産のつもりだったのだけど、とても受け取っていただけそうにないし。あてつけに捨てられちゃったらもったいないから、どうせなら喜んで食べてくれる人にあげたほうがいい。

部屋で朝食をとったあと、わたしはシメオン様のもとへ向かうことにした。多分まだお部屋にいらっしゃるか、殿下のところだろう。

昨夜はシメオン様とわたしの問題だけでいっぱいいっぱいだったため、他のことをお話しする余裕がなかった。ミシェル様の不審な密会現場についてや、ついでにリュタンのことなど、ぜひ聞いていただかねばならない。

そう思って廊下へ出た直後に、騒ぎは起こった。

「誰か、誰かぁーっ！　お嬢様がぁ！」

階下から金切り声が聞こえてくる。悲鳴じみた声はなにか深刻な事態が起きたと一瞬で悟らせるものだった。しかも「お嬢様」？　それはミシェル様のこと？

いやな冷たさが全身を襲う。なにがあったのかと不安を抱きながら、わたしは急いで階段を下りて騒ぎの方へ向かった。厨房や洗濯室のある裏方に人が集まっている。その中心で叫んでいるのは、年老いた女中だった。

「ああ、誰か助けておくれ！　お嬢様が池に落ちて！　死んでしまうよ早く助けて！」

男たちが外へ駆け出していく。執事は侯爵に伝えるため二階へと走った。女中たちは恐ろしげに顔を見合わせている。さらに人が集まってくる気配を背に感じながら、わたしも外へ飛び出した。

池というのは、昨日見たあの池だろうか。この近くに他に池はないから違わないはず。そこへミシェル様が落ちたって？　そんな――どういうこと。

昨日ミシェル様や執事から聞いた話が耳によみがえる。あの池はとても深くて、危険だと。落ちたらまず助からないと言われた。なのに、その池に――ああ、どうか間に合って。神様助けて！

滑りやすい雪道を時にふらつきながら必死に走る。短靴のまま出てきてしまったから、たちまち足がびしょ濡れになった。でも冷たさに立ち止まる余裕なんてない。ドレスの裾を汚しながら昨日の道を走り、あの小さな橋を渡った。

池のほとりに館の使用人や近くの住人らしき人々が集まっていた。みんなで指さしているのは、池の中央付近だ。一面に張っていた氷が一部分割れて、不吉な口を開けていた。

穴の近くに女物らしきショールが落ちているのが見えて、すうっと血の気が引いた。

あそこに、落ちたの……？　あの下にミシェル様が……？

嘘でしょう。どうしてあんなところに。あんなところで、落ちたら。

たとえすぐに意識を失わずとも、なんとか浮上しようともがいても、頭上に張った氷に邪魔されて、水面に顔を出すことはかなわない。そして冷たい水はすぐに手足から力を奪い、水を吸ったドレスは重石となって、彼女を暗い水底に引きずり込むだろう。

「……………」

その時の情景を想像してしまって、わたしまでもが溺れたような気分だった。胸を押さえて荒く呼吸をくり返す。動悸がおさまらない。足から力が抜けてへたり込んでしまいそうになった時、後ろから強い手に支えられた。

「……………」

シメオン様が来ていた。他の騎士たちも、そして殿下の姿もある。

みんなが、信じられないと言いたげな顔で池を見ていた。

「シメオン様……」

わたしを抱いたまま、シメオン様は厳しい視線を池の中央へ向けている。なんとか穴のあるところまで行けないかと試していた村人が大声を上げた。

「だめだ！　危なすぎて、とてもじゃねえがこれ以上進めねえ！」

あわててあとずさる彼らの足元で、新たな亀裂が走っていた。見た目よりもずっと氷はもろく、救助しようにも奥まで踏み込める状態ではなかった。

「ここ数日、天気がよかったからなあ……」

「いっそ全部割りながら舟で向かった方が」

「無理だ。氷が邪魔して途中で立ち往生する。行くも帰るもできなくなっちまう」

「それにお気の毒だが、無理したところでもう……」

村人たちのかわす言葉が聞こえてくる。ふらりと、わたしたちの横を追い越していく姿があった。殿下が池へと向かっていく。

「殿下！」

「いけません、危険です！」

近衛(このえ)騎士たちが追いかけて、彼をつかまえる。呆然(ぼうぜん)とした顔のまま、殿下は引っ張る腕を振り払おうとした。

「放せ……」

「なりません、どうかご辛抱を」

「放せ」

殿下の声は虚(うつ)ろで、騎士たちを見ていない。ただじっと氷に開いた穴を見つめている。痛ましげに顔をゆがめながら、騎士たちは懸命に殿下を引き戻した。

「お許しください。あそこへ踏み込むのは自殺行為です。近付くことは、できません」

「………」

殿下が喘ぐ。なにか言おうとしても声が出ないようだった。それはわたしも同じで、かわりに涙があふれてきた。

どうにもできないの……？　誰にも、もう、ミシェル様を助けることはできないの……？

そんな、と身体が震える。しゃくりあげたわたしを、シメオン様の腕がさらに強く抱きしめた。

その時また館の方から人が走ってきた。執事を従えたモンタニエ侯爵だった。彼も泡を吹かんばかりに血相を変えていた。ぜいぜい息を乱しながらやってきて、殿下がいらっしゃることにも気付かずわめき散らした。

「なにをしているお前たち！　早く、早くミシェルを助けんか！」

命じられた使用人たちはどう答えればよいのかと顔を見合わせる。そんな彼らを侯爵が突き飛ばし、池へ押しやろうとした。

「旦那様！」

「助けるのだ！　ぼさっとするな！　お前たちもなにをしている⁉　早くミシェルを救い上げろ！」

「旦那様、お静まりください！」

止めようとする執事の声も耳に入らないようだ。その身体にも手をかけて池へ向かわせようとする。巻き添えを恐れた村人たちが逃げ出した。

「早く、早くミシェルを！　今あれを失うわけにはいかんのだ！　ようやくめぐってきた好機だというのに、今ミシェルに死なれたら……なんとしても助けるのだ！」

「……侯爵、やめろ」

低い声が侯爵を止めた。殿下だった。騒ぎで我に返ったのか、さきほどの虚ろな表情ではなかった。かわりに血がにじみそうなほど拳を握りしめている。青ざめた顔で殿下は懸命に感情をこらえていた。

はっと振り返った侯爵は、ようやく殿下に気付いてさらにうろたえた。

「で、殿下……」

「取り乱す気持ちはわかる。だが氷はいつ割れるかわからず、とても踏み込めない。これ以上の犠牲者を出さぬために……今は、諦めるしかない」

抑えられた声は震え、隠しきれない無念と苦痛をにじませていた。なんとかできるものならば、今すぐ自ら池へ飛び込んで助けたいと思っておられるだろう。けれど、それが無理なことは誰の目にも明らかだ。そしてきっと、もう間に合わないことも……。

本当は殿下も侯爵のようにおもいきり叫びたいだろう。けれど王太子がそんな姿を晒せるわけもなく、彼は必死に耐えている。その自制心の強さは、さすがシメオン様が誇る親友にして主君と言うべきで……同時に、ひどく痛ましいものでもあった。

反対に侯爵はもうまともにものも言えないありさまだった。焦点を失った目で意味をなさない言葉をうわごとのようにくり返す。血統と家柄をなにより自慢としていた、傲岸な貴族とは思えない姿だった。

辺りは重たい沈黙に包まれ、侯爵の独り言だけがぶつぶつと呪詛のように続く。朝のまぶしい陽光が、悲惨さをよりいっそう際立たせていた。

　事故を知らせた老女はアガタというミシェル様の乳母だった。彼女がミシェル様の世話を一手に引き受けており、今朝も散歩に出るというので付き添ったらしい。

「風にショールが飛ばされて、あの池に……危ないから諦めようと、一度は納得してくださったと思ったんです。でも、やっぱり諦めきれなかったようで……あれはダニエラ様の形見ですから、なんとしても取り戻したかったんでしょう。ローズヒップを見つけてあたしが採ってる間に、気がついたらいらっしゃらなくなっていて……もしやと思って戻ってみれば……」

　エプロンに顔をうずめて、肩を震わせながらアガタはその時のことを話す。館の小サロンに侯爵一家と滞在客が顔を揃えていた。執事や家政婦は神妙な顔で壁際に控え、ベルナデット夫人のそばではカミーユ様が眠そうに欠伸をしている。彼はついさっきまで寝ていて、無理やり叩き起こされたので不機嫌だった。

　一人、みんなから離れた場所に座っているのはリュタンだ。彼は笑いこそしないものの、ことのなりゆきをどこか面白がるような目で眺めていた。わたしの視線に気付くとこっそり目配せしてくる。わたしは眉を寄せてアガタに目を戻した。

　説明だけしてあとはおいおいと泣くばかりのアガタに、モンタニエ侯爵が震える声で怒鳴った。

「なにをしていた！　どうしてお前がしっかり見張っておかなかったのだ！　気付いたならば、すぐ池に飛び込んで助ければよかったものを！　お前のせいでなにもかもがだいなしだ、なにもかも……この、役立たずが！」

目を血走らせてステッキを振り上げる。一瞬ひやりとしたが、素早くシメオン様がステッキをつかんで暴力を阻止した。

「やめなさい、彼女にあたったところでどうにもならないでしょう」

「放せ！　この、この馬鹿者のせいですべてが無駄になったのだぞ！　私がこれまでどれだけ苦労して、金もつぎ込んできたと――それをこの馬鹿者のせいで！」

夫の醜態にベルナデット夫人が顔をしかめている。彼女は終始冷静で、驚き嘆くようすは見られなかった。

ミシェル様の事故を嘆いているのはアガタだけだ。母であるはずの夫人も弟であるはずのカミーユ様も、まるで他人の話を聞くような顔でいる。そして取り乱している侯爵ですら、ミシェル様自身を案じ嘆く言葉は一度たりとも口にしていなかった。

なんという家庭なのだろう。娘が事故に遭い、おそらく助かることはないという絶望的な状況なのに、どうしてこんなに無情なの。

「あなた」

なおもアガタをなじり続ける侯爵を、ようやくベルナデット夫人が止めた。

「およしなさいな、見苦しい。王太子殿下の御前ですのよ。落ち着いてくださいませ」

「あ、あああ、殿下……このようなことになって、なんとお詫びすればよいのか。娘の軽率なふるまいのせいでとんだご迷惑を……なにとぞ、お許しを」

激しく老女を責めたてていた男が、今度は憐れな声を出して許しを乞う。殿下の顔に隠しきれない嫌悪感が浮かんでいた。

　それでも彼は非難の言葉を出さず、静かに答えた。

「許すも許さぬもない。不幸な痛ましい事故だ。誰が悪いのでもなく……運命だったのだろう……部屋に戻る。そなたも少し休んだ方がよい」

　立ち上がる殿下に侯爵が追いすがった。

「殿下、殿下、どうかこれでお見捨てされますことのなきよう――わ、私はアンリエット王女のお輿入れにも尽力いたしております。将来殿下のご治世に、このモンタニエ家はかならず強力な支えとなりましょう。他のどの家よりも頼りになりますこと自信を持ってお約束いたします。ですから、どうか――」

「ああ、わかっている」

　苛立ちを抑えて侯爵をなだめ、殿下は足早にサロンを出ていく。騎士たちがそのあとを追った。シメオン様もわたしを呼んで廊下へ連れ出した。

「大丈夫ですか？」

　すぐには殿下を追わず、わたしのようすを窺ってくださる。彼の前で泣いたのははじめてだったので、心配させてしまったようだ。まだ衝撃から完全に立ち直れたとは言えない。でも館まで帰る間に、大分と冷静な思考も戻ってきた。ずっとそばに付き添ってもらわなくても大丈夫と言える程度には落ち着いたので、わたしはうなずいた。

「はい、どうぞお気遣いなく。殿下のもとへ行ってさしあげてくださいませ」

ためらいがちに、シメオン様もうなずく。

「部屋に戻っていなさい。寄り道しないで、まっすぐに。私が行くまで出歩くのではありませんよ」

「ええ……あの、わたし少し気になることが」

「今はなにもせず、おとなしくしていてください。あとで行きますから」

「相変わらず過保護だねえ」

軽薄な声にからかわれて、たちまち水色の瞳(ひとみ)に冷たい光が宿る。シメオン様の視線を追って振り向けば、リュタンが出てきていた。

「子供じゃないんだから、館の中くらい好きにさせてあげれば」

「その館の中に危険な害虫がいますのでね」

シメオン様の腕がわたしを抱いて、手出しはさせないと示す。リュタンは呆(あき)れた顔で肩をすくめた。

「見た目と反対に小さい男だね。取られまいと必死に抱え込むなんて、それこそ子供みたいだ。マリエル、そろそろ幻滅してきたんじゃない？　顔だけ色男でも中身がこれじゃあねえ」

「――行きますよ」

嘲(あざけ)るリュタンを無視して、シメオン様は強引にわたしを歩かせる。にやにやと見送る男をにらんで、わたしはシメオン様の手をなでた。

「大丈夫ですよ、幻滅なんかしません。わたしが馬鹿をしてもシメオン様が愛想を尽かさないでいてくださるように、わたしはそのままのシメオン様が好きなんですから」

見下ろしてくる瞳に笑いかける。シメオン様は小さく息を吐いた。

「……すみません。こういう状況ですから、あなたはいろいろと気になって調べたがるでしょう？　ですが、けっして一人では行動しないでください。あれが本当に事故と決めつけることもできませんから」

シメオン様の言葉にわたしが驚くことはなかった。わたし自身、落ち着いて考えると不審な点があることに気付き、単純に事故だとは思えなくなっていたのだ。多分シメオン様も気付いているだろうと思っていた。

「承知しています。わたしも、ご報告して相談したいことがあるのです。このまま一緒に行ってはいけませんか？　この際、殿下にもお聞きいただこうかと」

ほんの少し考え、シメオン様は首を振った。

「今は、そっとしておいてあげてください。殿下は長く落ち込んだりはなさいません。じきに落ち着かれて、王太子としての対処をお考えになるでしょう。ですから、少しだけ個人の時間を与えてさしあげたいのです」

その思いやりは至極当然のもので、わたしも同感だった。けれど殿下を案じるならなおのこと聞いていただきたい。

「もしかしたら、まだ絶望するのは早いかもしれませんよ。希望があると殿下に教えてさしあげてはいけませんか？」

いぶかしげな目が見返してくる。わたしは辺りの気配をさぐり、声をひそめて言った。

「昨夜、気になる場面を見ているのです。そのことと併せて考えれば、この事故は不自然で……ミシェル様は本当はご無事かもしれません」

そうであってほしいという、わたしの願望が混じっていることは自覚している。でも本当に、気になることがあるのだ。ただの思い込みではないと、聞いてもらって確信したかった。

馬鹿なと一蹴はせず、シメオン様は素早くささやき返した。

「それならばやはり現段階ではお聞かせできません。確実な情報を得てからでないと」

シメオン様らしい慎重さだった。殿下に報告するのはきちんと調べたあとだと首を振る。たしかに、わたしの考えはまだ希望的観測の域を出ない。もっともな意見だと、シメオン様に従うことにした。

二階でシメオン様と別れてわたしも部屋へ向かう。その途中でふと足を止めた。昨夜、ミシェル様と話をした場所だった。出窓から今は外の景色が見えていた。

……あの時、簡単に引き下がらずもっと食い下がるべきだったのかもしれない。遠慮しないで踏み込めばよかった。時間はたくさんあるのだから焦らずゆっくり親しくなっていこうと……こんなことになるとは思わずに、のんびり考えていた。

今日と同じ明日があるなんて、誰にも保証はできないのに。失ってはじめて、そのことを思い知る。

ミシェル様はご無事かもしれないという希望がある一方で、やはり無理なのではと不安も押し寄せていた。ただの事故ではなく、もしや自殺ではないのかとおそろしい考えがちらついていた。

他でもないミシェル様ご自身が、あそこは危険だと教えてくれたのだ。わたしの提案に安易に乗らず、用心深く首を振った。そんなミシェル様が、いくら大切な物を取り戻すためとはいえ不用意に氷の上に踏み出すだろうか。その疑念があるからこそ、ご無事かもしれないと期待もし、同時に自殺の可能性を考えずにはいられなかった。

わたしがもっとちゃんと彼女から話を聞き出せていたら、防げたかもしれないのに。知っていることを全部シメオン様や殿下にお話ししていれば、気をつけていただけただろうに。

取り返しのつかない失敗をしてしまったのかと、自分の判断が悔やまれてならなかった。

窓に顔を寄せて重い息を吐く。その時、話し声と足音が近づいてきた。誰かが階段を上がってくるようだ。耳を澄ませると、どうやらカミーユ様の声らしかった。

わたしのいる場所は扉のない小部屋のようなもので、廊下から少し入り込んでいる。階段の方からは壁の陰になって見えないはずだ。カミーユ様のお部屋は反対方向なので、多分こちらへは来ないだろう。わたしは気付かれないよう気配を抑え、聞こえてくる声に集中した。

「あーあ、もう。寒いし眠いのに無理やり起こされてうんざりだよ。本当にミシェルは迷惑なことしかしないんだから。でも死んでくれて王子の接待も必要なくなったから、これで都に帰れるよね？ 僕先に帰っちゃってもいいかなあ」

「若様、お声が大きいですよ」

付き添う使用人が注意しても、カミーユ様はどこ吹く風だ。

「父上馬鹿みたいにおろおろしちゃってさ、うっとうしいから見ていたくないよ。情けないよね、あんなに威張っていたくせに。カヴェニャック家やフロベール家なんかよりうちの方がずっと伝統も格式も上だって、無理して見下そうとしてたのに、切り札を失った途端にあの体たらくだよ。必死に王子に媚びてご機嫌取ろうとして、なにが格式だか。ものすごくみっともないよ。あれが自分の父親だなんて吐き気がする」

侮蔑もあらわに吐き捨てる。どうやら彼は彼で、屈折したものを抱えているようだ。

「母上だって本当は喜んでるよ。王家と縁続きになれてもミシェルのおかげじゃ素直にありがたがる気になれないものね。本音では落ち目のままでもいいから反対したかったんじゃないのかな」

「若様」

「ミシェルが死んでいちばんほっとしているのはきっと母上だよ。これでもう、目障りな存在を見なくて済むし、親子のふりをしなくていいんだからさ。憎い女の娘が無残に死んだなんて、内心じゃ笑いが止まらないんじゃないの」

「若様、いけません！　お客様がいらっしゃるんですから、控えてください」

使用人が叱りつけて若様を黙らせる。カミーユ様が反対側へ向かいご自分の部屋に入るのを確認してから、わたしは廊下へ出て自分の部屋へ戻った。

……もうほとんど確信していたけれど、やはりそういうことなのね。ミシェル様はベルナデット夫人の子供ではなかったのだわ。

彼女がデビューした時、そんな噂を少しだけ耳にした。侯爵夫妻の実子として名前だけは早くから知られていたものの、デビューするまで人前に姿を見せたことはなかったため、誰もがミシェル様と初対面だったのだ。彼女が生まれた時に祝いの宴などは開かれず、その後もお披露目されなかったため、モンタニエ家には娘もいるということを忘れていた人がほとんどだった。

そもそもベルナデット夫人と親しい人たちですら、生まれるまで知らなかったらしい。妊娠してもあまり目立たない人はいるし、無事に生まれるまでは公にしないという話も多い。冬の間領地で産んで翌春都に戻れば、人に知られることがなかったとしてもおかしくない。けれどそのすぐあとにカミーユ様を身ごもったことは早々と公表され、生まれればお披露目もされた。ずっと存在を隠されてきた子供と、最初から知らされていた子供……あまりに不自然な違いだ。

だから、ひそかにささやかれていた。ベルナデット夫人の子だというのは、嘘ではないのかと。

愛人に産ませた子供を引き取るという話自体は珍しくない。妻との間に子供がいなければ、庶子が跡継ぎと認められる場合もある。けれど侯爵家にはカミーユ様という立派な跡継ぎがいるし、ミシェル様は女の子だ。理由は後継者問題ではない。

落ち目の侯爵家、殿下のお妃選び——そこに、答があるのだろう。

わたしは暖炉の前の椅子に座り込んだ。お茶会の時のミシェル様のようすを、今になって理解とともに思い出していた。このまま卒倒してしまうのではないかという悲壮な気配を漂わせていたのは、王家の方々にとても重大な嘘をついてだましている恐怖と罪悪感からだったのだろう。

相手がもっと身分の低い人なら、庶子だと公にしたまま嫁がせることもできる。でも王太子のお妃、未来の王妃となる女性に瑕疵は許されない。ベルナデット夫人との間に差し出せる娘がいない侯爵は、ミシェル様を使うため妻の子だと偽ったのだ。多分、アガタの口走ったダニエラ様というのが、ミシェル様の本当のお母様なのだろう。

王家を欺いてでも、権勢を取り戻したかった。侯爵の欲と執念が、すべての原因だ。

ふう、とため息が出てくる。この話を思い出したあと、すぐに殿下にお伝えしておけばよかった。

証拠のない噂では中傷と変わりない、たしかなことしか言いたくないと黙っていたのは間違った判断だったかもしれない。ミシェル様がご自分で告白されるのを待つより、殿下に調べていただいていれば、みすみすこんな事態を招かずに済んだのかも。

情報を得ながら黙っていたせいで最悪の結果を防げなかったのだとしたら……わたしはどうすればいいのだろう……。

殿下は取り乱すことなく、静かに状況を受け入れていらっしゃるそうだ。わたしが怯えているかもしれないと気遣いまでしてくださって、シメオン様をご自分のそばからさがらせた。それは同時に、お一人で泣きたい気分だったのかもしれない。今はなぐさめよりもお一人にしてさしあげようと、騎士たちは少し距離を置いて見守っている。シメオン様は約束どおり、わたしの部屋へ来てくださった。

彼と向き合いながら、わたしは昨夜のできごとからカミーユ様のお言葉や社交界での噂など、知っている限りの情報を話して聞かせた。

「――それで、あなたはミシェル嬢が真実事故で命を落としたのではなく、それを装って失踪したと考えているのですか」

「証拠はありません。でも、その可能性はあるかと」

「…………」

椅子に肘をついて頭を預け、シメオン様は考えている。わたしは言葉を重ねた。

「もちろん願望もありますけど、それだけではないのです。昨夜、ミシェル様が秘密の相談をしているところを目撃したと言いましたでしょう？　話の内容はよく聞き取れませんでしたが、とても深刻そうで、そもそもあんなに寒い夜中に人目を避けて屋外で会っていた時点で尋常ではありません。あの男がミシェル様の駆け落ち相手なのではないでしょうか」

「どういう男だったのです？」

「顔は……背の高いがっしりとした、使用人風の男でした」

「あなたの話によれば、ミシェル嬢は侯爵家の中に味方らしい味方などいないのでしょう？　せいぜいあの乳母くらいですか」

「ミシェル様を嫌っているのはベルナデット夫人と、もしかしたらカミーユ様もですが、使用人がどうかまではわかりません。夫人の手前あまり親切にはできなくても、かわいそうな姿を見ているうちに恋に落ちて、助けてあげたいと燃え上がる者が現れても不思議はありません」

　この説には非常に懐疑的な、たしなめる視線を返された。

「一つの可能性としては否定しませんが、決めつけてしまわないように。どうもあなたは、すぐ恋愛沙汰に話を持っていきたがるが、世の中それだけで動いているわけではありませんよ」

　呆れた調子で言われて少しむっとなった。なにをおっしゃるのかしら。これだけ世の中に恋物語や恋歌があふれかえっているというのに。人は恋する相手を求めるもの。種の存続に関わる生き物としての本能だわ。男と女がいれば、そこに恋が生まれるのよ。

「ですから否定はしませんが、他の可能性を排除しないようにと言っているのです」

乗り出したわたしのおでこを、ぺちりと叩いてシメオン様はたしなめた。

「事故が偽装されたものだとして、それならばあの乳母も共犯ということになりますね」

「そこはシメオン様の方がよくおわかりなのでは？　彼女を見ていてどう感じられました？　目の前でわが子同然のお嬢様を失った人としての、納得できる態度だったでしょうか」

アガタは大騒ぎして知らせにきて、説明する時もおいおい泣いていたけれど、そのわりに言っている内容はわかりやすかった。動揺のあまり話がめちゃくちゃになったり、嗚咽（おえつ）に邪魔されてとてもしゃべれないというような状態ではなかった。ちゃんと状況を周りに理解させる説明ができていて、その冷静さと表面的なうろたえぶりとにちぐはぐな印象を受ける。芝居くさいと疑わずにいられないのは、ミシェル様の無事を願うからだけではないはずだ。

尋問の訓練も受けてきたシメオン様は、あっさりとうなずいた。

「ええ、あれは嘘泣きですね。あの乳母は実に冷静でしたよ。なので私は、彼女がミシェル嬢に危害を加えた可能性も考えたのですが」

「そんなことをする理由がありますかしら」

「……そう、そこがわからない。聞けば彼女はミシェル嬢が生まれた時から世話をしているそうです。他の使用人とはあまり親しくなさそうですし、さきほどの話も併せるとおそらく愛人の……ミシェル嬢の母親のところで働いていたのでしょうね。ミシェル嬢が引き取られるのとともに、侯爵家へ移ってきたのでしょう」

シメオン様の方でも少し調べていたらしい。彼の話に、ますます期待が高まった。

「ではやはり、ミシェル様はご無事なのですわ！　彼女はただ、逃げ出しただけです。アガタは協力者。そうでしょう？　シメオン様！」

喜ぶわたしとは反対に、シメオン様は厳しいお顔のままだった。

「かもしれません。だが、それはそれで殿下に対する裏切りだ」

冷たい声に、高揚しかけていたわたしの胸が冷やされた。シメオン様はミシェル様に同情するのではなく、腹を立てているらしかった。

「……ミシェル様も、やむにやまれない辛いご決断だったのでは」

駆け落ちなのか違うのか、そこは置いておくとしても、ミシェル様はこのまま殿下のもとに嫁ぐことはできなかった。侯爵はだまし通せると考えていたようだが、そうはいかないだろう。すでに怪しむ噂があったのだし、ミシェル様が選ばれることで脱落した他の候補者たちの家もきっと黙っていない。なんとか引きずり下ろそうと、証拠をさがして糾弾しただろう。そんな事態になるのを待つよりは、今逃げ出す方がよほどにましだ。

ただ失踪するのではなく、事故で死んだと思わせて。それならば侯爵家の名誉は守られる。ミシェル様にできる精一杯のことではなかったのかしら。

「正直に殿下にすべて打ち明けて、判断をおまかせすればよかったのですよ。殿下ならばもっとよい形でおさめてくださったでしょうに。こんな形で姿を消すなど人騒がせにもほどがある。殿下がどれだけ深くお嘆きか。あなたにも涙を流させて、とても許す気にはなれません」

シメオン様が怒るのは当然だ。でも一方的に非難されるのもミシェル様がかわいそうだった。

「それはシメオン様だから言えることですよ。ずっと昔からそばにいて、殿下の人となりをよく知っているからこそ、そのように考えられますが、普通は無理ですよ。王家を偽っていただなどと言えるはずがありません。じっさいこの話を国王陛下や王妃様がお知りになれば、どれだけお怒りになることか。ミシェル様だって好きで殿下を裏切ったわけではないでしょう。他にどうすればいいのかわからなかったんですよ、きっと」

「…………」

シメオン様は目を伏せて、長く息を吐き出した。そうして気持ちを切り換えて、またしゃんと背を伸ばした。

「ならば、結局このまま黙っておくのがいちばんよいということになるのでは。どこかに隠れているミシェル嬢を見つけ出したとして、そのあとどうするのです？　連れ戻したところでもう殿下との婚約はかないません。居辛い侯爵家に戻りたくもないでしょう」

そのとおりだ。なにごともなかったようにはできない。それでも、わたしはミシェル様を見つけたかった。

「ミシェル様が本当に無事でいらっしゃるお姿を、この目で確認したいです。たしかめられないままでは落ち着けません。ねえ、シメオン様？　殿下の方はどうでしょう？　事故で突然亡くなったと信じたまま、ずっと悲しみを抱き続けるのがいいのか、真実を知らされて諦める方がいいのか……殿下ならどちらを望まれるでしょう。シメオン様にはおわかりになりませんか？」

シメオン様の親友で、無二の主君と誓う人。わたしはまだそれほど長く殿下とお付き合いしていないけれど、お人柄は信頼できると感じている。なんだかんだお話する機会も増えて、けっこう不敬な態度もとっているのに、殿下は口ではつっこんできてもとがめず許してくださるもの。とてもお心が広く、優しい方だと思う。ミシェル様のことだって、きっと理解して許してくださる。

それを期待してはいけないだろうか。わたしなら悲しい記憶を抱えたままでいるよりも、ご縁がなかったと諦める方がずっといいのだけれど。

じっと見つめて待っていると、シメオン様はため息まじりにうなずいた。

「……そうですね、あなたの言う方が正しい。ですが、まずはミシェル嬢の無事を確認してからです。今の段階で殿下のお耳に入れても、よけいに悩ませるだけです。もし偽装ではなく本当に亡くなっていた場合はぬか喜びで終わってしまう。とにもかくにも、ミシェル嬢を見つけることが先決です」

「はい！」

シメオン様がわかってくださった！　安堵と喜びがわたしをじっとさせていない。わたしは椅子から飛び出してシメオン様に抱きついた。

「ありがとうございます、シメオン様！」

「一人で飛び出していかないで、ちゃんと相談してくれましたからね。私も一緒に考えますよ」

優しい笑顔でシメオン様はわたしを抱きとめる。お膝に座らせてもらって、わたしはシメオン様のほっぺたに口づけた。

「しかし、ミシェル嬢をさがすといっても、どこから手をつけたものか。あの乳母を尋問しますか？」

もう何度も口づけを交わしているのに、シメオン様は眼鏡をかけ直して照れをごまかす。こういうところが本当に可愛くてたまらない。

「お年寄りに無体は働きたくありません。シメオン様の尋問なんてわたしにはご褒美ですけど、彼女にはきっと怖いでしょうから」

「怖がってくれなければ話になりません。あなたの反応がおかしいのですよ」

だって鬼副長の姿はシメオン様の大きな魅力の一つだもの。リュタンは馬鹿にしていたけれど、わたしに言わせれば他では容赦なく厳しい人が、自分の前では照れたりうろたえたり臆病になったりしちゃうって、ものすごい萌えよ。こういう落差がいいのよ。リュタンもわかっていないわよね。

「しかし、他に情報を持っている者がいますか？　誰か心当たりでも？」

シメオン様の質問に、わたしはにっこりとうなずいた。ええ、心当たりならありますとも。

「遠慮なく尋問できる相手がいますわ。昨夜の男を、きっと顔も見知っているはずです。わたしより事情通なことを得意気にほのめかしていましたから、ぜひ締め上げてやってくださいな」

少し驚いた顔になったシメオン様は、わたしが誰のことを言っているのか察し、にやりと悪く微笑んだ。

9

目当ての人物はちゃんと自分の部屋にいてくれたので、さがしに行かなくて済んだ。扉を叩けばすぐに返事があり、声をかければいそいそと開かれる。こんな時でもいつもと変わりない、楽しげでいたずらっぽい笑顔がわたしを出迎えた。

「君の方から会いにきてくれるとはうれしいね。いよいよ婚約者を見限って、こっちへ乗り換える気になった？」

「そんな軽薄な女性があなたの好みなのかしら？　少しお聞きしたいことがあってきたのよ。入れていただいても？」

「もちろん、大歓迎だよ。どうぞ」

扉が大きく開かれる。わたしを追い越して先に踏み込んだのは、死角になる場所から現れたシメオン様だった。

「お言葉に甘えて、失礼します」

「……君を歓迎すると言った覚えはないんだけどね」

たちまちリュタンの顔がいまいましげになる。シメオン様の背中からわたしは顔を出した。

「こちらも、わたし一人だけとは言っていないわよ」

「ひどいよ、マリエル。君の訪れに舞い上がった男心を、こんな形で叩き落とすなんて。ずいぶんな悪女ぶりだ」

「相手が悪党なんですもの、聖女にはなれないわ」

わざとらしく嘆くリュタンを押し戻して、わたしたちはずかずかと中へ入り込む。室内に彼以外の姿はなかった。いつぞやの大男あたりが護衛として付いているかと思ったのに、ちょっと拍子抜けだ。

この人、自分が狙われているかもしれないことを、どう思っているのかしら。

まあ、今のわたしたちにとってはありがたい。あの大男が現れたってシメオン様の敵ではないけれど、面倒が省けたのは助かる。

「悪女なら悪女らしく、保護者同伴ではなく一人で忍んできてほしいね」

口先では軽薄な言葉を並べながら、リュタンは油断なく警戒の目をシメオン様に向けていた。黒衣をまとった長身は、それだけで威圧感がある。あの大男にくらべればシメオン様なんて柳のようにほっそりしているけれども、一般的な基準に照らせば普通に体格のいい軍人ですものね。身長もリュタンより少しばかり高い。そして彼がどれだけ強いかは、前回自身の目でたしかめて化け物とまで言っていた。余裕を装う表情に少しばかり怯えを感じるのは気のせいかしら。

「コートなんて着込んで、どこかへお出かけかな」

「いいえ、これはマリエルからの要望です」

「……どういうこと？」

いぶかしげな目がこちらへ向けられる。わたしは笑顔で返した。

「だって、黒い方が迫力があってかっこいいでしょう？」

「近衛のきらびやかな制服こそ、ご婦人が熱いまなざしを送るものだと思っていたけど」

リュタンはいやそうにまたシメオン様を見た。

「じゃあ、その手に持っているものは？」

「ただの小道具です。お気になさらず」

言いながら、シメオン様はそれを軽く手のひらに打ちつける。手袋の上でパシンと乾いた音がした。

「君ら、なんの遊びしてるわけ？」

もはやはっきりと、リュタンは逃げ腰になっていた。シメオン様が一歩踏み出せば、押されて彼もあとずさる。

「あなたに質問があってきたのですよ。快くご協力いただけるとありがたい」

「だったらそれらしい態度でお願いすれば？　のっけから威嚇してくるとは優雅じゃないね」

「別に威嚇など。なにか脅されるような心当たりでも？」

「そんな鞭なんかこれ見よがしに持ち出して、よく言うよ。マリエル、君は暴力に訴えるような男が
――って……なにうっとりしてるの」

忙しくまたこちらを見たリュタンが脱力する。わたしは今、床を転げ回りたい猛烈な衝動と闘っていた。

「ああ……いいわぁ……ス・テ・キ」

「この状況のなにが素敵なのさ」

「これよ、これが見たかったのよ！　怪盗を追い詰める鬼畜腹黒参謀！　その姿は死神のごとく、手には黒き鞭！　蛇のようにうねる追い鞭もいいんだけど、個人的にはこっちの短鞭が萌え！　もうかっこよすぎてたまらない！　乙女の憧れ、夢の一幕が今ここに！」

「どこの乙女!?　それ乙女じゃなくない!?」

「マリエル、少し落ち着いてください」

なぜかこちらを振り向いたシメオン様にまで文句を言われてしまった。あん……そのちょっと眉をひそめたお顔も素敵。

「妙な実況を入れないでください。自分が変態になったような気分になります」

「十分変だよ。まったく、どういう趣味なんだよ、二人とも」

リュタンはどっと息を吐き出して、椅子にもたれかかった。

わたしとシメオン様は、勝手に座らせてもらうことにした。別々の椅子にかけるのかと思ったら、シメオン様はわたしが座る椅子の肘掛けに腰を下ろした。軽く組んだ足の上で鞭をもてあそぶ。

ああああ、人を萌え殺すおつもりですか！　もう絶対次作にこの場面入れるから！

「やれやれ、目の前に美味しそうな子兎がいても、そばで番犬が牙を剥いてちゃ手が出せないね。お預けを楽しむ趣味はないんで、さっさと用件を済ませてくれるかな」

リュタンも向かいに腰を下ろして、本題をうながした。

「どうせ、ミシェル嬢のことで来たんだろう？」

「そうよ。話が早くて助かるわ。あなた、昨夜ミシェル様が会っていた男のことを知っているって言っていたわよね。誰なのか教えてほしいの」

「聞いてどうするの。もう今さらだろ」

「本当にそう思っているの？　あなただって、わかっているのではないかしら。あの事故は、ミシェル様と昨夜の男が協力して偽装したものよね？　この別荘へ来たいと言い出したのもミシェル様だわ。最初からこうする計画だったのでしょう。ミシェル様はきっとご無事でいらっしゃる。わたし、ミシェル様をさがしたいの」

　リュタンの表情が変わった。瞬き一つの間にするりと気配が切り替わり、不敵な顔になる。彼は頬杖をついて、嘲るように笑った。

「死んだと思わせて逃げたなら、そっとしといてやれば？　無理やり連れ戻して王子と結婚させたって、誰も幸せにならないよ。今度は本当に自殺しちゃうかもね」

「そういう理由ではないわ。幸せになるための解決策を、一緒に考えたいのよ。このままこっそり姿を消すことが、ミシェル様にとって本当によい方法だとは思えない。いったいどこへ行くというの？　この先どうやって生活していくの？　あの男がしっかりミシェル様を養ってくれるのかしら。そうだとしても、ずっと人の目を気にして見つかることを恐れながら生きていくことになるわ。それが幸せだと言えるかしら」

　リュタンもミシェル様は無事だと思っている。それを確信して、わたしは言葉を続けた。

「殿下もこのままではお気の毒すぎるわ。昨日まで隣を歩いていた人が突然亡くなっただなんて、受

け入れがたい悲しみよ。あんな辛いお顔をさせたままでいたくない」

「ミシェル嬢を見つけたところで、どのみち彼にはかわいそうな結果になるよ。むしろきれいな思い出にしておいた方がいいんじゃない？　王子様の矜持も傷つかずに済むさ」

突き放した言葉が本当に冷たく聞こえて、わたしは無性に反論したくなった。けれど先に言い返したのはシメオン様だった。

「殿下を見くびらないでいただきたい。あの方は人を思いやり、広く受け入れる心をお持ちです。相手の気持ちや事情を汲み取ることもできないような、狭量な方ではない」

腹を立てて反論するのではなく、当たり前という顔で淡々とシメオン様は言う。

「殿下ならばただ責めて終わりにするのではなく、最善の道を考えてくださいます。この一件、できることなら最初からすべて殿下に打ち明けて、ご判断を仰げばよかったのです。ミシェル嬢にわからなかったのはしかたありませんが、そうすることがいちばん問題の少ない解決策だった」

ふん、とリュタンは鼻息だけで笑った。

「忠犬らしい言葉だね。ご主人様のことは誉めないといけないか」

「事実を述べているまでですよ。たとえ王太子であろうと、学友になれと押しつけられても、付き合うに値しない人物ならばとうに離れていました。もし王位をまかせることに不安を感じたならば、廃嫡になるよう手を回していましたよ。我々にはそうする力がある。また、必要な時にはそうせねばならないとも考えています。権力というものは、本来そのための力です。国王一人にすべての力が集中し、間違った方向に進んでも止めることができないのでは、国の未来が危うくなるばかりです。我々貴族は王家を支え、時に諫め、ともに国を守る義務を負っている。そしてそのことを、誰よりも強く認識しているのは、他でもない王家の方々です」

「…………」

「忠誠に足る主であろうと常に努力してくださるからこそ、我々も敬意をはらいお仕えする。どちらかが責務を放棄すれば均衡が崩れ、国の乱れにつながる。今、ラグランジュは非常によい均衡を保てていると思うのですが？　あなたはそれこそを、調べにきたのではないのですか、チャルディーニ伯爵」

　ミシェル様のことしか考えていなかったわたしは、シメオン様の言葉に少し驚いてしまった。それは、アンリエット王女のお輿入れと関係のあることなのだろうか。リュタンが——チャルディーニ伯爵と名乗るラビアの諜報員がラグランジュの状況を調べるといったら、他にはない。

「先日のポートリエ伯爵家での一件も、手の込んだ策を仕掛けて盗みを働こうとした……と、世間には思わせて、本当の目的を隠した。その前のバシュレ男爵家の時もそうですね。ポートリエ伯爵は今でこそ身体も不自由になり完全に引退していますが、現役でいらした頃は軍の重鎮だった。バシュレ男爵は現在進行形で財務省の関係者です。そのほかの被害者も皆、国の重要な部署に関わる人物でした。本人だけでなく出入りする人間にも重要人物が多い。たとえば、この私とか」

　シメオン様の鞭が、ご自分の肩をトントンと叩く。自分で自分を重要人物と言い切っちゃっても、シメオン様が相手では自意識過剰と笑えない。たしかに彼はいくつもの肩書を持っている。名門フロベール家の嫡男であり、近衛騎士団の副団長であり、そして——

「次期国王の腹心と言われている男。王太子と個人的な友人関係も持ち、この先国政に大きな影響を及ぼすであろう人間に、あなたは強い関心を抱いた。そうですね？」

「…………」

リュタンは答えない。不敵な笑みの中、青い瞳が鋭さを増している。

「目当ての宝を盗み出すまでにわざわざ時間をかけたのは、それだけ長くもぐり込む必要があったのでしょう。出入りする人間を観察し、交わされる話題に耳を澄ませ……実はそれぞれの家から盗まれたものは、美術品や宝石ばかりではありません。よくよく調べてみると、手紙や交際記録なども紛失していることが判明しました。家主はリュタンに盗まれた宝物のことで頭がいっぱいで、そんなものがなくなっているとはまるで気付いていませんでしたがね」

手紙や交際記録？　なぜそんなものを。というか、そんな調査をしていたの？　いつの間に。泥棒の捜査は近衛の管轄ではないと言っていたくせに。

……でも、その手紙が国政に関わる内容だったら？　あるいは外交、軍事など、重要な役職にある人たちのやり取りだったなら。

それぞれには特に重要な情報が記されていなくても、他とつき合わせて関連を見つけたり、言葉の端々から隠れた情報を得ることはできるかもしれない。そうやって、ラグランジュの国内情勢を調べていた……？

「まあ、あそこまで凝るには多分にあなたの個人的な趣味も入っていそうですがね、第一の目的は情報収集でしょう。そして今回、この別荘にまで同行したのは、殿下のことを間近で観察したいという思惑があったのでは？」

私はぽかんとシメオン様を見上げていた。ここしばらく、わたしやリュタンのせいで振り回されっぱなしかと思ったら、裏でそんな考えをめぐらせていたなんて。最近忙しかったのも、もしかしてその調査のせい？　なにごともないような顔をしながら気付けば証拠を集めて手配も完了している。この人って、そういう人。もう本当に、なんて……。

「素敵……」

わたしは彼の身体にぴたりと寄り添った。あああ、やっぱり腹黒参謀だわ。副長の抜け目なさがたまらない。

「マリエル、真面目(まじめ)な話の最中ですから」

「目の前でいちゃつかないでくれるかな。気が抜けるんだけど」

萌えにうち震えるわたしに、二人は困ったものを見る目を向けた。

シメオン様が咳払(せきばら)いして話を戻した。

「ミシェル嬢の一件は、殿下という人を見極めるのにちょうどよい機会だと思いますがね。あなた方は完全にイーズデイル派を退けるつもりもなく、まだ天秤(てんびん)を見守っている。現在多少ラグランジュ側へ傾いてはいますが、完全に落ちたわけではない。場合によっては交渉を決裂させてあちらへ乗り換えることも視野に入れているのでしょう？　ですから、見せてさしあげますよ。ラビアの行く先を賭(か)けるのに、殿下がもっともお得な目であることを」

自信をたたえてシメオン様はリュタンを見据える。それまではなにを言われても受け流すか反発の気配を見せていたリュタンが、ここでようやくうなずいた。今なら彼が外交官だと言われても納得できる。面白がってふざけるのではなく、したたかに交渉する顔だった。

「いいだろう、その話に乗るよ。セヴラン王子がすべてを知ったあとどうするのか、興味深く拝見させてもらう。当然、彼には何も教えないでおいてくれよ？　ずるはなしだ」

「言われずとも。そんな必要もありませんからね」

シメオン様も当然とばかりに微笑む。男同士の駆け引きは見ていてとてもドキドキする場面だった。かっこいいわ、これもぜひ書きたいわね。でも最後に握手を交わさないのは、やっぱり根本的に相性が悪いせいかしら。

それはともかく、これでリュタンの協力を取り付けた。わたしはさっそく身を乗り出した。

「では、教えてちょうだい。ミシェル様は今どこにいらっしゃるの？」

「さすがにそこまでは知らないよ。知っているのは乳母とあの男だけだろうね」

「あの男のこと、知っているんでしょう。誰なの」

「下男のギャストンだよ。力仕事を主にまかされている。駆け落ちだとでも言いたそうだけど、ミシェル嬢とは最近知り合ったばかりで、別に恋愛関係ではないと思うね」

「……だって、それならどうして頼られているの」

「さあ、詳しいことは知らない。でもあの男、仕事がきついわりに待遇がよくないってんで、不満をたくさん抱えているみたいだね。あちこちの家を点々としてきて、あまり長く働いたことはないみたいだから、むしろ問題は本人にあるんじゃないかと思うけど」

わたしは少し呆れてしまった。

「使用人の事情まで知ってるの」

「君だって似たようなことしてたじゃないか。僕は変装なんてせず、堂々と女中から話を聞いたよ。若い娘は身近な男に関心を持つものだからね。誰それは賭け事が好きでいつもすっからかんだとか、誰それは酒癖が悪いとか、そんなことをよく知っている。ギャストンは見た目はまあまあでも、中身の評価はあまりよくなかったね」

放っておけと言いながら、情報だけはしっかり集めていたのか。味方であれば頼りになる男だ。でもミシェル様の協力者があまり評判のよくない人物というのは気になる話だった。

「そんな男に頼ってミシェル様大丈夫かしら……」

「名前がわかったならすぐに確保しましょう。階下へ行けば見つかるはずです」

シメオン様が立ち上がる。わたしもうなずいて席を立った。リュタンはどうするかと思ったら、聞かないうちから自主的に立ち上がった。

「話に乗ると言っただろう？　ミシェル嬢を見つけ出して、セヴラン王子と再会させてみせるさ。さがしに行くならマリエルもしっかり着込んできた方がいいよ。それとも、また僕が温めてあげようか？」

わざとらしい言葉にシメオン様の眉がぴくりと動く。本当に、どんな時にも意地悪を忘れないのね。せっかくちょっと見直したのに。

「ありがとう。でもストーブよりもっと素敵なぬくもりがあるから大丈夫よ」

わたしはシメオン様の腕に手を添えた。シメオン様は咳払いでごまかして、わたしに言いつけた。

「ミシェル嬢をさがすのは私と彼にまかせて、あなたは部屋で待っていなさい」

「まあ、ここにきて仲間外れですか？　それは許しませんよ。だいたい、見るからに危険人物なリュタンと、迫力満点のシメオン様二人だけが追いかけてきたら、ミシェル様が震え上がってしまいます。か弱い乙女に猟犬と狼（おおかみ）だけを差し向けるわけにはいきません」

「あなたまで私を犬扱いするのですか」

抗議にかまわず、わたしは先頭で部屋を出た。

「大急ぎで支度してきますから、待っていてくださいね。わたしを置いていったら、あなた方二人で濃厚な恋物語を書いちゃいますから」

「なにその脅し文句!?」

「あなたの読者は男女の話専門でしょう！」

「どっちもいけるという人もいるんですよ、意外とたくさんね。少なくとも、ジュリエンヌは大喜びしてくれますわ」

二人が絶望的な顔を見合わせる。それに背を向け、わたしはスカートをつかんで自分の部屋へ走った。


すぐにつかまえられるという目算はあっさり外れ、ギャストンはお遣いに出て不在だという返事を聞かされてしまった。近くの町へ石炭や食材を買い足しに行ったという。なんとなくいやな予感を覚えてわたしは彼の荷物をたしかめてもらった。どうしてそんなことをと、頼んだ女中はいい顔をしていなかったが、シメオン様やリュタンにも言われて渋々調べに行ってくれた。そうしてわかったことは、ギャストンの荷物がどこにも見当たらないという事実だった。

お遣いそのものも、本当は別の女中が行くはずだったのを、ギャストンからかわると言い出したらしい。寒い時期の外出はいやがられるものだし、荷物も重いものばかりだ。でもわざとのんびり行って仕事をさぼったり、途中で目当ての女の子に会いに行ったりもできる。使用人同士でそうやって融通を利かせ合うことはよくある話なので、女中も不審には思わず、喜んでかわってもらったそうだ。

当然わたしたち三人には、彼の本当の目的がすぐにわかった。シメオン様は部下を呼んで、半数にギャストンの足どりを追わせた。残り半数には殿下の護衛の継続と、アガタの監視を命じる。いざとなったら彼女からミシェル様の行方(ゆくえ)を聞き出すしかない。アガタが自分の部屋にいることを確認して、けっして目を離すなと言いつけた。

「人手が足りなすぎません？　どこへ向かったかもわからないのに、ほんの数人ではさがしきれませんわ。わたしたちも早く出ましょう」

落ち着かないわたしに、シメオン様は首を振った。

「全員でうろうろしたのでは、かえって効率が悪い。ギャストンは荷馬車を使っていますから轍(わだち)を追っていけばいいし、目撃情報も得やすいでしょう。どの方面へ向かったのか、ある程度把握してから出るべきです」

そう言われれば、そのとおりかとも思う。でもじれったい。

「あなたの仲間はどうしてるのよ。手下があちこちに潜入しているんじゃないの」

リュタンにも聞くと、肩をすくめられた。

「そんなに大勢引き連れてきてないよ。今回は別に大がかりな仕掛けをしてるわけじゃないんだから」

「んもう」

地団駄を踏むわたしにリュタンは苦笑する。焦っているのはわたし一人で、シメオン様も涼しいお顔だった。

「落ち着きなさい。女性を連れて、そう遠くへ行けるはずがない。それにすぐ移動するよりも、どこかに身をひそめている可能性の方が高い。侯爵一家も我々も、一時的にこの別荘に滞在しているにすぎませんからね。じきにここからいなくなるのですから、あわてて逃げて人目につく危険を冒すより、隠れてやり過ごす方を選ぶでしょう」

「そうそう、周到に計画していたなら隠れ家も絶対に用意しているよ。死んだと周りに思わせとけば捜索もされないんだから、ネズミのように素早く逃げる必要はない。けっこう近くにいると思うな」

二人ともが言うのだから、きっとそうなのだろう。でもわたしは一刻も早くミシェル様の無事をたしかめたくて、じっと待っているのが辛かった。

落ち着かない気持ちをまぎらわすために、別のことを考えてみる。

「池の氷を割って落ちたように見せかけた件ですけど、どういう方法を使ったのでしょうね？　歩いていって叩き割ったのでは、あまりに危険すぎます。じっさい村人が行こうとした時、もっと手前のところで割れていました。体重の軽いミシェル様でも、あんなに奥までは進めないと思うのですが」

シメオン様は顎をなでて考えた。

「そうですね……樽にでも重いものを詰めて、氷の上に押し出したのでは？　我々が駆けつけた時、池の周辺の雪が踏み荒らされてわからなくなっていましたが、おそらく樽を転がした跡があったのだと思います」

なるほど、とわたしは手を打ち合わせる。そっと押し出して滑らせれば、人が歩くよりは衝撃が少ないだろう。そのまま奥へと進み、氷の薄い場所にたどり着く。重みを支えきれず氷が割れて、樽はドボンと落ちてしまう。あとはショールを投げ込めば完了だ。これも遠くまで投げられるよう、石でもくるんでおけばいい。

「そういえば買い物の中に石炭がありましたね。あっ、昨夜わたしも石炭を取ってくるよう言われたんですよ！　本当ならたっぷりあったはずなのに、予想外に足りなくなっていたということでしょうか」

「ええ、樽一杯となれば石炭でも相当の重さでしょう。樽自体の重量もありますし……というか、なぜあなたが石炭を」

「そこはお気になさらず。ああ、ようやくすっきりしました。ずっと引っかかっていたんです。これでまた一つ、ミシェル様の無事を信じられる根拠が増えましたね。やっぱり自殺なんかじゃないわ。よかった！　さすがシメオン様、腹黒参謀！　お見事な推理です！」

「いちいち腹黒を付けないでください。私はそんなに屈折していませんよ」

「そのくらい僕だってわかっていたけどね。で、なんで手帳を開いてるの？　それ、いつも持ち歩いてるよね」

急ぎわたしは今の話を書きつける。いついかなる時も、ネタを見つけたら忘れないうちに記録すべし！

今回の事件はいろんな人が辛い気持ちを抱えているから、そのままモデルにはできない。そんなことをすれば殿下やミシェル様を傷つけてしまう。でもいつか、なにかの形でこのからくりは使わせてもらいたい。読んだ人がただワクワクして楽しめるような話にしよう。

できればそれを、ミシェル様にも楽しんでもらえたらいいな。そんな未来を手に入れたい。

リュタンがわたしの手帳に興味を持って、書きつけた情報を読みたがった。もちろん断固拒否する。これにはいろんな人の秘密が詰まっているから絶対に見せられない。名前は頭文字や適当な呼び名にしているけれど、わかる人にはわかってしまう。まして外国の諜報員になんか見せられるものですか。

わたしはリュタンの手を逃れてシメオン様の背中へ逃げ込んだ。

面白がって追いかけるリュタンの手を、シメオン様の鞭が打つ。傍目にはただのふざけ合いみたいなことをしているうちに、調べに出ていた騎士が戻ってきた。

「畑の小屋の陰に荷馬車が乗り捨てられていました。侯爵家の印がついています。念のため小屋の持ち主にも確認しましたが、心当たりはないようです。間違いなくギャストンが乗って行ったものでしょう」

「ご苦労。すぐに案内を」

「はっ」

いよいよ出発しようとあわただしく動き出す。そこへ殿下がやってきて、わたしたちを呼び止めた。

「シメオン、なにをしている？　騎士たちを動かしているようだが」

殿下はまだミシェル様が亡くなったと思っている。それでも表面上は平静を取り戻し、いつものしっかりしたお顔に戻っていた。どれだけの努力でご自分を支えていらっしゃるのだろう。早くミシェル様を見つけて安心させてあげたいと思う半面、それは殿下にとって辛い真実と直面することでもあり、結局お気の毒なこの方になにかなぐさめはないものかと思うのだった。

「申し訳ありません、少々気になることがあって調べております。暫時おそばを離れます」

「なにを調べているのだ？」

眉をひそめる殿下に、シメオン様は頭を下げる。

「現段階では申し上げられません。のちほどかならずご報告いたしますので、お許しを」

殿下はシメオン様からリュタンへ、そしてわたしへと視線をめぐらせた。

「……この顔ぶれでいったいなにをしようとしているのだ。マリエル嬢も同行させるのか」

「おとなしく留守番してくれそうにありませんので」

「ああ……」

うなずく殿下の目がだめな子を見るものになっている。ひどいわ、殿下のために頑張っているのに。

「なんなら、私が預かるが」

殿下のお言葉にシメオン様が考えるようすを見せたので、わたしはあわててリュタンの腕に飛びついた。

「だめですよ、絶対にわたしも行くんですから！　それとも、熱い恋物語をご所望ですか!?」

「……この状況、喜んでいいのかどうか悩むな」

リュタンが珍しく複雑な表情になっている。

シメオン様はため息をついた。

「マリエル、わかっていますからソレから離れなさい。むやみにさわるんじゃありません」

「君もたいがいひどいよね。僕を汚いものみたいに言わないでくれる？」

「自覚があるようでなにより。では殿下、行ってまいります」

リュタンの苦情を聞き流して、シメオン様はわたしを引き寄せる。殿下もそれ以上止めようとはしなかった。

「よくわからんが、お前に考えがあるならまかせる。こちらでなにかしておくことは？」

「今のところは。警備が手薄になりますので、外出なさらないようにだけお願いいたします」

「承知した」

もう一度軽く頭を下げてシメオン様は歩き出す。わたしは殿下におじぎして、説明できないかわりにまなざしと表情で伝えた。大丈夫ですからね！　安心していてくださいね！

「そなたが意気込んでいると果てしなく不安になる。頼むから暴走するなよ」

……どうして伝わらないのかしら。納得いかないわ。

殿下に見送られ、引き出された馬にそれぞれ騎乗する。そういえば、と尋ねられた。

「乗馬は大丈夫なのですか」

「ええ、ちゃんと習得しました」

淑女のたしなみとして、もちろん馬術も学びましたとも。さんざん落馬してお兄様に笑われてばかりだったし、それだけ頑張ってもドレッサージュはまったく上達しなかった。最後は教師にも匙を投げられてしまったけれど、走らせるだけならわりと得意だ。繊細に操るのが苦手なだけで、大雑把になら乗りこなせる。

ご心配なくとわたしは胸を張った。シメオン様がうなずき、では、と合図する。案内の騎士を先頭に、わたしたちは一斉に駆け出した。

10

小屋の陰に寄せられた荷馬車は、場所が畑のそばなので、農作業用のものとしてなにげなく置かれているかのように見えた。馬を外して荷車部分だけが残されているから、よけいに違和感なく風景に溶け込んでいる。

上手(うま)く考えたものだと少し感心した。わかってさがしたのでなければ、発見はもっと遅れていただろう。

さて、見つけたまではよいとして、問題はここからだ。雪の上に残された跡を調べていたシメオン様たちが、町とは反対の方角に見当をつけた。

「隣村へ向かったかな？」

「あるいは、森の中にひそんでいるのかもしれません」

リュタンと二人で道の先を見て話している。普段は犬猿の仲なのに、こういう時は息が合っている。てきぱきと周辺を調べて方針を決定していく彼らのおかげで、わたしの出る幕はまったくなかった。

この先にミシェル様がいるとして、どこに隠れているのかしら。

わたしは人家もなくなり、畑の先には森や山しかなくなる街道を見やった。あまり遠くまで移動しないだろうことを考えれば、近隣の村にいることも考えられる。でも田舎の人はよそものの存在に敏感だから、見慣れない令嬢がいるとすぐに知れ渡ってしまうだろう。身を隠すにはいま一つ不向きな気がした。

シメオン様が言うように森の中にひそんだ方が、見つかる危険はぐっと減る。でもこの季節、どうやって寒さをしのぐかという問題があった。どこかに小屋でもあるのだろうか。

シメオン様は二組に分かれて捜索することを決定した。部下たちを隣村へ向かわせ、こちらは付近を調べることになる。馬を下りて、手綱を引きながら白い森を歩いた。シメオン様が周囲に注意を払いながら先頭を行く。時折ちらりと振り返り、わたしたちを追い越してずっと後ろへも視線を向けていた。

「マリエル、歩ける？」

「ええ、平気よ」

リュタンが伸ばしてくれる手を丁重にお断りして、わたしは雪をざくざく踏み分ける。このために滑りにくいブーツを履いてきたのだし、スカート丈の短いドレスを選んでいる。時間があれば市内に出かけて自分の足で歩き回っていたわたしだもの、深窓の令嬢みたいに立ち往生したりしないわ。

「ふぎゃっ」

調子に乗って進んでいたら雪に隠れた根につまずいてしまった。顔から雪に突っ込んだわたしを、馬が大丈夫かと聞くように鼻先でつついた。

「マリエル、街中とは違うのですから、気をつけなさい」

「うう、はい……」

シメオン様に助け起こされて、雪まみれになった髪や服を払う。

「あっ、だめよ、返して！」

落とした眼鏡をさがすと馬がくわえていた。壊されたら大変なので、あわてて取り返す。うう、雪と唾液でびちょびちょだ。ハンカチを取り出して拭いていると、早く歩けといわんばかりに背中に頭突きしてきた。

「もうっ、なんであなたが急かすのよ！」

「あっははは、いいコンビだねえ」

わたしの奮闘をリュタンがおなかを抱えて笑う。シメオン様までが肩を震わせながら顔をそむけていた。ふん！

「こんなところにミシェル様がいらっしゃるのかしら……歩くだけでも大変なのに」

シメオン様の腕を借りながら、今度は慎重に歩を進める。わたしの馬はリュタンが引き受けてくれた。

「そう思わせることが狙いかもね」

「まったく未整備な森ではありません。これは細いがちゃんとした道ですよ。地元の人間が出入りしているのでしょう」

「この足跡が誰のものか、だね。さがす相手のものなのか、それとも狩りをしにきた村人のものなのか……あ、そこって転んだ跡かな。誰かさんみたいな人が通ったんだね」

「あなたも経験してみる？　協力するわよ」

「マリエル、さわるのではありません」

「だから汚れ物扱いするなって」

冬の森にも生き物たちは暮らしていて、静寂の世界ではなかった。枝の雪を落としながら小鳥が飛び立ち、小さな足跡を残して兎が逃げていく。茂みの向こうで音を立てたのは狐か、貂か。

自然界の音の中に、わたしたちの息づかいと雪を踏む音ばかりがしばらく続いた。歩くことには慣れていても、やはり雪の上は疲れる。わたしの息が上がってきた頃、ふとシメオン様が足を止めた。

わたしのために休憩してくださったわけではないようだ。彼の目はずっと先へ向けられていた。彼に倣ってみても、わたしの目には雪と木々しか映らない。

「シメオン様？」

「……煙の匂いがする」

低くこぼされた言葉に、え、と首をかしげた。ふんふんと風の匂いをかいでみる。

「……わかる？」

リュタンに聞くと、彼も首を振った。

「全然。でも煙があるとしたら、この先に人がいるわけだ」

「そうね」

疲れはじめていた身体に力が戻った。あと少しと、頑張って足を動かす。進むにつれて風の中に混じる煙たい匂いを、わたしもはっきり感じ取れるようになっていった。

「当たりですわ。シメオン様すごい！」

「さすが猟犬、いい鼻だ」

「ええ、泥棒狐を追わねばなりませんから」

にらみ合う男たちを放って、わたしは駆け出した。雪を乗せた枝の間から粗末な小屋が見えていた。多分狩猟や伐採の際に使われる、村の共有施設なのだろう。中に人がいる証拠に、煙突から煙が立ち上っていた。

期待が高まり、気が逸る。雪に滑って転びそうになりながらも夢中で走り、息を乱して小屋の前にたどり着いた。薪を保管している物置部分に、馬がつながれていることも確認した。手綱だけで鞍を付けていない。周囲にも鞍は見当たらない。きっと元は馬車につながれていた馬だ。

ここに――この小屋の中に、ミシェル様がいる――？

わたしは呼吸を整え、震える手で小屋の扉を叩いた。

中で人の気配と物音がする。でもなかなか出てこない。返事もない。もう一度扉を叩いても同じで、ずいぶん長く待たされた。じれて声をかけてみようか考えていたら、ようやく扉が細く開かれた。

隙間から顔を覗かせたのは、若い男だった。かなり背が高い。見栄えは悪くないけれど、こちらを見下ろしてくる目つきにいい感じがしなくて、好青年という雰囲気ではなかった。

「……なんだ、てめえ」

男はわたしをにらんで低い声で凄む。剥き出しの敵意と警戒心をぶつけられて、わたしは少したじろいだ。

「あのう、こちらに……」

言いかけた時、背後から伸びた手が扉を押さえた。目の前の男がはっと視線を上げる。

「やあ、ギャストン。君をさがしていたんだよ。お遣いに出たはずなのに、こんなところでなにをしているのかな？」

リュタンが力にまかせて扉を開く。彼に続いてシメオン様もやってきた。二人がわたしを追い越していく。彼らに押される形で小屋の男、ギャストンがあとずさった。

わたしはシメオン様の後ろから顔を出し、小屋の中を見ようとした。するとこちらが確認するより早く、名前を呼ばれた。

「マリエル様……!?」

ちょっと低めの、落ち着いた優しい声。ああ、間違いない！

「ミシェ……！　……ル、様？」

確信した瞬間にわきあがった喜びを、ほぼ同時に視界に入ってきた姿が驚きに変える。そこにいたのは、質素な衣服を身につけた少年だった。

いえ……男物の服だからそう見えたけれども、お顔は間違いなくミシェル様だわ。だけどあのきれいな白金の髪は、ものの見事にばっさり切り落とされていた。

「ミ、ミシェル様……ずいぶん、大胆に……」

暖炉のそばに立ちすくむミシェル様に、とっさになんと声をかければよいのかわからない。シメオン様たちもその姿に驚いていた。

本当に、思いきったこと。これならもし人に見られても、すぐにはわからないだろう。知らない人は少年だと思ってしまうに違いない。ミシェル様は背が高いし、冬物の服は身体の線を隠している。よくよく見れば髪も肌もずいぶん手入れがよくてきれいすぎるけれど、ちょっと見ただけではとても令嬢とは思えなかった。

事故を偽装して出奔しようとしたことといい、この方は思いの外大胆な行動を取る。おとなしい、儚げなだけの人ではなく、本来はもっと快活な人なのではないかと思わせる。

「あ……」

でも今ミシェル様の顔には、怯えの色しかなかった。わたしたちを見回し、逃げ場をさがすように数歩さまよう。わたしはあわてて声をかけた。

「大丈夫！　大丈夫ですから！　わたしはミシェル様の味方です！　つかまえたり無理やり連れ戻すためにきたのではありません！」

「え……？」

わたしはシメオン様たちを押しのけて、ミシェル様のもとへ突進した。逃げそうになるミシェル様の手をしっかりとつかまえる。

「ああ、よかった……ご無事を確認して、ほっとしました」

温かい、たしかな手応えに、わたしの胸が安堵に包まれる。ぬくもりはその人の命を教えてくれる。

わたしはミシェル様の手に頬を寄せて神様に感謝した。よかった、本当によかった。

「ミシェル様のご無事なお姿をたしかめたかったんです。どこでどうしていらっしゃるのか、ずっと心配でした」

「…………」

「亡くなったと思うのはあまりに辛くて悲しすぎます。本当はご無事でいらっしゃるのだと、それをたしかめたかった」

安堵と喜びに目がうるむ。こみ上げてきたものがあふれ出すより早く、ぽたりと温かい雫が手に落ちてきた。ミシェル様が唇を震わせていた。

「ご……ごめんなさい……ごめんなさい！」

その場にしゃがみ込んでミシェル様は顔を覆う。わたしもそばにしゃがみ込み、彼女を抱きしめた。儚げに見えて、思ったよりしっかりした手応えだ。彼女の存在を実感できることに、さらに喜びが増した。

「いいんです。ミシェル様が追い詰められていたことは知っています。精一杯にお考えになったのでしょう？　責めているのではありません。ただ、よかったと安心しただけです。……そして殿下にも、ご無事なことを教えてさしあげたい」

最後の言葉にミシェル様が顔を上げる。頬を濡らしたまま、彼女は首を振った。

「だめ……だめです、それは……」

「落ち着いて。無理に結婚させようというのではありません。いえ、本当に無理なのだということはもうわかっています。ただ、殿下もとても悲しんでいらっしゃるんですよ。あまりにお気の毒で、このままミシェル様が亡くなったと思わせておくよりも、真実をお伝えした方がずっといいと思ったのです。ご縁がなかったと諦めるのも切ないですが、それはいつか吹っ切れます。でも亡くなった人への悲しい思い出は、ずっと心の中に残り続けるんですよ。わたしは殿下にもミシェル様にも幸せになっていただきたいから、この先どうすればいいのか一緒に考えたいんです。殿下はきっと許してくださいますよ。勇気を出して、お話ししてみませんか？」

「…………」

わたしの言葉をどう受け止めていいのか、困惑する顔でミシェル様は黙り込む。さらに説得しようとするわたしの肩を、リュタンが叩いた。

「そんなとこで話してないで、こっちで落ち着いて話さない？　いきなりたたみかけられたって、彼女も答えられないだろう。ここまで歩いてきて疲れたし、熱いお茶でもいただきたいね」

彼が示しているのは、粗末な机と椅子だった。軽く食事くらいできるように持ち込まれているのだろう。わたしはうなずき、ミシェル様をうながして立ち上がった。

椅子は四客しかなかったので、ギャストンは小屋の隅に置かれた木箱に座った。彼は話に参加する意志はないようで、自分からさっさとそちらへ向かった。腰を下ろしたあともむっつりと黙り込んで、誰とも目を合わせない。

さしあたって彼と話し合いをする必要もなかったので、わたしたちはかまわずに座った。わたしとミシェル様が向かい合い、彼女の隣にリュタン、わたしの隣にシメオン様が座る。お茶をとリュタンは言ったけれども、小屋の中にポットやカップは見当たらなかった。

「すみません……なにも用意はないんです。あとでばあやが持ってきてくれることになっていて」

「まあ、こんなとこにお茶のセットがあるわけないか。火に当たれるだけありがたいかな」

「喉が渇いたなら外にたっぷり水があるでしょう。行ってきてかまいませんよ」

「遭難者じゃあるまいし、雪を食ってしのがなきゃならない状況じゃないだろ」

もうこの二人の言い合いは放っておいていいわよね。一周回ってなんだか仲良しのような気もしてきたわ。

わたしはミシェル様を安心させるよう、笑いかけた。

「どうぞお気になさらず。こちらこそ、驚かせて申し訳ありませんでした。ミシェル様を見つけたうれしさで、つい気が逸ってしまいましたわ」

「うれしいなんて……わたしは、ひどい嘘つきなのに」

いたたまれない風情でミシェル様はうなだれる。わたしは首を振った。

「つきたくてついた嘘ではないでしょう？　お父様に、逆らえなかったんですよね？」

「…………」

「失礼なことを申し上げますが、ミシェル様がベルナデット夫人の実の娘ではなく、モンタニエ侯爵が外で生ませた子なのだということは、もう承知しています。それを隠して殿下のお妃候補にと望んだのは、侯爵なのでしょう？」

観念したようにミシェル様は目を閉じ、はっきりとうなずいた。

「はい……わたしは、侯爵家の令嬢なんかじゃありません。母は、元はトゥラントゥールの妓女でした」

あら、女神様たちの先輩でしたか。

「客として通っていた父に気に入られ、囲われることになったんです。市内に買った家に暮らしていて、そこへ時折父が訪れる……という生活が、つい最近まで続いていました。昨冬に、母が風邪をこじらせて亡くなるまでは」

実のお母様が亡くなっているのだろうことは、すでに察しがついていた。そのすぐあとに侯爵家に引き取られて、社交界にデビューしたわけか。

「お悔やみを申し上げます」

「ありがとうございます。母のことは、もう落ち着いております。わたしも子供ではありませんし、母が遺してくれた財産もありますから、生活には特に困りませんでした。父の世話になりたいとも思っていなかったのですが、父はわたしに本宅へ移り、侯爵家の娘として暮らすことを命じたのです」

ミシェル様の告白を、男性陣も黙って聞いている。今ばかりはリュタンも軽口を控えていた。

「親としての愛情などではないことは、最初からわかっていました。幼い頃から、いずれ侯爵家の娘として嫁がせるのだと言われていましたから」

涙はおさまり、ミシェル様は落ち着いたようすで話している。父親に対する呆(あき)れや諦観(ていかん)をため息に乗せて吐き出した。

「あの人にとって娘とは、婚姻によって家に利益をもたらす道具でしかありません。わたしを有効に使うため、早くから奥様の娘であることにして名前だけは公表していたのです。きっとずっと以前から、王太子妃の座を狙っていたのでしょう。殿下が早々にご結婚なさっていれば諦めるしかありませんでしたが、お相手選びに時間をかけていらっしゃいましたから、モンタニエ家にも機会はあると意気込んで……あの園遊会への招待状がきた時には、文字どおり躍り上がって喜んでいました。なにがなんでも殿下を射止めて王太子妃になるのだとわたしに命じて。そんなに都合よくいくものかと思っておりましたのに、なんの皮肉か本当に選ばれてしまって……」

途方に暮れた顔でミシェル様はまたため息をついた。

「美しく華やかな、お家の勢力も申し分ない令嬢たちが揃っていらしたのに、どうしてわたしをと頭を抱える思いでした。こんなことなら、どんな手を使っても出席を断っておくべきだったと後悔しても手遅れです。今さら、わたしは愛人の子だと白状するわけにもいきません。王家を相手に詐欺を働いたのですから、叱られるだけでは済まないでしょう。侯爵家の名誉も地に落ちます。父に対しては自業自得だと突き放せますけど、奥様や若様のことを思うと申し訳なくて、そこまで割り切ることができませんでした」

「ベルナデット夫人には、ずいぶんときつくあたられていらしたようですが……」

ついでにカミーユ様も薄情な態度だった。思い出してつい疑問を口にすると、ミシェル様は苦笑した。

「ええ。正直、好きとは言えません。でも、奥様がわたしを嫌うのは当たり前でしょう？　愛人やその子供を認めて優しくしろだなどと、誰に言えますか。あの方もお気の毒な方です。とうてい仲良くはできませんが、申し訳ないという気持ちはずっとありました」

お母様はともかく、ミシェル様に罪はないと思うのだけれど。でもそうやって自分を嫌っている相手のことまで思いやれる人なのね。殿下も一目惚れで舞い上がっていただけではなかったらしい。ミシェル様はとても理性的で優しい方だ。そのことを、お付き合いの中からちゃんと見極めていらしたのだろう。

……どうにかならないものかしら。少なくとも父親は侯爵なのだから、完全に庶民の血というわけでもないわよね。でも母親が元妓女というのは、やはり難しいかしら……。

「父は狂喜していましたが、わたしは恐ろしく思うばかりでした。こんな嘘を、いつまでもつき通せるはずがありません。不自然さに気付く人はきっといるでしょうし、使用人たちから外へ漏れる可能性もあります。王家に詳しい調査をされたら、きっと真実を突き止められるでしょう。そうなる前に、なんとかして話を白紙に戻さねば……でも、とてもお断りできる状況ではありません。ならば、わたしが死ねばよいのではないかと――不慮の事故で死んだならば、誰が悪いということにもなりません。万事丸くおさまるのではと思ったのです」

ミシェル様の告白は、わたしの予想とほぼ一致していた。でもあと一つ、ギャストンのことだけがまだわからない。

「彼と、駆け落ちを考えられたわけではないのですか？」

わたしがギャストンに目を向けると、「駆け落ち!?」とミシェル様は声をひっくり返した。

「ま、まさか――あの、違います」

シメオン様とリュタンの視線もギャストンへ向かう。彼は居心地が悪そうに顔をそむけ、かと思ったら立ち上がった。

「……薪を取ってきます」

ぼそりと言って止める暇もなく外へ出ていく。暖炉の火はまだ衰えていないし、予備の薪も数本置かれている。ただ逃げ出しただけで、当分戻ってくるつもりはないだろう。

小屋の中は貴族ばかりだ。ギャストンが逃げ出したくなるのもわかるので、わたしは放っておくことにした。ミシェル様も黙って行かせる。扉が閉じられてから、話を再開した。

「彼には協力してもらっただけです。池に落ちたように見せかけるにも、わたしとばあやだけでは難しくて。事情を説明して、力を貸してもらいました」

「当然、ギャストンは侯爵家には戻れないよね。次の職場への紹介状もなしにクビになるんだから、タダで引き受けてくれたわけじゃないんだろう？」

リュタンが口を挟む。それにミシェル様はうなずいた。

「ええ。報酬は約束しました。彼は元々仕事を辞めたがっていましたから、五万アルジェで引き受けてもらいました」

ヒュウ、とお行儀悪くリュタンは口笛を吹く。

「五万！　それはずいぶんと太っ腹だね」

たしかに。庶民ならそれで三年は暮らせるだろう。

「母の遺産がありますから。トゥラントゥールで働いていた頃に貯めた分だけでも相当額ですし、宝石もたくさん持っていたんです。父もいろいろ贈っていましたしね。いずれどこかで働こうと思ってはいますが、実は働かなくても一生食べていけるくらいはあります」

「ミシェル様、それ以上この男に教えてはいけません」

「え？」

わたしが止めたので、ミシェル様がきょとんとなる。リュタンは顔をしかめた。

「盗んだりしないよ」

「どうだか。あなたにお金や宝石を見せるのは危なくてしかたないわ」

シメオン様からも冷ややかな目を向けられて、彼はやれやれと肩をすくめた。

「相手は選んでるつもりだけどねえ。それに、この小屋にそんな財宝が転がっているように見えるかい？　どこから盗むのさ」

――たしかに、そうかも。つられて見回しても、それらしいものなど見当たらなかった。

「お金と宝石は銀行に預けています。母と暮らしていた家にも美術品や骨董品が数点残っていますが、今はほとんど何も持っていません」

「それらの管理はどうなっています？」

はじめてシメオン様が口を開いて尋ねた。ミシェル様は彼が苦手なのか、少したじろぐように答えた。

「家は戸締りをして、無人です」

「鍵などは？」

「それは、今持っています。ここを離れたら一旦家へ戻って、母の思い出の品などを取ってきたいと思っていましたので」

「銀行の証文も？」

「ええ……」

ミシェル様の目が彼からそらされ、小屋の隅に向かう。さっきギャストンが座っていた辺りに、丸めた外套と小さな鞄が置かれていた。それに目を留めたミシェル様は、ふといぶかしげになる。彼女が腰を浮かせるより早く、シメオン様が立ち上がった。

シメオン様はまっすぐに扉へ向かった。開こうと手をかけた扉は、ガタンと音を立てただけで動かなかった。

「……っ」

「シメオン様？」

「おいおい、まさか」

わたしたちも立ち上がる。何度か扉をガタガタと揺すり、シメオン様は舌打ちを漏らした。

「開かない。外から閂をかけられましたね」

「ええっ？」

なにそれ、閉じ込められたってこと？　いったい誰がってギャストンよね！　他にはいない。なぜ彼がそんなことを？

「ああっ！」

ミシェル様の悲鳴じみた声が聞こえた。あわてて振り返れば、彼女は荷物の前に膝をついていた。

「ない……鍵や証文を入れた袋が、なくなってる！」

「あー」

リュタンが頭をかいた。

「僕よりあっちを警戒するべきだったね」

「つまり、ギャストンが盗んだってこと？　そんな」

「驚くほどじゃないかな。あまり評判はよくないって言っただろ。今回だってお遣いに出るって言って、金を預かったままトンズラしたんだ。すでに盗みを一件働いてるよね」

「シメオン様、トンズラってなんですか!?」

「今そこですか！　あなたは知らなくてよろしい！」

「あはは、ぶっ飛びお嬢様でも知らなかったか。逃げるって意味だよ」

「そんな柄の悪い言葉を覚えなくてよろしい。――だから書きつけない！　ミシェル嬢、他になくなっているものは？」

「な、ないと思います。でも、あれがないと……」

「大丈夫ですよ、ミシェル様」

シメオン様とリュタンはもとより、わたしも焦ってはいなかった。手帳を戻してミシェル様に笑いかける。気付かず見逃してしまったのは失態だったけれど、閉じ込めたくらいで勝ったと思わないでほしいわ。そのくらい、すでにオレリア様がやっている。ギャストンは二番煎じで新鮮味に欠けるわね。

「ギャストンが全力で逃げたって、シメオン様が追いかければすぐつかまえられます。大事なものはちゃんと取り戻してもらいますから、安心なさって」

言いながらわたしは窓へ向かった。扉には閂をかけられたって、こっちは板でも打ちつけないと封じられない。窓の鍵は内側にあって外からはかけられない。雨戸は上下に開閉式のものだから押すだけでいい。今は閉じられてもいず、ちゃんと外の光が入っている。たとえなにかの仕掛けで開けられないようにしていたとしても、扉と違って椅子でも叩きつければ壊せるはずだ。硝子がちょっと危ないくらいで、簡単に脱出できる。

詰めが甘いわよ、ギャストン。逃げられると思ったら大間違いですからね！

――と、余裕の笑みすら浮かべて窓を開けようとしたわたしの目の前が、突然真っ赤に燃え上がった。

「……え？」

一瞬なにが起きたのかわからなかった。棒立ちになったわたしの腰をシメオン様がさらった。

「火をかけたか」

「え……ええっ⁉」

ようやく頭が状況を呑み込んでくれる。聞き返すまでもなかった。硝子の向こうで焔が揺れている。わたしたちを逃がすものかと、窓を覆う勢いで燃えていた。

「ちっ、この勢い、油でも撒いたな」

「少し、油断しすぎましたね」

さすがにシメオン様たちも苦い顔だ。ごめんなさいギャストン、前言撤回するわ。あなたはひどい悪党よ！　盗むだけでなくわたしたちを殺そうとするなんて！

「ど、どこか他に出られる場所は……」

「屋根……には何もないね。煙突をよじ上るのも無理だよな」

口をゆがめてリュタンがうなる。煙突……人が通れるほどの広さなんてあるかしら。だいいちずっと薪を燃やしていたから、熱くて入れっこないわよね。

出口は二ヶ所。扉と窓だけ。

閂で封じられた扉と、燃える窓。どちらを選ぶ――？

「……っ」

誰よりも早く決断したのは、なんとミシェル様だった。彼女は果敢にも、扉に体当たりをはじめた。あのおとなしいミシェル様が！　やはり芯はとても強い人だ。

ならばわたしもと気合を入れたら、シメオン様に止められた。

「あなたはいいから、さがっていなさい」

わたしをさがらせて、シメオン様は扉へ向かう。リュタンもミシェル様の肩に手を置いた。

「かわるよ。君より僕の方が力があるし身体も重い」

「……すみません、お願いします」

素直にさがってきたミシェル様と一緒に、わたしは二人を見守る。シメオン様とリュタンは、呼吸を合わせて体当たりをくり返した。小屋が揺れ、扉がミシミシと鳴る。壊すのにさほど時間はかからないと思われた。でも窓の外の火もおそろしい勢いで燃えている。すでに周辺の壁も変色して煙を上げはじめていた。

　熱に耐えかねた硝子が割れて、開いた口から焔が舌を伸ばしてきた。煙と熱気がどっと増えて息が詰まる。小さな部屋の中、精一杯に逃げても肌が炙られた。

「身を低くして、鼻と口元を押さえていなさい！」

　息苦しさに咳き込んでいるとシメオン様から声が飛ぶ。わたしとミシェル様は壁際にうずくまって耐えた。

　何度も何度も、シメオン様たちは体当たりをくり返す。それは確実に効果を発揮した。まず扉の蝶番が壊れ、次いで閂が折れて吹っ飛んだ。開いた、と思った瞬間、新鮮な空気を餌に焔が一気に燃え広がる。悲鳴を上げて頭を抱えたわたしを、駆け戻ったシメオン様が抱き上げた。ミシェル様もリュタンに引っ張られて外へ走る。間一髪、わたしたちは丸焼けになるのを免れ、外への避難を完了した。

「大丈夫ですか」

「はい……」

　わたしのようすを確認してから、シメオン様は下ろしてくださる。お互い真冬だというのに汗をかいている。今だけは寒さなんてまったく感じなかった。

　ミシェル様とリュタンも落ち着きを取り戻していた。振り返ってぞっとなる。今や焔は小屋を完全に呑み込もうとしていた。

「あっ、馬を助けないと！」

横手につないでいた馬たちのことを思い出してわたしがあわてると、シメオン様が首を振って引き止めた。

「必要ありません。とうに放されてどこかへ行ったようですから」

「え？」

言われて見れば、どこにも馬の姿がない。当然ギャストンの姿もない。彼は、わたしたちが脱出しても追いかけてこられないように、馬を放してから逃げたらしい。

舐めてごめんなさい、しっかり詰めていたわね。見直すわ。ものすごく腹立たしいけどね！

「どうしましょう、人に知らせて手配してもらって、間に合うかしら……いえ、それよりミシェル様の実家と銀行に人を向かわせた方がよさそうですね」

「いや、大丈夫でしょう」

軽く答えて、シメオン様は指笛を吹いた。長く、短く、短く、また長くと、リズムをつけて響かせる。すると、すぐに木々の間から馬が姿を現した。雪を踏んで自主的にこちらへ戻ってくる。

「まあ！　お利口さん！」

「ちゃんと訓練していますからね」

手袋を着け直しながら、シメオン様は自慢げに微笑む。戻ってきた馬は彼に鼻を寄せて甘えた。わたしが借りた馬も戻ってきた。なでてあげようとしたら顔をべろんと舐められる。これは甘えられているのか馬鹿にされているのかどちらかしら。

「あなたの馬は迷子のままね」

「鞍がついているから、多分ギャストンが乗っていったんだろう。迷子なのは侯爵家の馬だな。そう遠くへは行っていないと思うけど」

　周辺の雪に残された跡を調べていたシメオン様が、自分の馬に乗った。

「ギャストンを追いますから、ここで待っていてください。……不本意ですが、あとをまかせます」

　最後はものすごくいやそうにリュタンに言う。少しだけ視線をそらして木々を見上げ、また彼に目を戻した。

「まかせられますね？」

「もちろん」

　リュタンはからかうように笑い、わざとわたしの肩を抱き寄せた。

「安心して行ってくれ。マリエルは僕が責任もって引き受けるから」

　シメオン様は挑発に乗らず、酷薄な笑みで返した。

「彼女に手出しするなら、先に墓碑銘を考えておきなさい。希望どおりに記してあげますよ」

　一瞬殺気を投げつけて、馬腹を蹴って鮮やかに駆け去っていく。みるみる消える姿を見送り、リュタンは肩をすくめた。

「相変わらず殺し屋みたいな目をしちゃってさ。なんだって伯爵家の若様が、その筋も顔負けの気配を漂わせてるんだろうね。マリエル、なにかとんでもない裏を隠されてるかもしれないよ？　結婚を考え直すなら今のうち……」

　こちらを振り向いた彼は、そこで言葉を呑み込んだ。ミシェル様にも驚いた顔をされる。でもわたしは我慢できなかった。

「はぁん、シメオン様素敵……もっと黒くいたぶって……！」

萌えて悶えておさまらず、雪の上を転げ回りたい気分だ。去り際のシメオン様が素敵すぎてたまらない。あの黒さがいい！　それでこそシメオン様！

彼が駆け去った後をうっとり見送るわたしに、リュタンがぼやいた。

「いたぶられるのって僕なんだけど」

「だからいいんじゃない！」

わかっていないわね、まったく。ああ、萌えを共有できる相手がほしい。今ここにジュリエンヌがいたら、二人で存分に盛り上がれるのに！

「君もたいがい変だよね……知ってたけどさ」

残念ながらリュタンには理解してもらえず、肩をすくめられただけだった。ミシェル様は面食らいながら、「本当に、素敵な方ですね……少し怖いですが」と、明らかにわたしを気遣って話を合わせてくださる。共感してくれる人がいないので、わたしは馬を相手にシメオン様のかっこよさを語って満足することにしたのだった。

11

ひとしきり萌えて落ち着くと、ただ待つだけの身がもどかしかった。

「ギャストンがすぐに見つかるといいけれど……」

「かっこつけて飛び出していったのにつかまえられなくて、恥ずかしくて戻れなくなったりして」

ふざけるリュタンを呆れてにらむ。

「つかまえられないなら即座に次の手段を考えるわ。いたずらに時間を浪費するような手際の悪い人ではありませんし」

もしかしたら捜索の手配をするために、一旦別荘へ戻っているかもしれない。一人で追うよりもその方が効率的と判断したかも。

「仕事の手際はよくても婚約者としてはどうかな。お堅いばかりで面白みのない小さい男だよね」

「信頼のおける真面目で誠実な方です。それにシメオン様は小さくなんかないわ。とてもお心が広いわよ」

「必死に君を囲い込もうとしているのに？」

「ええ、あなたに対して寛大になる気はないでしょうけど。わたしには海のようなお心で接してくださるわ。とても広く、優しく、でも時には激しく波立って。愛の嵐って、逆らいようのない激しさで、なのにこのうえなく甘いの……」

「世間知らずのお嬢様が夢を見せられているだけなんじゃないの。僕なら本物の愛を教えてあげられるよ」

「甘い夢で人をだますのはあなたの専売特許でしょ」

だんだん関係のない言い合いになってくる。リュタンはただわたしの反応を面白がっているだけのようだ。からかわれるのは癪だけど、じっとしているよりは気がまぎれる。ひょっとしてそれを狙ってわざとやっている？　……まさか、ね。

「申し訳ありません……」

なおもごちゃごちゃ言い合っていると、ミシェル様が小さな声で謝った。わたしたちは言い合いをやめて彼女を見た。

「どうなさいましたの？」

「わたしのせいで、皆さんにご迷惑を……」

うなだれても彼女の髪は顔を隠してくれない。本当に男の子みたいに短くなってしまった。もったいないとあらためて思う。姿を消すためとはいえ、あんなにきれいな髪だったのに。

「わたしが、ギャストンに協力を頼んだから……皆さんまで危険に晒してしまって」

「悪いのはギャストンです。ミシェル様が責任を感じる必要はありませんわ」

ミシェル様は首を振る。一度顔を上げてわたしたちを見、またしょんぼりとうなだれた。

「……彼が、問題のある人物だということはわかっていたんです。元々わたしは彼に脅されていましたから」

「脅されて？」

驚くわたしにミシェル様はうなずく。リュタンを見れば当たり前の顔をして聞いていた。そこも知っていたの？　いったいこの男はどこまで事情を把握しているのだろう。

「偶然、わたしの秘密を知られてしまって……それを盾にお金を要求してきたので、だったらいっそ協力者に引き込んでしまおうと思いました」

「大胆ですね」

いざとなればミシェル様は強い。それを知らされるのは何度目だろう。優しくて、芯はしっかり強くて、考えてみると理想のお妃様じゃない？　やっぱりなんとかできないだろうか。ミシェル様は殿下がいやで逃げ出したわけではないのだから、身分の問題さえ解決すれば結婚を考えてくださるかもしれない。落ち着いたら方法をさがしてみよう。

「ミシェル様の秘密って？　ベルナデット夫人の実子でないことは、使用人たちには知られていたのですよね？」

「ええ、その……」

困った顔をされるので、わたしは急いで取り消した。

「ごめんなさい、言えないことならいいです。無理に聞きませんから」

「すみません……」

ここは踏み込まなくてもいいわよね？　二人きりになったら話してくださるかもしれないし。

「ギャストンは、あなたの提案にすんなり乗ったんですか？」

「ええ。五万アルジェと言ってやったらすぐに乗ってきました。いやな仕事を続けながらちびちびと小金をせびり続けるよりもいいと……五万どころかわたしの全財産を狙っていたのでしょうが」

「当然だね」

リュタンが笑った。

「脅迫するようなやつは、相手が死ぬまで食らいついた顎を開かない。君に多額の財産があるとわかっていながら、五万受け取っただけで満足するわけがないさ」

ミシェル様もわかった顔でうなずいた。

「はい。きっとこの先もまた言ってくるだろうとは思いました。でもわたしも、姿を消すつもりでしたから。たとえギャストンが追いかけてきたって、その頃にはもうセヴラン殿下とのご縁も完全に消滅しています。脅しは意味をなさなくなりますから、大丈夫だと思ったのです」

ミシェル様の秘密は殿下との結婚に障害となるものってこと？　血筋以外にも、まだなにかあるのかしら。

「五万渡すにしても、まずは死んだことにして逃げきって、銀行からお金を引き出さなければなりません。途中でなにかされるおそれはないと思っていたのですが……」

「僕らが追いかけてきたから、計画は失敗だとやつも焦ったんだな。報酬を受け取るどころか、このままじゃ自分は誘拐犯にされてしまう。最大に幸運でも無一文で侯爵家から放り出されておしまいだ。

それで宝箱の鍵だけ奪って逃げ出したってわけか」

「でも、彼が証文を持っていっても、銀行がすんなりお金を出してくれるかしら？　預けた本人ではないのだから、身元の証明には普通以上に面倒な手続きが必要になるはずよ。ギャストンはそんな大金を出せる階層の人間には見えないし、まず盗難を疑われるわよね」

わたしが首をかしげると、リュタンは楽しそうに言った。

「多少身なりを整えれば上手くいくと思ったんじゃないかな？　マリエル、銀行なんて裕福な人間しか利用しない。ギャストンの階層ではまず縁のない場所だ。どういう仕組みになっているのか、どんな手続きが必要なのか、やつが正しく知っているとは思えないね」

なるほど、とわたしはうなずいた。ならば最悪、ギャストンをこのまま逃がしてしまったとしても、ミシェル様の財産が盗み出される可能性は低いということだ。

「あまり思い詰めるのはやめましょう。大丈夫ですよ、ミシェル様の財産はちゃんと守られます。それに絶対、シメオン様がギャストンをつかまえてくださいますから！」

「どうだろうねえ……って、意地悪を言いたいところだけど、あのおそろしい男からギャストン風情が逃げきれるとは思わないし、マリエルの言うとおりだろうね」

「あら、珍しくシメオン様を認めるのね」

これまでのお返しに笑ってやると、リュタンは胸を張って言い返した。

「僕の行動を読んで先手を打ってくるようなやつが、ちゃちな小悪党を取り逃がすなんて許せないからね。副長殿には当然お土産を期待させてもらうよ」

「……それ、シメオン様を認めるふりして、自画自賛してるだけよね。呆れた」

肩をすくめてわたしは彼に背を向ける。シメオン様の姿を待って細い道へと目を向けた時、木立の向こうから歩いてくる人の姿に気付いた。

シメオン様ではない。騎士たちでもない。若い者から中年や初老まで、ばらばらな年代の男たちだ。火事に気付いて村人がきたのかと思ったが、そうではないとすぐにわかった。彼らの身なりは悪くなく、そして一様に雰囲気が剣呑だった。

リュタンがわたしの腕を引いて、自分の後ろに回らせた。

「まいったな、ここで来るとは」

「なに？　あなたの知り合い？　……あ、ちょっと待って。今すごくいやなことを思い出したわ」

あれやこれやですっかり忘れていたけど、この人狙われていたんじゃなかったっけ。まさか、目の前の男たちは。

「チャルディーニ伯爵ですね」

一歩進み出た初老の男が、ラビア語でリュタンに話しかけてきた。やっぱりそっちの関係者――!!

「突然申し訳ない、あなたに折入って相談したいことがありましてな」

「遠慮してくれないかな。見てのとおり、恋人と楽しく雪遊びの最中なんでね」

「誰が恋人よ。それにこの状況は、どちらかと言うと火遊びでしょう」

男たちは素早く周囲に広がり、わたしたちから退路を奪う。背後はごうごうと燃え盛る巨大なたき火だ。わたしはミシェル様と身を寄せ合った。

「承知しております。そちらはマリエル・クララック子爵令嬢ですね？」

「え？」

ラビア人の視線がわたしに向けられている。なぜラビアのイーズデイル派がわたしのことを知っているの？　リュタンを見上げれば、彼もいぶかしげな顔をしていた。

「お二人ご一緒に招待いたしますよ。おとなしくついてきてくだされば、乱暴な真似はいたしません。我々は平和的な話し合いを求めておりますのでね」

「どうして彼女まで？　なにも関係ないだろう」

「こちらも調査はしているのですよ。彼女はシメオン・フロベール……ラグランジュの有力貴族でセヴラン王太子がもっとも信頼する腹心の婚約者でしょう？　しかも形ばかりではなく、ずいぶん仲がよさそうだ。大いに役立ってくださいそうじゃないですか」

男がいやな笑いを浮かべる。言葉の意味を考えて、わたしは呆れてしまった。

わたしを人質にして、シメオン様や殿下を脅迫するつもりなの？　それでアンリエット王女とリベルト公子の縁談を取りやめさせようと？　……いくらなんでも、それはちょっと無理ではないかしら。

「そこまでわたしに価値があると思われたなら、お礼を言うべきかしら。とんだ見込み違いだけど」

「どうだろうね。そこはちょっと僕としても興味がある」

リュタンの言葉には、聞き逃せない響きがあった。

「なによ、まさか彼の要求に従うつもりじゃないでしょうね」

「だって、この状況で他にどうする？　抵抗すればぐさりとやられて終わりだろう。今なら後ろに放り込めば、誰の遺体かも判別できなくなる」

リュタンは飄々と答える。彼と燃える小屋、そしてラビア人たちを見回して、わたしは焦りを覚えた。たしかにこの場で殺されたくはないけれど、だからっておとなしくついていくのもいやだ。もうシメオン様に心配をかけないって決めたのよ。

だいたいおとなしく従ったからといって安全が保証されるとは限らない。なにをされるかわからないのに、言いなりになれるものですか。

「あなたの部下はどうしたのよ!?　あの金髪巻き毛の筋肉美形は!?」

「ダリオのことか。わかりやすい表現だな。あいつは目立つから連れ歩くのは難しくてね」

「どうしてもっと地味な護衛を用意しておかなかったのよ！」

男たちがこちらへ近づいてくる。まるで抵抗する気のなさそうなリュタンに見切りをつけて、わたしはミシェル様にささやいた。

「ミシェル様、馬には乗れますか？」

「え？　あの、はい、一応は……でも」

「わたしが前に乗りますから、後ろに乗ってくださいませ。見たところ、向こうは徒歩の者ばかりですから、強行突破できると思います」

こうなったらリュタンは見捨てて、わたしたちだけで逃げてやる。元々彼の問題なのだから、おまかせしちゃっていいわよね。こっちは完全にとばっちりだもの、薄情とは言わせない。

わたしは男たちのようすを窺い、完全に距離を詰められてしまう前にとミシェル様を引っ張って馬のそばへ走った。

「逃がすな！」

初老の男の指示で、向こうも一斉に雪を蹴って走り出す。先頭がリュタンのそばを通り抜けようとした時、見事に足払いをかけられて雪に突っ込んだ。

「まったく、来るなら僕一人の時にしてほしかったね。それなら一度くらいは付き合ってあげたのにさ」

言いながらリュタンは驚くほど敏捷に動いた。さらに一人を殴り倒し、頭上に向かって叫ぶ。

「ダリオ！」

次の瞬間、影が降ってきた。それは並外れた巨体のくせにほとんど音も立てずしなやかに着地し、手近な男に飛びかかった。作り物みたいにきれいな巻き毛と、彫刻のように整った顔。なのに首から下は怪物じみてたくましく、腕の一振りでまとめて二人殴り飛ばす。

「いるんじゃない!!」

サーカスの怪力男こと、リュタンの部下ダリオの登場に、わたしは思わず叫んでいた。

「いないとは言ってないよ」

リュタンは笑いながら懐から細い短剣を引き抜く。襲いかかってきた敵の剣を打ち返した。

「こいつはただの怪力自慢じゃない。こんななりでも猫みたいに身をひそめることも得意でね。イーズデイル派が尻尾を出すまで隠れて見守ってくれていたのさ。もっとも副長は気付いていたみたいだけど」

「だったらどうして閉じ込められた時にさっさと助けてくれなかったのよ!?」

「あそこで姿を現してしまったらだいなしじゃないか。いよいよ危なければ頼んだけど、僕と副長だけで対処できたしね」

「んもうっ」

ダリオの奮迅ぶりはすさまじく、次々敵が吹っ飛ばされていく。リュタン自身も鮮やかな身ごなしで戦っているのに、あっちが凄すぎてあまり目立たない。

……まさか、ギリギリまでダリオを呼ばなかったのは、自分が目立たなくなるのがいやだったからじゃないでしょうね。

呆気にとられるわたしとミシェル様の前で、形勢は逆転しつつあった。これなら逃げる必要はないと、ほっと胸をなでおろす。けれどあの初老の男が、懐から取り出した笛を高らかに鳴らした。

「合図？　……ちょっと、まさか」

いやな予感に森を見回せば案の定だ。待機要員だったのか、わらわらと新手が出てきて敵の数を増やした。

「いったい何人いるのよ!?」

「うーん、これは君の判断どおり、逃げた方がいいかも」

リュタンが馬を示した。

「僕らだけならどうとでもなるから、君は先にここを脱出しな。人里まで逃げきれば、やつらだって手出しできない」

「……大丈夫なの」

「心配してくれるんだ？」

こちらへウィンクするのに、わたしは舌を出して応えた。

「いいえ、足手まといがいなくなる方がいいわよね。お言葉に甘えさせていただくわ。行きましょう、ミシェル様！」

ミシェル様をうながしてわたしは馬に乗ろうと手をかける。すると後ろから伸びてきた手が髪をつかんで引きずり下ろした。

「マリエル様！」

「やだっ、放して！　痛いってば！」

敵が一人すぐ近くにいたのだ。リュタンは数人を相手にしていて動けない。ミシェル様がわたしをとらえる男の腕に飛びついた。

「邪魔だ、小僧！」

力一杯ふるわれた腕がミシェル様を振り払う。はずみでその手に握られていた剣がミシェル様の服を切り裂いた。

「ミシェル様！」

雪の上に倒れたミシェル様は、すぐに身を起こした。

「だ、大丈夫です、服が破れただけ……」

前をかき合わせて彼女は立ち上がる。不自由なさそうな動きに、本当に怪我はないのだとほっとする。でもわたしはまだとらわれたままだ。引きずる力に太刀打ちできない。

　と、思ったら、

「ぎゃっ」

　突然男が悲鳴を上げてひっくり返った。馬の後脚がパカンと蹴飛ばしたのだ。思いがけない助っ人のおかげで、わたしは自由を取り戻せた。

「ありがとう、いい子ね！　あとでニンジンあげる！」

　馬はブフンと偉そうに鼻を鳴らす。単に周りで騒がれてうっとうしかっただけかもしれないが、とにかく助かった。わたしは急ぎ馬に乗り上げ、ミシェル様にも手を貸して後ろにまたがらせた。

「行け！」

　リュタンの声とダリオの援護に送られて、わたしは馬に合図する。雪と敵を蹴散らして、馬は森の小道を駆け出した。


　走らせるのが得意といっても、わたしが学んだのは駈歩（キャンター）までだ。襲歩（ギャロップ）なんて淑女のたしなみには含まれない。それにここは木々が枝を伸ばす森の中だ。振り落とされたり枝に激突したりしないよう、速度を抑えて駈歩で走るしかなかった。それは逃げる者の姿としては、あまりに呑気（のんき）に見えただろう。

　ちらりと後方を振り返れば、敵が追ってきていた。向こうも馬を持っていないわけではなかったのだ。今は場所のせいでおとなしく後ろを走っているけれど、きっと森を抜けた途端一気に追い抜いて取り囲んでくるだろう。

どうすればいいのかしら。逃げながらわたしは悩む。森の出口はもうすぐそこだった。

「……ミシェル様、あそこを曲がったら、すぐに馬から飛び下りてください」

わたしは前方に見えている大きな木と茂みを指さした。

「この速度ですし、下は雪ですから怪我はしないと思います。飛び下りて、すぐに隠れてください。できますね？」

「マリエル様は？」

「乗り手がいなくなったのでは気付かれてしまいます。大丈夫、一人になれば馬ももっと速く走れますから」

「だったらわたしが！」

「ドレスのわたしより男装のミシェル様の方が飛び下りやすいでしょう。お願い、このままでは二人とも逃げきれない」

曲がり角にさしかかり、馬が速度を落とす。わたしはミシェル様の身体(からだ)を押した。

「下りてっ」

逆らわずにミシェル様が飛ぶ。上手く障害物のない場所へ転がり、顔を上げる。それをたしかめたのを最後に、わたしはもう振り返らなかった。

周囲の景色が開けてくる。いよいよ森を出る。わたしは馬のおなかを蹴って頼んだ。

「下手(へた)だけどお願いね！　頑張って走って！」

馬はちゃんと聞き分けて、走り方を変えてくれた。ぐんと速度が増し、髪がなびく。激しい躍動に振り落とされないよう、わたしは懸命に手綱を握りしめて馬のリズムに合わせた。すごい勢いで景色が流れていく。はじめて乗った時より怖い。でも怯えている余裕なんてない！

周りをろくに見る余裕もなく、わたしは必死に馬にしがみついていた。けれどそんな努力も、慣れた乗り手たちの技量にはやはりかなわなかった。追手の馬が近づいてくる。もう手が届きそうだ、と焦った瞬間、ふわりと身体が浮いた。

「あ……っ」

しまった、と思った時には遅かった。わたしは馬の背から放り出されていた。とっさに顎を引いて身体を丸め、舌を噛まないよう歯を食いしばった。

どっと雪の上に叩きつけられる。衝撃に一瞬息が詰まるも、上手く落ちたことはわかった。痛みをこらえて身を起こす。大丈夫、どこにも怪我はない。かつての経験が役に立った。なにごとも無駄にはならないものね！

わたしはスカートを引っつかんで走って逃げた。もう格好なんて気にしていられない。悪あがきと笑われてもいい。最後まで諦めないのがわたしの信条よ！

とはいえ、いったいどこへ向かっているのか自分でもわからなかった。追手は勢いがついていたせいで引き返すのに手間取り、ほんの少しだけ距離が開いている。また追い詰められてしまう前になんとかしないと。どこか、馬が通れない場所は。彼らが入れない場所は。

焦る足がくぼみにつまずいた。たまらずにわたしは雪の上に転がった。苦しい。もう肺も心臓も限界だ。でも逃げないと。馬の足音が間近に響いている。悠長に転がっていたら、つかまるというより踏みつぶされるのではないの!?

　必死に雪に手をついて身体を起こそうとした時、なにかがわたしの頭上を飛び越していった。半瞬遅れて蹴立てられた雪が顔に当たる。踏まないように避けてくれた？　でも、今のは前からでは。

　さらに続けて、前方から何騎も突進してきた。それらはわたしの横を走り抜け、一騎だけがそばで停止する。わたしを守るように追手との間に立ちふさがった。

「シメオン、殺すなよ！　大事な証拠品だ！」

　張りのある声が頭上で響く。走り去った方からも冷やかな声が返った。

「承知しています。今は死なない程度で許してやりますよ」

　馬上でサーベルをふるう、あの姿は。死神のような強さを見せつける、あの人は。

　――ああ!!

「大丈夫か」

　馬を下りた殿下がわたしの前にしゃがみ込む。惚(ほう)けて見返すわたしに、なぜかぷっと小さく噴き出した。

「……なんですか」

「いや。よく頑張った」

　ぽんぽんと頭をなで、ついでに雪を払ってくださる。ああ、さぞすごい格好でしょうね。引っ張られたり走ったり転がったりで、髪はすっかりボサボサだわ。眼鏡(めがね)も半分ずり落ちている。全身雪まみれで、そりゃあ笑っちゃうわよね……。

「むくれるな」

「疲れたんです。もう少しこのまま寝ていていいですか」

「冷たいだろうが。風邪をひくぞ」

「わたし、生まれてこのかた風邪をひいたことはありません」

「……なんだろう、ものすごく納得する気分だ」

どういう意味ですか。そういえばどこかの国にナントカは風邪をひかないという言葉があるそうだけど、わたしラグランジュ人だもの関係ないわよね。

「風邪の方でおそれをなして退散するということだろう。そら、風邪をひかずとも濡れてしまう」

強引に起こされて、しかたなくわたしは立ち上がった。雪を払いながら見れば、ラビア人たちはすでに取り押さえられていた。あんなにおそろしく感じた追手も、騎士たちにかかるとひとたまりもなかった。

馬を下りたシメオン様が、こちらへ駆け戻ってきた。

「マリエル！」

……ああ、なんだかとても長く会えなかったような気がする。近づいてくる姿が無性にうれしくてほっとする。シメオン様さえいれば、なにがあったって大丈夫。そんな気になる。

「怪我はありませんか」

感動の再会――のはずなのに、殿下の御前だからか抱きしめてはくださらなかった。軽く肩や腕を

叩いてたしかめるだけで終わってしまう。とても物足りなくて不満だったけれど、甘えている場合ではないと自分を叱りつけた。

「ええ、大丈夫です。でも、森にまだリュ――チャルディーニ伯爵が」

「アレは殺しても死にません」

即答されて口を閉じる。……まあダリオもいるし、大丈夫よね。

でもミシェル様のことがある。彼女をさがして、もう大丈夫だと安心させてあげなくては。

そして――

わたしはまた殿下を見上げた。どうしてここにいらっしゃるのだろう。わたしの視線の意味を汲んで、シメオン様が言った。

「軽い説明はしてあります。侯爵たちがいる場では話しづらいと思って、こちらへ来ていただきました」

殿下は黙ってうなずく。

「ギャストンはどうなりました？」

「もちろん捕らえてありますよ。ミシェル嬢の荷物も取り戻しました。本人は邪魔なので、農家の納屋を借りて放り込んであります」

ま、まあ――さすがというか、なんというか……予想以上の手際のよさだった。残念ねギャストン。追手がシメオン様というのがあなたの不運だった。

「……ミシェル嬢は？」

殿下に聞かれ、今度はわたしがうなずく。

「ええ、お迎えに行きましょう」

森を振り返れば、いまだ白く上る煙が見えていた。


そんなに心配していたわけではないけれど、ちょっとだけ、本当にちょっとだけは大丈夫かしらって思っていた。だって相手の数がずいぶんと多かったから。

馬鹿(ばか)ねと自分に言ってやりたい。

「やあ、マリエル。ずいぶんたくさん応援を連れてきたね。もうこっちは片付いたけど」

元の場所へ戻るまでもなく、森に入ってすぐにリュタンの方から現れた。彼の後ろにはダリオも従っていて、二人ともかすり傷一つなさそうにピンピンしている。シメオン様の言うとおり、殺しても死ぬような男ではなかった。心配なんかしてやる必要なかったわ。

「君が無事に逃げられたか心配で、急いで追いかけてきたんだよ。でもよかった、そっちも上手くやったようだね」

脱力する気分のわたしに、軽い笑顔が近づいてくる。シメオン様が一歩前へ出た。

「――ぐっ」

わたしにふれる手前で、リュタンが息を詰まらせ前かがみになった。問答無用の拳(こぶし)が、彼のおなかにめり込んでいた。

「安心しろと言いませんでしたか。他はともかく、その約束は信じてよいかと思ったのですが……私が愚かでしたか」

「……まあ、これは甘んじて受けておこう……」

　氷のまなざしと声に苦しい笑顔を返し、リュタンは咳き込んだ。痛そうにおなかを抱え、格好をつける余裕もなさげに苦痛をなだめる。一瞬気色ばんで踏み出しかけたダリオは、シメオン様の一にらみでたちまちおとなしくなった。前回思いきり叩(たた)きのめされたから、すっかり怯えているわね。

　ダリオに背中をさすられながら、リュタンはわたしに顔を向けた。

「ごめんね、大変だった？」

　わたしは腰に手を置いて、大きく息を吐き出した。ええもう、ものすごく大変だったわよ！　正直とっても怖かった。だけどシメオン様がお仕置きしちゃったから、これ以上痛めつけるわけにもいかない。

　それに、彼もあの場では最善の判断を下したのだと思うから。

「あなたは、自分を囮(おとり)にしてイーズデイル派をおびき出そうとしていたのね？」

「まあね……反対勢力を黙らせるいい材料になるからね」

　それで今回は堂々と表に顔を出して動いていたわけか。チャルディーニ伯爵という名前はラビア国内でもあまり知られていないと言っていた。ラグランジュ貴族の遠縁という関係で起用されただけの人物と思わせて、反対派を釣り上げる罠(わな)を仕掛けていたのだ。多分、そっちがいちばんの目的だったのだろう。

もう、本当に心配なんかしてやるのではなかったわ。

「本当にごめん。連中が君に目をつけたのは、さすがに想定外で。下手にラグランジュを刺激しないよう、僕以外には手出ししないと思ってたんだけどなあ」

「それはたしかに、わたしも驚いたわ。人質を考えるにしても、ほかにもっと適任者がいるでしょうに。あの人たち、とってもお馬鹿よね」

「どうかな。案外炯眼だったのかもしれない」

ようやく落ち着いたリュタンは姿勢を戻し、殿下に目を向ける。殿下は何もおっしゃらず、表情も読ませなかった。リュタンも軽く笑っただけでまたわたしに言う。

「怖い思いをさせたお詫びに、なんでもするよ。喜んで君のしもべになろう。それとも贈り物がいいかな。宝石でもなんでも、ほしいものを遠慮なく言ってくれ。ああ、いっそ僕をまるごと進呈しようか」

どこまで本気で言っているのだか。冗談の通じない人がサーベルに手をかけているわよ。

「そう……なら、身体で支払っていただきましょうか」

「え？」

「マリエル!?」

なんでもと言った当人がきょとんとなり、シメオン様も目を剝いた。ただし、とわたしは続けた。

「あなたではなく、彼にお願いしたいわ」

「え……？」

わたしが示す人へ目を向けて、みんなが妙な顔になる。注目された当人も金色の眉(まゆ)を寄せていた。

「ダリオ？　え、そっちが好みだったの？」

「マリエル、いったいなにを」

困惑する男たちを無視して、わたしはダリオに歩み寄る。高い場所にある顔が、なんだコイツと言いたげににらんでくる。でもかまわない。わたしは腕を伸ばし、彼の身体を遠慮なくさわった。

「なにをしているんですかマリエル！　はしたない、やめなさい！」

胸に、腕に、背中にと、ペタペタ手を当てまくるわたしに、たちまちシメオン様からお叱りが飛んできた。

「マリエル！」

「せっかくの機会ですもの！　これほどの素材は滅多にお目にかかれませんから、調べられる時に調べておかないと！　ちょっと逃げないで！　じっとしてて！」

身をよじって逃げようとするダリオを止めて、さらにわたしは各部の寸法や手応え、ほか諸々をたしかめる。殿下や騎士たちは呆気にとられていた。

「調べるって、え……ごめん、意味がわからない」

リュタンも目を白黒させている。

「やはり、見ただけの印象とじっさいにさわった感覚は違うわ。なんて硬い――それに太いこと！ちょっと失礼、胴回りも調べさせていただくわよ」

腰に腕を回して、胴回りはいかほどかとたしかめる。周りからは単に抱きついているだけにしか見えなかっただろう。

「マリエル!!」

「くうっ、手が届かない……っ。誰か、巻き尺を持っていませんか!?」

「あるわけないでしょう！　離れなさい、気が触れたと思われたいのですか!?」

「どうせこの場には泥棒と騎士たちとあと殿下しかいませんもの、体裁より取材が優先です！」

「そなたの中で私はどういう扱いなのだ!?」

止めようとするシメオン様を振り切って、わたしは上から下まで、あらゆる部位を細かく丁寧に調べていった。

「まさに人体の驚異！　鍛えればここまでになれるという素晴らしい実物見本ね！　鋼の肉体とはよく言うけれど、まるで生ぬるいと実感したわ。これはそんな言葉では到底足りない、巌のごとしと言うべきか――いえ、それでもまだ足りない。ああ、この筋肉を的確に表現できる言葉はなに!?　筆舌に尽くしがたいとはこのことよ！」

思いつく限りを手帳に書きつける。周りにドン引きされているのはわかっていたけれど、かまってなんかいられなかった。小説家として、この大いなる命題に全力で立ち向かわなければ！

無言で固まっていたダリオの白い頬が、ほんのりと色づいた。彼はおもむろに立ち方を変え、ぐっと腕を張ってポーズを取った。肉体美を誇示するための、計算された形をつくる。

騎士たちと殿下がさらに引いた。そっちにはかまわず、ダリオは違うポーズも見せてくれる。ありがたくスケッチさせていただこうと構えたけれど、はっきり言って服が邪魔だ。せっかくのポーズなのに筋肉が見えない。

そう思ったのが伝わったのか、それとも興が乗ったのか、ダリオはばっと思いきりよく服を脱ぎ捨てた。雪景色の中に、あの驚異の筋肉が現れた！

「おお！」

ますます調子づいてポーズを決めるダリオを、わたしも無我夢中で描いた。

「あーあ、ツボに入ったねえ……筋肉を誉められると喜ぶんだよねえ」

「マリエル……あなたという人は……」

リュタンもシメオン様も、もはや止めることを諦めて立ち尽くしている。わたしとダリオだけが盛り上がる中へ、おずおずと声をかけてくる人がいた。

「あのう……ミシェル嬢をお連れしましたが……」

ミシェル様をさがしに行った騎士だった。戻ってきたらスケッチ大会の真っ最中で、なにごとかと顔を引きつらせている。その後ろに、ミシェル様が立っていた。

「ミシェル様、ご無事でしたか！」

「マリエル様こそ……よくご無事で」

わたしはミシェル様へ駆け寄る。彼女は破れた服を結び合わせて間に合わせの処置をした上に、騎士が貸してくれたらしいコートを着ていた。見た目はずいぶんひどいありさまだけれど、怪我はなさそうだ。よかった。

「ごめんなさい、わたしのせいでこんなことになってしまって……」

「まあ、あの男たちはミシェル様とはまったく関係ありません。そこの泥棒伯爵のせいなんですから、ミシェル様が謝る必要はありませんわ。それより……」

　わたしはミシェル様の背中を支えて、そっと殿下を振り返る。ミシェル様も彼を見た。二人の視線が交わる。一度怯みかけたミシェル様は、そんな自分を振り切るように、ぐっと顔を上げて自ら殿下へと足を踏み出した。

　誰も言葉を発することなく見守る中、殿下の前まで歩いていったミシェル様は、その場にひざまずき深く頭を垂れた。

「ご迷惑を、おかけしました……数々の偽りと、裏切りを、心からお詫び申し上げます……」

　声を震わせながらもはっきりと述べて、断罪の言葉を待つ。殿下の静かなお顔に怒りの色はなく、ミシェル様を見つめる瞳は、ただ痛ましげで、そして切なげだった。

12

屋外で立ち話をしていたのでは落ち着かないしなにより寒いので、わたしたちは移動して、近くの農家に部屋を貸してもらうことにした。シメオン様がギャストンを預けた家で、王子様の訪れに驚きながらも熱いお茶を淹れてくれたり食事を出してくれたりと、精一杯にもてなしてくれる。騎士たちはかわいそうに休む暇がなかった。シメオン様だけが残り、他は捕り物の後始末に奔走している。隣村へ向かった人たちも戻ってきて手伝っていた。

暖かい部屋に腰を下ろして、わたしはほっと息をついた。もう、今日は朝から大騒ぎだったわ。お昼ご飯も食べそびれていたから、おなかがペコペコだ。農家の奥さんが出してくれた、鶏肉とチーズのキッシュにありがたくかぶりつく。足元でこの家の猫がおこぼれを期待していた。

「これとっても美味しい。ミシェル様もおなかが空いていらっしゃるでしょう？　いただきましょうよ」

うつむいて小さくなっているミシェル様にキッシュをすすめる。んもう、殿下たちが深刻な顔をしているから、すっかり萎縮しちゃってるじゃないですか。

「あなたはだめよ、これは人間の食べ物なの」

立ち上がって膝に手をかける猫からはキッシュを遠ざける。動物に味の濃いものを食べさせてはいけないって、獣医さんから言われているのよね。かわいそうだけど、あげられません。こっちのゆで卵で我慢して。

「うん、本当だ美味しい。ここの奥さんは料理上手だね」

「ええ。このパンとジャムも手作りかしら。スープもいいお味」

せっせと料理に手を伸ばしているのはわたしとリュタンだけだ。シメオン様も殿下も黙ったままで空気が重いったら。まったくこの人たちは！

「殿下、シメオン様も。その怖いお顔をしまってくださいな。せっかくのお料理がまずくなってしまいますわ」

「あ、ダリオは勘弁してやってね。こいつはいつもこんなだから」

「あなたは黙っていいのよ」

リュタンはリュタンで無駄に明るすぎる。わたしは呆れて男たちを見回した。

ようやく殿下が息を吐き、口を開いた。

「……そうだな、これでは話にならん。ミシェル嬢」

「は、はい」

呼ばれてミシェル様がびくりと肩を跳ねさせる。それに殿下は苦笑した。

「怯えずともよい。あらましはシメオンから聞いた。あなたも辛い立場だったのだと、承知している。責めはしないから……顔を上げてくれ」

優しいお声に、おずおずとミシェル様が顔を上げる。殿下は怒っていらっしゃるわけではない。多分、どう声をかけようかとためらっていたのだろう。

「殿下……申し訳ありませんでした」

「そう何度も謝らずともよい。なにはともあれ、あなたが無事でよかった。本当に……それがいちばんうれしい」

「…………」

噛みしめるような殿下のお言葉に、ミシェル様が涙をこぼした。わたしのハンカチは汚しちゃったから、リュタンから奪ってお渡しした。

「あなたが乗り気ではなさそうなことに気付いていながら、話を進めようとした私にも責はある。互いをよく知れば、うちとけてくれるのではないかと、勝手な期待だけで無理を強いた。すまなかった」

「いえ……いいえ。殿下はいつも、優しくしてくださいました。わたしはただ、それが申し訳なくて……嘘で塗り固めたわたしに、そんな優しさをいただける資格はないのに。真実を告白することもできず、さらに嘘を重ねていくばかりなのが本当に申し訳なくて、その罪に耐えきれず逃げ出してしまったのです。殿下にどれだけご心痛を与えるか、考えもせず……」

「それほど追い詰められていることに、気付けなかった私も悪い。ようやく理想の女性に出会えたと舞い上がって、なんとかあなたに気に入られようと、それしか考えていなかった。相手の気持ちをわかっていなかったというなら、私も同罪だ。だからもう、気にするのはやめよう。過ぎた話だ。それよりも私は、この先のことを考えてもらいたい」

殿下のお言葉を、ミシェル様は真剣な顔で聞く。たしかに過ぎたことよりも、これからの方が大切だ。殿下はどうなさるおつもりなのか、わたしも緊張して聞いた。

「あなたがずっと気に病んで、私を受け入れることができなかった理由は、生まれの……正妻の子ではないという身分の問題だけだろうか。それを隠した罪の意識だけだろうか。もしそうなら、一度すべてを脇（わき）へ置いて考えてみてはくれまいか。複雑な事情は抜きにして、ただ私という人間をどう思うか――単純に一人の男として見る気になれるかどうか、聞かせてもらいたい」

「…………」

――これは。

見つめ合うお二人にわたしは息を呑（の）む。殿下は真実を知って、それでもミシェル様を望まれると？　身分違いの恋を貫くと言っておられるのだろうか。

胸が高鳴った。これは、まさに、ロマンスの王道！　まるで物語のような場面が目の前で展開されている！　殿下素敵、かっこいい！　やっぱり王子様はこうでなくっちゃ！

大きな障害があることを承知の上で望まれるというなら、あとはミシェル様のお気持ち一つ。もし彼女が殿下を受け入れるなら、わたしも全身全霊で応援すると決意した。ええ、身分違いの恋物語を流行（はや）らせて世論操作をしてやるわ！　元々そういう話には一定の需要があるのよ。夢を見たい人は多いのよ。劇場と一緒に企画するのもいいわね。新聞社にも手を回してじゃんじゃん話題を盛り上げてやる。きっと庶民層からは絶大な支持が得られるわ。自信があってよ！

貴族たちだって乗せる方法はある。今こそ、集めに集めた情報を役立てる時！　どこをどう動かせばいいか、わたしの脳内に計画が組み立てられていく。貴族同士の関係図、それぞれの性格、野望と弱点、家の状況――あらゆる情報をもとに貴族社会を動かして、ミシェル様のお輿入れを受け入れる方向へ向かわせようじゃないの。もちろんモンタニエ家とは完全に縁を切って、後顧の憂いをなくすことは重要だ。かわりに名誉だけはあって権力闘争には関わらない、大司教あたりの養女にしていただけばいいと思う。できるできる、いいえ、やってみせる！

まかせて！　わたしが世間を動かしてあげるから、あとはミシェル様のお気持ちだけ！

ドキドキしながらミシェル様の返事を待った。ミシェル様はじっと殿下を見つめて――そして、頭を下げた。

「申し訳ありません……」

「……そうか」

さみしげに殿下が微笑む。王子様の告白が、ロマンスの王道が、あっさりふられてしまった……。

えええ……。

わたしはがっくりと肩を落とした。そんなあ。どうしてここでときめかないの。普通惚れちゃうでしょう。王子様にここまで言われてその気にならないなんて、乙女としておかしいでしょう。殿下は美形でかっこよくて優しいのに。なにがだめなの、不足なの。不憫属性がいけないの。それともやはりミシェル様は、じめっと陰性の男の人がいいのかしら……。

「本当に、申し訳ありません……」

「いや、よい。無理なものはしかたがない。困らせてすまなかった」

どこまでも優しく殿下は結果を受け入れる。ミシェル様は一度ぎゅっと目をつぶり、そして決心したように立ち上がった。

「違います――違うんです。殿下はなにも悪くありません。なにも問題はないんです。とてもお優しく素晴らしい方で、尊敬申し上げております。わたしが、受け入れられる人間だったらよかったのに。わたしでは、どうあっても殿下のお妃にはなれないんです」

「なにを……身分のことなら、どうにかする方法はある。たやすくはないだろうが、それでも道はある。あなたが受け入れてくれるなら、かならず周りに認めさせてみせると約束しよう」

殿下も立ち上がる。ふたたびの説得に、それでもミシェル様は首を振った。

「無理です。神も人も認めてはくれません。わたしも受け入れられません。だってわたしは――」

言いながら服に手をかける。ここの奥さんが貸してくれたショールを脱ぎ、結び合わせていたところを手早くほどいてしまう。破れ目を自ら開き、ミシェル様はがばっと胸元を見せてきた。

「わたしは、男なんです！」


――はい？

わたしも、殿下も、シメオン様も、目と口を大きく開けて、彼女の胸元に注目した。引っ張られてさらに広がった破れ目から、白い肌が見えている。平らかな……あまりに平らかすぎる胸だった。

わたしも自分のささやかな胸がちょっぴりさみしいけれど、そんな次元の話ではなかった。さみしいのを通り越して、さっぱり爽やかだ。見事にすがすがしいまでの、平らな胸！　……どう頑張っても、それは男性の身体にしか見えなかった。

えええええ――――――――――!?

「お……男……？」

殿下が呆然と聞き返す。はい、とミシェル様はうなだれた。

「男なんです。本当です。胸の不自由な女性でもありません。なんでしたら下もお見せします」

「な、なぜ……なにが、どうして、そういうことに……」

殿下はまともに言葉が出てこないようで、喘ぐように口を開閉している。わたしだって同じ気分だわ！　ミシェル様が男って、嘘でしょう!?

ミシェル様はため息をついて答えた。

「わたしが愛人の子であることは、ご承知のとおりで……トゥラントゥールの妓女であった母は、男の心をとらえ、溺れさせる手管に長けておりました。当然ながらそれは奥様を逆上させ、母への激しい嫉妬を生みました」

秘密を暴露してしまったことで開き直りのようなものを持てたのか、ミシェル様は悄然としながらもしっかりした口調で話した。

「母がまた、それを真正面から受けて立つ性格でして……奥様に遠慮して身を引くなんてことは欠片も考えない人だったんです。正妻と愛人が仲良くなれるはずもありませんが、二人の関係はそれはもう最悪の一言でした」

ああ……目に浮かぶようだわ。物語ではお決まりのドロドロ愛憎劇でも、自分の親がそれはきつかったでしょうね。

「当時奥様にはまだ子供がなく、母の方が先にわたしを身ごもりました。それで奥様からのいやがらせが激化して、さすがに母も身の危険を覚えるほどだったそうです」

「……………」

「どうにか無事に産んでみれば、男の子。これはまずいかもと、さしもの母も考えました。さんざん奥様を煽ってきましたから、もう愛人の子に相続権はないとか、そんな常識論で冷静に受け入れていただける状況ではなかったのです。生まれたのが男だと知れば、奥様はかならずわたしを殺そうとするだろうと……これは母の言ったことですから、本当のところはわかりません。ただそう思わせる程度には、いやがらせと言える次元を超えたできごとがいくつもあったそうです」

わたしはベルナデット夫人の冷たい顔を思い出す。気位の高い彼女には、愛人への嫉妬をあからさまに表すことはできなかっただろう。正妻としての矜持や、世間への体裁、さまざまなものにしばられて、表面上は歯牙にもかけていないふりをしなければならなかった。その分、愛人への憎悪は深く激しくなっただろう。自分に子供ができないことで焦りもあったかもしれない。すべては想像にすぎないけれど、もしかしたら、最悪の結末もありえたのかもしれない。

「そこでわたしを連れて姿を消すとか、父と別れるといった選択をしないのが母の図太いところで。父にも周囲にも生まれたのは女の子だと偽って、わたしを本当に女の子として育てたのです。真実を知っていたのは、当時家で働いていた小間使いとアガタの二人だけでした。彼女たちの協力のおかげで、じっさいにわたしが命の危機に瀕(ひん)する事態は起こらず……一応、問題はなくなったかに思えたのですが」

　男の子なのに女の子として育てられて問題がないかどうかはともかく、小さい頃(ころ)なら本人も気にすることはなかっただろう。

「一年後に若様が生まれ、奥様も少し落ち着かれた頃、突然父がわたしを奥様の子として世間に公表しました。身体が弱く無事に育つかもわからなかったため、これまで公表は控えていたなどと言い訳をして。親らしい愛情も関心もないくせに、わたしを政略に使えるという計算だけはしていたのです。正妻の子ということにして、いずれ有力な家に嫁がせようと……あわよくば王太子妃にともくろんで、わたしに淑女の教育を受けさせるよう母にも言いつけました」

「……それでも、あなたの母君は、真実を告白しなかったのか」

「はい」

　殿下の問いに、ミシェル様はため息まじりにうなずく。

「いけるところまでいけばいいと、気楽に言う人だったんです。結婚なんて大人(おとな)になってからの話で、その頃には親元を離れても生きていけるようになる。事故か病気で死んだということにして逃げればいいじゃないかと……そう言っていた当人が、さっさと病死してしまって。父の世話にならなくても生きていけるよう財産は遺してくれましたが、葬儀やらなにやらで忙しくしているうちに逃げる機会など失い、気付けばデビューの日取りが決められていました」

「し、しかし、そのあとでも話をすることはできたのでは」

「おっしゃるとおりです……わたしが臆病だったために、話をややこしくしてしまいました。わたしは、父と奥様を恐れたのです。これまでずっとだましていたと知られればどうなるのか、怖くて本当のことが言えませんでした。もちろん女として嫁ぐことなんてできませんから、どうにかせねばとは思っていたのですが……ぐずぐずしているうちに、あの園遊会の招待状が届いてしまい……まさか選ばれはすまいと思って、目立たないようにもしていたのに……」

その慎ましく控えめな姿が、殿下の目に留まってしまったと。

なんともいえない沈黙が漂った。明かされた衝撃の真実に、いったいどう反応すればいいのか、誰もが途方に暮れた顔をしていた。

――いえ、リュタンだけは違った。彼は終始驚くようすを見せず、平然となりゆきを眺めていた。わたしの視線に気付くと、いたずらな笑みを向けてくる。その顔を見ればなにを考えていたのかは明白だ。わたしは思わず文句を言いそうになり、彼とシメオン様の約束を思い出してぐっと呑み込んだ。シメオン様の方でもリュタンにいまいましげな目を向けている。そうした反応も楽しんでいるようすなのが、本当ににくたらしい限りだった。

ミシェル様は深々と殿下に頭を下げた。

「本当に、申し訳ございません！　嘘の上にさらに嘘をついて、何重にも殿下をだましていました。許してくださいなどと言えた筋合いではありませんが……本当に、ごめんなさい……！」

泣きそうな声で平身低頭して謝る。殿下は彼女を――彼を黙って見下ろし、しばらくして気の抜けた声で答えた。

「そうか……いや、それは、なんというか……さぞ気持ち悪かっただろうな……すまない」

うわあ、魂が抜け出してしまいそうなお顔をなさっている。なんて不憫な方。一目で惹かれ、人柄を知るほどに想いが深まり、これぞ理想の相手と喜んで、なんとか想いをかなえるべく一生懸命努力していたのに。それが相手にとっては同性から言い寄られるという、恋愛以前の問題だったなんて。

あまりにおかわいそうすぎる。

――萌えてないわよ⁉　不憫なのがいいとか思っていませんから！

「いいえ！　悪いのはわたしです！　わたしが勇気を出して、父に本当のことを言っていればよかったんです。ぐずぐずと問題を先送りにして、なにも解決しようとしなかったから、こんなことに。わたしが卑怯なのがいけなかったんです」

「いや、あなたも気の毒な生い立ちだ。生まれた時から偽りの人生を押しつけられ、身を小さくして生きてきたのだろう？　妻をないがしろにして愛人を作った父親と、正妻から夫を奪おうとした母親と、嫉妬に狂って命すら狙いかねなかった正妻と――周りの大人たちがこぞってあなたを不幸にしていた。……辛かったな」

ご自身も辛いでしょうに、殿下はミシェル様の肩を叩いてなぐさめる。その優しさはかえってミシェル様を涙ぐませた。

「殿下……わたしは、ずっと女のふりをするのがいやでした。でも、殿下とお会いしてからは、本当に女だったらよかったのにと何度も思いました。殿下のお気持ちに応えられる身であればよかったのにと……殿下はとても素晴らしいお方です。心から尊敬し、お慕い申し上げます。わたしが本当に女であれば、身分など関係なく殿下に恋をしていたでしょう」

「あ、ああ、まあ、そう言ってくれてありがとう」

複雑な気持ちを抑えて、殿下は笑顔を返される。とてもご立派で、そしてお気の毒な姿だった。

もう黙っていられない。わたしは勢いよく立ち上がった。

「お二人とも、諦めるのは早いですわ！　数々の障害はあれど、お気持ちはしっかり通じ合っていらっしゃるのです。ならば！　その想いを貫くのみ！　真実の愛の前には身分も性別も関係ありません！　たとえ正式に結婚できなくても、愛を貫くことはできるはず！」

「待ちなさいマリエル！　ここでそっちへ話を向けるのではありません！」

シメオン様も椅子を蹴って立ち上がった。

「話がややこしくなるからやめなさい！」

「だって、このままではお二人が、特に殿下がお気の毒で！　いっそすべてを超越した愛を目指してもよいではありませんか！　常識の檻を取り払い、性別の垣根すら超えた愛はなににも勝る崇高な想いです！　打算も欲得もない、純粋なる愛！　それこそが真の幸福なのでは！」

「いや、マリエル嬢……気持ちはありがたいが、ちょっと無理だ」

にらみ合うわたしとシメオン様の間に、頭を抱えながら殿下が割って入った。

「あいにく私はそこまで超越できん。普通に女性と恋愛したい」

「あの、マリエル様……わたしも、こんなですけど、一応まともな恋愛願望はありまして……そういう相手は、やはり女性がいいです」

「ええー」

全力で応援しようと思ったのに。せっかくの提案も、お二人に揃って首を振られてしまった。

「残念そうにするな。どう考えてもその落とし所は無理だろう」

「いいと思ったのですけど……」

「よくないわ！　そなた実は面白がっているだろう！」

「ひどい、わたしはただ殿下に幸せになっていただきたいだけです。面白がっているのは、そこの悪党です」

わたしはびしっと、震えながら机に突っ伏すリュタンを指さした。

「あなた、これも知っていたのね？」

上げられた顔は目の端に涙をにじませている。おなかを抱えながら、苦しそうに大笑いするのをこらえていた。

「もちろん、僕を誰だと？　年季の入った見事な女装だったけど、こちとら変装に関しては専門家だよ。男だってことはすぐにわかったさ」

ミシェル様が驚いて目をぱちくりさせ、殿下はむっと不愉快そうなお顔になる。シメオン様の冷たい視線を浴びても、リュタンはびくともしなかった。

「真実を知ってどう反応するか、約束どおりしっかり見届けさせていただいたよ。なるほど、君たちの言ったとおり、心の広いお方だ。それにすぐ冷静に戻って取り乱さなかった。ご立派だ」

笑いを含んだ言葉は、称賛しているのか馬鹿にしているのかわからない。こんな調子で誉められても素直に喜べない。

「すべてを知ったうえで、面白がって見物していたのか」

殿下のまなざしも冷える。わたしに文句やお小言を言う時とはまったく違う、本気のお怒りが漂っていた。

それでもリュタンは平然としたままだった。ここまでくると、いっそあっぱれと感心する。

「こちらも国運がかかっていますのでね。慎重に見極めさせていただかねば」

「見極めだと」

「現国王陛下はもちろんですが、将来はあなたとお付き合いすることになるのですから。お人柄を知る必要はあるでしょう？」

「このような事例がなんの参考になる」

ぷいと殿下は顔をそむける。拗ねたような態度に、意外とリュタンは優しい目をしてみせた。

「少なくとも、僕は好感を抱きましたよ。そう報告すればリベルト殿下も喜ばれるでしょう。ラグランジュ国王はラビア大公の義理の兄――そういう未来も、悪くない」

「…………」

少しだけ驚きを乗せて、殿下が振り返る。リュタンは――ラビアの外交官は、縁談を本格的に進めると宣言したのだ。面白がって人を馬鹿にしてばかりいるような男だけれど、シメオン様との約束はちゃんと守ったのね。

きっと、アンリエット様がラビア宮廷にお入りになるのは、そう遠い先ではない。今回は本当に、さんざんな顛末だったけれども、一つだけ明るい結果を得られたのが救いだった。

いいえ――一つではなく、二つね。

わたしはミシェル様に笑いかける。途中から話についていけず困惑していた彼も、やっと少し元気を取り戻して笑い返してくれた。今後の身の振り方や父親との対決など、まだ考えるべきことはある。けれどもう一人で悩まなくていい。わたしはもちろん、シメオン様だって力を貸してくださるだろうし、なにより殿下が事情を理解してくださった。心強い味方ができたのだから、大丈夫。

もう自分を偽ることなく、自由に生きていける。

ミシェル様の未来にも、きっと明るい光が差している。

昨夜の晩餐とは大違いな、とても簡単な夕食を部屋でいただいたあと、わたしは厩舎へやってきた。手に提げた桶には、別荘の料理人にお願いして分けてもらったニンジンが入っている。昼間の約束を果たすべく用意したものだ。

適当な大きさに刻まれたニンジンを手に乗せて、一頭ずつにあげていった。おとなしく待っている子もいれば、早くちょうだいと前脚で地面をかいて催促する子もいる。中にはわたしのショールをくわえて引っ張る強引な子もいた。

「だめよ、もう食べたでしょ。みんな同じ分だけ」

なんとか放させて次へと向かえば、知らない人間がきたと警戒して馬房の隅に寄り、こちらへ近づかない子もいたりした。

「……ここに置いておくわよ」

十人十色と言うけれど、馬の個性もいろいろだ。シメオン様の馬は主に似て、とてもお行儀がよく上品だった。わたしが借りていた馬は人懐こいのだけれど、ちょっとお調子者だと思う。でもみんな可愛い。

「マリエル」

それぞれの違いを楽しく眺めていたら、シメオン様が入ってきた。

「なにをしているのです」

「ニンジンをあげにきたんです。昼間約束していましたので」

「……馬と？」

「ええ」

おかしそうな顔をしてシメオン様はわたしのそばへ来る。空になった桶を見て、それから馬たちを見回した。

「全部にやっていたのですか？」

「もちろんです。一人だけ贔屓したのでは他の子がかわいそうですもの。おやつは平等が鉄則です」

今度ははっきり、くすりと声を漏らしてシメオン様は笑った。

「ご婦人はたいてい厩舎など臭いといやがるものですが」

「まあ、多少はね。でもここはきれいに掃除されていて、清潔だと思いますよ」

わたしは桶を下に置き、壁際に積まれた藁に座ろうとした。

「汚れますよ」

「これは新しい藁でしょう？」

「そうですが、せっかくのドレスを藁まみれにしたいのですか」

「そんなにいいドレスではありませんから、お気になさらず」

さっさと座り込んで隣を示す。シメオン様は苦笑して、わたしと並んで腰を下ろした。

「殿下のごようすは？」

「落ち着いていらっしゃいますよ。心配いりません、いつまでも落ち込む方ではありませんから」

シメオン様の腕がわたしの肩を抱く。二人の間の距離をさらに詰め、ぴったりくっつき合ってぬくもりを与え合う。

「侯爵がミシェル様のところへ乗り込んだりしていません？」

「見張らせていますから。もっとも、そんな元気はなさそうですが」

森の小屋は燃えてしまったし、諸々の後始末もある。わたしたちはミシェル様を連れてモンタニエ家の別荘に戻ってきた。事故死したと思わせたままでは無理な捜索を試みるかもしれないので、ミシェル様がご無事であったことだけは明らかにした。実は男性で、というところは内緒のままである。世間に知れ渡るとモンタニエ家だけでなく殿下や王家の体面にも傷がついてしまう。だからもうしばらく女装生活を続けてもらうことになった。短くなった髪だけはごまかせないので、姿を変えて出奔するつもりだったのだということで人々を納得させた。

もちろん侯爵は激怒していたけれど、殿下がすべての事情を聞いたとお話をされると、真っ赤になった顔はたちまち真っ青に変わった。どんな言い訳をしたところで、王家をだまそうとした事実は変わらない。いずれ国王陛下から正式に処分が言い渡されるだろうと告げられた時には、もはや卒倒しそうなありさまだった。

顔色をなくしていたのはベルナデット夫人も同じだけれど、夫よりは冷静だった。彼女の顔にはむしろ諦めの方が強く浮かんでいた。そのようすは、どこかせいせいしているようにも見えた。権勢を取り戻すことよりも、夫の芝居に付き合わなくてよくなったことの方が、彼女にはありがたかったのかもしれない。殿下のお言葉をただ静かに受け入れていた。

明日、わたしたちは都へ帰る。ミシェル様とアガタも一緒に移動し、ひとまずは市内の実家へ落ち着く予定だ。いずれ折を見て、本当は男だということも父親に言うそうだ。

「たった二泊の滞在でしたのに、とても長くいたような気がしますね。今日一日でいろんなことがあって、もうくたくたです」

「さすがのあなたも、少しはまいりましたか」

ちょっと意地の悪い笑顔に、わたしはむくれてみせる。

「ラビアの過激派に追いかけられた時は、本当に怖かったんですよ。なのにシメオン様は抱きしめてもくださらないんだから」

「……あそこでは、しかたないでしょう。殿下や部下たちの前でそのようなふるまいはできません。

そもそも私は、あなたの同行には反対していましたよ。なにか起きるかもしれないと言ったでしょう」

「だって、殿下のお望みでしたし」

「それに嬉々として乗ったのはあなたでしょう」

ぴしゃりと言われては返す言葉もない。おっしゃるとおりですけどね。ええ、なにか起きるならかぶりつきで見たいとすら思っていましたよ。

だから怖い思いをしても自己責任だし、それ自体に文句を言いたいわけではない。同情がほしかったわけではないの。ただシメオン様の腕の中で、もう大丈夫だと安心したかっただけなのよ。

黙るわたしに軽いため息が漏らされたと思ったら、シメオン様が動いた。わたしを抱き上げて、膝の上に移動させる。さっきよりもっと近くに、もっと深くに抱きしめられて、耳元に吐息がささやいた。

「あの時おそろしかったのは、あなただけではありませんよ。追われるあなたを見つけた時、私の方が心臓が止まりそうでした。状況が許すなら言われずとも抱きしめていましたよ」

耳をくすぐる熱に衝動がこみ上げる。わたしも腕を伸ばしてシメオン様の身体を抱きしめた。

「でも、そこで冷静に自制しちゃうのがシメオン様なんですよね」

「あなただって、どうせこの経験を作品に活かせるとか考えていたのでしょう」

抱き合いながら、二人でくすくすと笑う。シメオン様の手がわたしから眼鏡を取り上げた。見上げたお顔にはすでに眼鏡がない。優しい口づけが下りてきて、それはすぐに深く激しいものになった。

何度も何度も、夢中で互いをたしかめ合う。シメオン様の唇がわたしの頬を滑り、耳の下からうなじへ、顎の下、反対の耳へとたどっていく。じっとしていられないくすぐったさに身悶えて、思わず小さく声を漏らすと、さらに強く抱きしめられた。

めまいがしそうに幸福で、心地よい。ずっとこのままでいたい。シメオン様を感じていたい。強く温かな腕の中にいれば、なにが起きても大丈夫だと安堵に包まれる。もうなにも考えず、ただこの喜びに身を浸していたい。

……のでは、あるけれど。

「あの、シメオン様」

「なんですか」

返る声には常にない熱がこもっていた。あまりにも色っぽい破壊力に満ちていて、もうこのまま熱に呑み込まれてしまってもいいかも——って、理性が押し流されそうになるけれど。

「馬が、注目してくるんですけど」

「…………」

目の前に並ぶ馬房から、なぜかすべての馬がこちらをじっと見つめていた。

こう集団で見物されると、さすがにちょっと恥ずかしい。馬って賢いから、もしかしてわかって見ているのかもしれないし。

シメオン様も馬たちを見て、なんともいえないお顔になった。

「……お部屋で続きをします？」

「……いえ」

目元を覆い、シメオン様は深く息を吐き出した。

「すみません、慮外な真似を。少々、我を忘れかけていました」

「シメオン様でもそんなことがあるのですか」

「ありますよ。あなたに関わってからは、しょっちゅうね」

吊るされたランプの明かりが辺りをオレンジに染めて、シメオン様の顔色をごまかしている。でもわかる。きっと少し赤くなっている。わたしの頬も熱くて、胸の動悸がおさまらない。

「……いやなわけでは、ありませんよ？」

勇気を出して言ってみた。シメオン様はぐっとなにかを呑み込んだように身をこわばらせ、わたしを押して膝から下りさせた。

「だめです。節度――そう、節度を守らねば。誓いの前に一線を越えるようなことは――い、いろいろと、よろしくない」

……これだから、くそ真面目とか言われちゃうのよね。たしかに建前はそうなんだけど、順番が逆になってしまう男女は世の中に少なくない。婚約していて、どうせ結婚するのだからと遠慮しないのはよくある話。これがたとえばリュタンだったなら、きっと喜んで飛びついてくるわよね。

二十七歳の大人が相手では、十八のわたしなんていいように扱われてもおかしくないのに、シメオン様は少年のように生真面目に、一つ一つ丁寧に前へ進んでくださる。それを面白みがないと言う人もいるけれど、わたしはこういうシメオン様が好き。これだから安心して、信頼していられるの。全然腹黒じゃない、純粋で真面目な可愛い人。どんな物語のヒーローよりも大好きよ。

「す、すみませんでした。私がおかしなことをしたのがいけませんでしたね」

「おかしくはありませんけど……まあそうですね、殿下が失恋なさった夜に、わたしたちだけ幸せを満喫するのは申し訳ありませんものね」

「……そうですね」

ようやく落ち着きを取り戻して、シメオン様は肩から力を抜く。ふたたび笑い合いながら、わたしたちは立ち上がって藁をはらった。

「ああ、早く春にならないかしら。なにをはばかることもなく、心のままに寄り添える日々が待ち遠しいです」

「そうなったら、もう遠慮はしませんよ。覚悟しておくように」

振り向いて笑うお顔がもう本当にかっこよくて、純情さんのくせに決まりすぎなんだから！　本人は意識していなくても、見た目はやっぱり鬼畜風味の腹黒参謀よ。ああ素敵、まさに萌えの権化。中身も外見も全部好き！

「……馬を相手になにを言っているのですか。風邪をひかないうちに、戻りましょう」

「ええ、早く戻ってこの萌えを昇華しなくては。シメオン様を見ていると、次から次へと構想がわいて止まりません。殿下の不憫さにも刺激されますし、リュタンは悪役にちょうどいいし、もう周り中が萌えだらけでたまりませんわ。あ、あとであの鞭(むち)を貸してくださいね。実物をじっくり見ながら書きたいので」

「なにを書くつもりですか。周りに妙な誤解をされそうですからやめてください」

「大丈夫、うんとかっこよく書きますから！」

「鞭のなにがかっこいいのか、私には理解できませんよ」

首を振りながら歩き出すシメオン様を、わたしもうきうき追いかける。静かな優しい夜の中、馬たちが見送ってくれていた。

13

都へ帰ってしばらくの後、わたしの元へまた王宮から招待状が届けられた。今度のお誘いは、なんと王女様たちからだ。くれぐれも失礼のないようにとしつこくお母様から注意され、着ていくものも念入りに選ばれて、わたしはちょっぴり緊張とともに王宮へ向かった。

セヴラン殿下のお招きを受けた時にはここまでではなかったのに。やはり女同士のお付き合いの方が、なにかと気を遣う。

そんなわたしを、リュシエンヌ様とアンリエット様は気さくに迎えてくださった。お二人はセヴラン殿下の恋の顛末をすでにご存じで、わたしから詳しいいきさつを聞きたがった。殿下の名誉のため、わたしは切ない悲恋としてお話ししたつもりだったのに、なぜか王女様たちはおなかを抱えて笑っていた。

「もうお兄様ってば、信じられないくらいかわいそうな人ね。よりにもよって男に惚れちゃうなんて！　知ってて惚れたならただの男色家だけど、女と思って惚れたのだもの、悲劇よ、悲劇！」

アンリエット様、涙を流すほど笑い転げて扇でバシバシ机を叩きながらおっしゃっても、ちっとも同情しているようには見えませんよ。悲劇が喜劇に聞こえるのは耳がおかしいせいかしら。

「そのように笑ってさしあげないでくださいな。殿下もミシェル様もたくさん悩まれて、辛(つら)い気持ちを抱えながら精一杯に相手を気遣っていらしたんですよ」

「ええ、わかっているわ。そうね、辛いわよね、辛い……ぷっ」

うなずきながらもアンリエット様はまた噴き出す。ご自分の兄君に対して容赦のないことだ。まあわたしも、うちのお兄様が男性相手に失恋したら、きっとネタにしてしまうわね。

「ふふ、それでミシェル嬢……ではなく、ミシェル君はどうしているのかしら」

リュシエンヌ様もひくつく口元を扇で隠しながらお尋ねになる。お二人とも、あまり殿下をいじめないであげてくださいね。

「セヴラン殿下のお口添えのおかげで、モンタニエ家とはすっぱり縁を切れて、第二の人生に踏み出されました。お母様と暮らしていたお家を売って、小さな家に引っ越して。アガタも身寄りがないそうで、二人で祖母と孫のように暮らしながら、ミシェル様はお仕事もはじめられたんですよ」

「あら、なんのお仕事？」

「出版社に入りましたの。今はまだ雑用係ですけど、いずれ一流の編集になると意欲を燃やしていらっしゃいます」

紹介したのはわたしだ。長年女性として暮らしていたミシェル様は、男性でありながら女性の事情にも通じていらっしゃる。その経験を無駄にする手はないとおすすめしたのだ。過去をただ辛いだけの思い出にするのではなく、これからの糧にすればいい。どんな人生でも、生きてきた時間にはそれだけの価値があるのだから。

わたしがお世話になっている出版社は、女性向けの小説や雑誌に力を入れている。でも、編集部はまだまだ男性社会。正直言って女性の気持ちを正しく把握しきれていないところもある。そこへミシェル様のような人材が入れば、きっと頼もしい戦力になるはずだ。女性編集と男性編集の間で調整役も期待できるだろう。

お母様の遺産があっても、ミシェル様は働くことを希望されていた。ありのままの自分で世の中に認められ、必要とされて、居場所を作っていきたいのだそうだ。自分の力で未来を切り開こうとしている彼は、もう儚げな令嬢には見えない。いきいきとした頼もしい少年でしかなかった。

これからも編集部へ行くたびに、彼の頑張る姿を見られるだろう。今のわたしにはそれが楽しみだ。

「そう。元気にしているならよかったわ。モンタニエ家の方は、代替わりをすることになったわ」

二人で仲良く盛り上がるのを、シメオン様はちょっと不機嫌そうに見ていらしたけれど。

わたしの報告にリュシエンヌ様は優しく微笑まれた。

「やはり、そういうことに？」

「ええ。大きな犯罪というわけではないから、領地を減らすとか爵位を下げるとまではいかないけれど、無罪放免にもできませんからね。息子に家督を譲って田舎で隠棲するようにと——事実上、社交界からの追放処分になったわ。ミシェル君の性別以外は公にされているから、もうお付き合いをする家もないでしょう。馬鹿な人よね。落ち目といってもまだ十分に名誉のある家だったのに、自らの手で地に叩き落としてしまったわね」

欲をかけば逆にすべてを失う。まるで寓話のようだ。だけど長い間人の心を踏みつけにしてきたのだから、侯爵には当然の報いだろう。

　これからもそれなりに長い人生が残っている。その気になれば違う生き方を模索して、再出発もはかれるだろう。そこはもう本人次第。どんな道を選ぶのかは夫婦二人で決めることだ。わたしはむしろカミーユ様の今後が気になった。彼はミシェル様が姉ではなく兄であったと知らされて、さすがに少し驚いていたけれど、思ったほど悪い反応はしていなかった。思えば彼もまた、問題のある親のせいで抑圧された生い立ちだったのだ。いつか兄弟で助け合える関係になれるといい。カミーユ様がよい人生を歩めれば、モンタニエ家の名誉も回復していくだろう。

「そうだわ、わたくしからも報告があるのよ。リベルト殿下との婚約が、正式に結ばれることになったの」

　リュシエンヌ様と報告し合っていると、思い出したようにアンリエット様がおっしゃった。わたしの視線を受けて、にっこりと笑みを深くする。

「次の冬が来るまでには、ラビアへ行くことになるでしょう。その頃には、あなたはもうフロベール家の若奥様よね。婚礼に招待したいと言ったら、シメオンは聞いてくれるかしら？」

「まあ――よろしいのですか？　わたしなどを」

「ぜひ来ていただきたいわ。あなたを見ていると、いろいろ勇気をもらえるの。リベルト様への手紙にね、思うところを書いてみたのよ。向こうにしてみれば、押しつけられた嫁でしょう？　どう思われているのかがいちばん気がかりだったから」

「それで……？」

「国同士の事情はともかく、夫婦になるからにはよい関係を作っていきたいと答えてくださったわ。好んでつまらない人生を送る気はない、楽しく生きられるよう、二人で努力しましょうって」

「素敵な方ですね！」

わたしは思わず身を乗り出して、アンリエット様の手を取った。無礼と叱られることはなく、アンリエット様も強く握り返してくださった。

「でしょう!?　ラビアでも評判のよい、優しい方なのよ！　それにね、とっても美形なの。あなたの婚約者にだって負けていないわよ」

「まあ、本当に？　シメオン様に張り合える方なんて、セヴラン殿下以外には存じませんけれど」

「言ったわね。いいわ、見せてあげるから。ソフィー、肖像画を持ってきて！」

侍女に言いつける妹に苦笑して、リュシエンヌ様がわたしにささやく。

「本当はね、最初に肖像画を見た時に一目惚れしていたのよ。この子は面食いだから」

「まあ」

「惚れっぽいのは血筋かしら。わたくしも旦那様のことが、はじめて会った時から好きだったわ。お兄様にも、いつか運命の人が見つかるとよいのだけれど」

最後だけ兄思いなところを見せておっしゃる。わたしは笑顔で大丈夫ですよと請け負った。今回の件でセヴラン殿下のお好みは把握できたもの。かならず素敵な女性を見つけて、紹介してさしあげますよ！

わたしはアンリエット様と文通のお約束をして別れた。こちらは祖国の人々のようすをお伝えし、アンリエット様からはリベルト殿下のことやラビアでの暮らしを教えていただく。政略結婚からはじまる王子様とお姫様の物語を、いつかラビアへお届けしよう。二人を引き裂こうとする陰謀もあったりして、簡単には結ばれないの。でも最後はかならず王子様が活躍して幸せになるのよ！　見せていただいた肖像画を思い出しながらその場面を考えたのに、なぜかヒーローはシメオン様の姿になってしまった。今回もかっこいいところを、いっぱい見ちゃったからなあ。

思い出していると萌えが止まらなくなって、わたしはそそと柱の陰に身を寄せた。手帳を取り出して浮かんだネタを書きとめていると、いつぞやのように声がかけられた。

「またなにか面白いものを見つけた？　その手帳、一度見せてもらいたいな」

「……出たわね」

手出しされないよう、わたしは急いで手帳を片付ける。まったく神出鬼没なんだから。人が近くにいないことをたしかめたはずだったのに。

前回のように逃げ場をなくさないよう、わたしは素早く廊下の中央へ移動した。それをリュタンは笑って見ていた。

「そんなに警戒しないでほしいな。君にはずっと、優しくしてきただろう？」

「よく言うわ。最初は誘拐されそうになったし、次は無理やり口づけようとしたじゃない。どう考えても危険人物よ」

「それで喜んでくれる女の子は多いんだけどなあ」

物語でなら、たしかにそうね。強引に迫られる展開は読者の願望の一つだ。でもそれは、ヒーローのみに許されたこと。わたしのヒーローはリュタンではない。

「君は僕と気が合うはずなんだけどな。とても近い波長を感じるよ。なのになんで、あっちがいいんだい？」

リュタンが振り向く先に、近衛騎士の姿があった。まだ顔も判別できない遠くからでも、誰なのかすぐにわかる。背の高い、すらりとした姿。一見静かに歩いているようで、その実ものすごい勢いで近づいてくる。

「くそ真面目な堅物と君とじゃ、まるで正反対な気がするのにさ」

「反対だから惹かれ合うのかもよ？　磁石だってそうじゃない。あなたに魅力がないとは言わないけど、シメオン様ほどには萌えられないわ」

「腹黒が好きとか言ってなかったっけ？　自分で言うのもなんだけど、僕はけっこう条件にあてはまってるよ」

「そうねえ、あなたは本物の腹黒よね。そこは悪くないのだけれど、なぜかしらね？　あんまりときめかないわ」

「やれやれ、はっきり言ってくれる」

リュタンは肩をすくめた。その顔はやはり楽しそうに笑っていて、落ち込むようすなんて少しもない。言葉のどれが本気でどれが嘘なのか、ふざけた態度に隠して悟らせない。さんざん口説かれてもその気になれないのは、彼が本心を見せないせいだ。わたしは恋の駆け引きなんて望まない。自分を隠さない、信じられる人が好き。リュタンのことも本当を言うと嫌いではないけれど、恋をしたいとは思わなかった。

面白いと好きは、別なのよね。

「でも挨拶の口づけくらいは許しておくれよ。これで最後なんだからさ」

「最後？」

リュタンが手を差し出してくる。あの時のように強引に迫ってくるのではなく、わたしが伸ばす手を礼儀正しく待っていた。

「一段落ついたんでね、ラビアに帰るよ。次はちゃんと本物の外交官が派遣される。僕の仕事はここまでだ」

「……そうなの」

自分で偽物だと認めてしまっていいのかしらとつっこむことはやめて、わたしは彼の求めに応じた。挨拶くらいは、シメオン様も許してくださるわよね？

「それはお疲れさま。貴族のしがらみがどうのと言っていたけれど、あなたもいろいろ大変そうじゃない。せいぜい頑張ってね」

「なに、裏で動くのは楽しいよ。この仕事は性に合ってる。君が一緒に来てくれたらもっと楽しかったんだけどな」

「残念ね。あなたにもよい出会いがありますように」

差し出された手に自分の手を置いて、彼が身をかがめるのを見守る。手の甲に礼儀正しい口づけが贈られて、それで終わりだと思ったのに。

突然ぎゅっと握られて、そのまま強く引っ張られた。つんのめるわたしの目の前に不敵な顔が迫る。やられたと思った瞬間、リュタンの頭が後ろからがしりとつかまれた。

「……どうやら、本気で殺されたいようですね」

「速すぎるよ、副長」

なにが起こったのか一瞬わからなかった。気付けばリュタンが床にひっくりかえり、わたしはシメオン様に抱きとめられていた。

「いってて……ちぇ、あと少しだったのに」

けろりとしてリュタンは身を起こす。シメオン様の殺気を間近からぶつけられても、どこ吹く風で服をはらって立ち上がった。

「最後くらい見逃してくれてもいいだろうに、心の狭い男だね」

「狭いのではありません。あなたに譲る心など、一切持ち合わせがないだけです。最後と言いながら、気を許せばいくらでも増長するでしょうが」

「そりゃあ、目の前にほしいものがあって手に入りそうなら、指をくわえて我慢する道理はないさ。番犬が油断していたら、いつでも奪いに参上するよ」

「命を捨てる覚悟があるなら、どうぞ。受けて立ちます」

シメオン様の手が腰のサーベルにかかる。わたしはあわてて彼を止めた。

「シメオン様、ここで斬り捨てるのはいけません。王宮を血で汚したら叱られます。掃除係から恨まれますよ」

「そういう問題？　掃除の問題なの？　僕の心配はしてくれないの？」

「どうせ殺しても死なないもの」

　わたしはリュタンにべっと舌を出す。シメオン様はサーベルの柄に手を置いたまま、抜きはせずに言った。

「今は黙って見送ってさしあげますよ、チャルディーニ伯爵。ですが、次に姿を見かけた時はただのコソ泥として遠慮なく始末しますから。来るなら、そのつもりで」

　束(つか)の間二人はにらみ合い、リュタンが踵(きびす)を返す。こちらに背を向けて歩き出しながら、リュタンは明るく手を振った。

「次があってもいいというわけだ。じゃあマリエル、再会を楽しみにしていてね」

「冗談でしょう、お断りよ——あっ、ちょっと待って！　今までに盗んだ品は!?　持ち主に返してから帰りなさいよ！」

「なんの話だい？　僕は泥棒だなんて名乗った覚えはないよ」

　笑い声を上げながら去っていく。最後までふてぶてしく悪びれない姿を、わたしは呆(あき)れて見送った。

「……そういえばたしかに、言質は取っていませんでしたけど……よくもあれだけぬけぬけと」

「わかりきったことでしょう。あれは恥知らずの悪党なのですから、油断するのではありません」

う、今度はわたしがにらまれている。叱責(しっせき)にわたしは首をすくめた。

「ごめんなさい……」

　はあ、とシメオン様は息を吐く。

「あなたは隙（すき）がありすぎる。男に気を許せばどうなるか、わからないほど子供でもないでしょうに」

「はあ……まあ、美人ならわかりますが、わたしとは無縁の話でしたもので、つい」

「世の中には物好きもいるのです。美人しか狙（ねら）われないなどという決まりはどこにもありませんよ」

「シメオン様がおっしゃると説得力ありますね」

「言っておいてなんですが、素直に納得するのもどうなのですか。訂正します。たしかにあなたは美人とは言えず、外見に一目で惹かれる特徴はないが、表面にとらわれず内面を見る者にとっては十分に魅力的な女性なのです。常識はずれの奇矯なところも、見方を変えれば面白い個性だ。中にはそれを魅力と受け取る人間もいるのですよ。あの男しかり、私しかり。風景の一部と見逃さず、あなたを一個の人間として認識さえしてしまえば、可愛（かわい）らしさや優しさがちゃんと見えてくる。足元の小さな花にもミツバチが寄ってくるように、あなたの蜜を求める男はいるのです。あまり舐（な）めすぎず、自分が花であることを自覚なさい」

　水色の瞳（ひとみ）が強くわたしを見つめて言い募る。お叱りを受けているのに、わたしの胸は高鳴りっぱなしだった。もうこの人ってば、今ご自分が熱烈な口説き文句を言ったことに気付いていないわね。鬼畜腹黒参謀にして生真面目純情で、さらに天然ですか！　どれだけ属性を上乗せするの。やだもう、今の台詞（せりふ）一言一句忘れずに書きとめたい！　だけどネタにしてしまうのはもったいない。わたしだけの宝物にして、一生大切にしまっておくわ！

「マリエル、聞いているのですか」

「はい……やっぱりシメオン様は最萌えです」

「そういう話をしているのではなく！」

「いいえ、そういう話です！　シメオン様がどうしてわたしを愛してくださったのか、とってもよくわかりました！　わたしもシメオン様が大好きです！」

「だから私が言いたいのは――」

「お前たち……いちゃつくなら外でやれ」

　わたしとシメオン様の薔薇色の世界に、おどろおどろしい暗黒の世界から呪詛の声が割り込んだ。幸福な光など許さない、みんな不幸になってしまえと呪う声に振り向けば、セヴラン殿下が仁王立ちでこちらをにらんでいた。背後に控える近衛騎士の皆さんは、そんな殿下を気の毒そうに見ていたり、こちらを生ぬるく見ていたりする。今のやりとり、聞かれちゃったのね。失恋直後の殿下には直視できない光景だったわね。

「殿下」

「廊下の真ん中で大声でなにを言い合っとるか。いちゃつきたいなら家に帰ってからにしろ。公共の場で見せつけるな、目障りだ」

「な、なにを……私は、そういうつもりでは」

「やかましい、さっさと帰れ！　私に見えんところで存分にいちゃつくがよい、この幸せ者が！」

　わたしはあわてて殿下におじぎし、まだわかっていないシメオン様を引っ張ってその場から逃げ出した。今の殿下はそっとしておいてあげましょう。これ以上傷口に塩を塗り込むことは、さすがにわたしにもできないわ。

あたふたと退散したわたしたちは、人気のない小さな中庭に飛び出した。地面に残る雪もずいぶん少なくなった。まだ風は冷たくても、着実に春へ向かっている。その証拠に、花木の枝に小さな芽が顔を出していた。

「あ、花壇にも芽が出ていますよ」

雪の中に春の先触れを見つけ、わたしはうれしくなって声をはずませる。待ち遠しい季節はもうすぐそこだと、世界がささやいていた。

「ほら、シメオン様」

振り向いたわたしは、別の驚きを見つけた。シメオン様がお顔を赤くして口元を押さえていた。

「……もしかして、ようやく気付きましたか？」

「…………」

尋ねるとさらに赤くなって目をそらす。おかしくて笑わずにはいられなかった。

「もう、シメオン様ってば」

顔をそむけられてもおかまいなしに、力一杯抱きついてしまう。シメオン様はわたしを抱きとめ、天を仰いだ。

「……あなたといると、調子が狂う」

「いいではありませんか。泣いたり笑ったり怒ったりするのが人間です。だからこそいとおしいんです。わたしはシメオン様のかっこいいところだけが好きなのではありませんから」

「みっともなく嫉妬(しっと)していても？」

「ええ、どんなでも。シメオン様こそ、わたしがどんなでも愛し続けてくださいますか？」

「まあ、今さらなにを見せられても引かない自信はありますね」

優しい笑顔が見下ろしてくる。わたしは背伸びして、両手でシメオン様の頬(ほお)をはさんだ。シメオン様も身をかがめてくださる。互いの眼鏡(めがね)がまた音を立てた。

「やっぱりつけたままでは邪魔ですね」

「今は、それでちょうどよいでしょう。ここで我を忘れてしまってはまずいですから」

お互いに眼鏡を直しながら笑う。眼鏡がわたしたちの手綱というわけですか。

今はまだ、真面目に慎み深く、節度をわきまえたお付き合いを。

でも雪が消えて、花が咲いたら。暖かな風に小鳥が歌い、世界が恋する季節になったなら。

そうしたらもう眼鏡があったって関係ない。永遠の喜びが待っている。

晴れた空から白い花が降ってきた。旅立っていく冬の足跡を見送って、わたしたちは次の季節を迎え入れる。

差し出された手に自分の手を重ね、わたしはシメオン様と共に歩いた。

どんなでもとは言っても、それは相手を傷つけない範囲でのこと。今の幸せに甘えて守る努力を怠れば、運命は容赦なく試練を運んでくる。人と人とのつながりは、時に簡単に壊れてしまう。わたしはそれをたくさん見てきたのだから、小説だけでなく自分自身の生き方にも参考にしなくてはね。

隣を歩くのはいとしい人。こうしてずっと寄り添い生きていくためには、たくさんの努力も必要なのだろう。もう二度と、彼にさみしいなんて言わせない。全力で愛して、大切にしていくの。

「ねえシメオン様、なにかわたしにしてほしいことってあります？」

まずは彼を喜ばせるところからと、わたしは尋ねた。不思議そうにシメオン様は見下ろしてきた。

「なんですか、突然に」

「いつもわたしばかりお世話になって面倒をおかけしていますから。たまにはお礼をと思いまして」

首をかしげながらシメオン様は笑う。

「どうしました、変な物でも食べましたか」

「んまっ、どういう意味ですか！　わたしがお礼をするのはそんなに変ですか」

「殊勝すぎて不気味ですね。なにを企んでいるのか、あとでどんな罠があるのかとおそろしい」

「ひどい！」

むくれるわたしにシメオン様は声を上げて笑う。せっかく喜ばせようと思ったのに——もういいわよ、そんなこと言うなら知らないんだから！

ぺいっとシメオン様の手を振り払ってそっぽを向くと、腰を抱き寄せられた。耳元に艶めいた低い声がささやく。

「聞いていただけるのなら、一つありますが」

「……なんですか」

シメオン様の髪や吐息がふれてくすぐったい。身体の奥がゾクゾクして、それが気持ちいいのだから困ってしまう。こんな場所でそんな気分になってどうするの——今さらだけど、誰も見ていないわよね？

あわてて周囲に目を走らせると、大きな手が頬に添えられてシメオン様へと向き直らされた。水色の瞳がすぐそばにある。あらためて見つめ合うと妙に気恥ずかしい。うう、ほっぺたが熱いわ。

「あの、シメオン様？　なにを……」

「約束していたでしょう。明日(あす)は休みですから、一緒に出かけましょう」

「――はい？」

なにを言われるかと思ったのに、彼の口から出てきたのはそんな言葉で。

思わずわたしは真顔になってしまった。

「してほしいことって、それですか？」

「ええ。なにか問題が？」

問題はないわよ。まったくないけど、盛大に色気を放ちながら言うことではないと思うわ！　だいいちそれは、シメオン様ではなくてわたしがしてほしいことではないの。わたしのために約束してくださったことだ。

「……うれしいですけど、そうではなくシメオン様のご希望を聞いているのです」

「ですから、これが希望ですよ。行きたい場所はありますか？　なければ百貨店にでも行って、買い物をしましょうか。私は女性の物などよくわからず、贈り物をする時にも母や従姉(いとこ)に意見を聞いてばかりでね。どうせならあなた自身の意見を聞いて、ほしい物を買ってあげるべきだったとあとで気付きました。飾りでもなんでも、好きなものを買いましょう」

もういつもの表情に戻って、シメオン様は爽(さわ)やかに言う。わたしはどんな顔をすればいいのか悩んでしまった。

「それは本当にうれしいのですが、お礼にはなりませんでしょう。わたしが甘やかされるばかりで、シメオン様にとっていいことなんて一つもないではありませんの」

「ありますよ」

シメオン様はふたたびわたしの手を取る。歩き出す彼に引っ張られて、わたしも足を動かした。

「あなたの笑顔を独占できる。私にとって、それがいちばんの『萌え』です」

「…………」

一瞬ぽかんとなって、思わずわたしは噴き出してしまった。やだシメオン様がそんな言葉を——わたしの真似(まね)をしておっしゃるなんて、いつからそんなにお茶目になったのかしら。

「萌えですか？」

「萌えです」

くすくす笑いながらわたしはシメオン様の腕に抱きつく。笑顔なんて、その言葉だけでいくらでも出てきちゃうのに。シメオン様こそが、わたしのいちばんの萌えだもの。

「ではね、名物のアイスクリームを一緒に食べましょう。二人で半分こしながら食べるのが恋人同士の流行(はや)りなんです。人前でやるのはなかなかに恥ずかしいですよ？　覚悟してくださいませ」

「受けて立ちましょう。なんなら食べさせてあげますよ」

「あ、それは当然です。言い忘れましたね、お互いに食べさせ合いっこするんです」

「……なるほど、たしかに恥ずかしい」

愛する人に愛されて、守ってくれる人を守っていきたい。
幸せは二人で作るもの。二人で守っていくものね。
世界に幸せがあふれている。輝く空に、どこかの教会から鐘の音が響いていた。

シメオン・フロベールの至福

報告事項をたずさえて出向いた先に、部屋の主の姿は見当たらなかった。

「殿下はどちらに？」

残っていた侍従に所在を尋ねれば、温室におられるとの返答を得る。仕事の手が空いたので、息抜きの散歩に出かけられたらしい。

温室、と聞いて私は少し迷った。追うべきか、そっとしておいてさしあげるべきか。

先日の騒動のはじまりの場所だ。花嫁選びの園遊会にうんざりしておられた殿下が、思いがけず運命的な出会いを果たされた。今ふたたび足を運ばれたのは、かなわなかった恋の思い出に浸りたかったのだろう。

至急の用件というわけではない。少しくらいあとになってもかまわない。時間に余裕があるのならば、今は好きなようにさせてさしあげようか……と浮かびかけた考えを、私はあわてて振り払った。

いやいやいやいや、待て待て待て待て。

たしかに失恋はお気の毒だった。理想の相手を見つけてよろこんでおられたお姿を思い返すに、無残に砕け散った恋心が憐れで同情を禁じえない。殿下をおなぐさめするためならば、どんな無理でもしてみせよう。だがあれを切ない思い出として胸にしまっておかれては困る。相手の人柄に問題はなかったが、性別に大いなる問題があったのだ。マリエルの妄想ではあるまいに、次期国王にそっちの道へ走られては全国民が困る。

私は急いで温室へ向かった。今日の護衛当番たちを入り口近くに控えさせ、殿下は奥で読書をしておられた。南国から取り寄せた植物が大きく葉を広げ、広く空けられた中央の床にはタイルで幾何学模様が描かれている。先日は若い女性が集まり華やいでいた場所で、今は一人静かに座っておられた。殿下の前のテーブルには、ずいぶんたくさんの本が積み上げられていた。

哲学書か、愛読書の詩集だろうか。ただぼんやりと物思いに耽るのではなく、そうした手段で気持ちをなぐさめておられるのならば、心配はなかったか。

私は静かに殿下へ歩み寄った。

「……殿下」

「報告か？　急ぎでなければあとにしてくれぬか。ようやく一息つけたところなのだ」

返ってくるお声はしっかりしている。だがそんなことをおっしゃるとは、やはり少し厭世的な気分になっておられるのだろうか。

「なにをお読みです？」

私はできるだけ優しく尋ねた。同じ話題で盛り上がれば、少しは気持ちも明るくなるだろう。少年時代、互いの読んだ本についてよく語り合ったものだ。

殿下は悩ましげなため息をこぼされた。

「……恋とは、よいものだな」

「────はい」

いきなりそうくるか。盛り上がりにくいな。さしずめ手元にあるのは恋愛詩集か。他の本も？

どの本にも布製のカバーがかけられており、表紙は隠されていた。厚みからして、哲学書ではないだろう。もっと薄い、手軽に読めそうな本だった。

「恋は思いがけずに訪れるもの──そうだな、たしかにそうだった。運命は予想しないところに待ち構えている。いつかまた、新しい恋に出会えるだろうか……」

「もちろんですよ」

成人男性としていささか夢想的にすぎる気はするが、今は言うまい。私は殿下に調子を合わせ、うなずいた。

「人は恋を求めるものと言います。男と女がいれば、そこに恋が生まれるのだと。この先いくらでも機会はありますよ」

「そうだな……隠されていた姫君を、偶然見つけて助け出すことになるかもしれない」

「はい……？」

隠された姫君？　なぜそんな特殊な設定に。

「あるいは反目し合う敵同士ながら、恋に落ちてしまうかもしれない」

「はあ」

誰のことだ。殿下の、ラグランジュ王国の敵といえば、とりあえずイーズデイルか？　別に戦争まではしていないが、まあいろいろもめる相手ではあるな。だがあの国の王女は殿下とは年回りが合わないだろう。ならば国境を守るエイヴォリー伯爵家あたりの令嬢か……それはそれで悪くない相手だと思うがな。普通に政略で結ばれそうな縁組だ。

しかし隠された姫君といい、どこかで聞いた話だな？　いや、私もマリエルの受け売りを口にしたが……マリエル……？

「毎日窓辺に薔薇を一輪贈ろうか。情熱的な真紅の薔薇に想いを込めて、そっと陰ながら見守るのだ」

――言わないでくれ！　あれは私の中で、振り返るのが恥ずかしくて死にそうな思い出だ！

読んだとおりに真似たはずが、まったく伝わっていなかった。書いた当人のくせにあさっての解釈をしてくれたな。ときめいてくれるかと期待していた私の方がよほどに乙女だった。

だからその設定は！

「殿下、その、お手元の本は？」

私は殿下の本を覗き込んだ。ページ一面を使った挿絵が目に飛び込んでくる。……ああ、知っている。この場面は、よく覚えている。

「……マリエルが持ってきたのですか？」

「いや、アンリのところから借りてきた。どんなものかと思ったら、案外面白いな。いかにも女性が好みそうな話ではあるが、たしかに夢がある。いいなあ……私もこういう恋がしたい」

「……できますよ」

私はそうとしか答えられなかった。他人の夢に水を差すまい。ほんのささやかな、なぐさめなのだから。

しばらく本の話をして、私たちは温室をあとにした。大量の恋愛小説を手分けして持ちながら、殿下と並んで庭園を歩く。そこかしこで若い令嬢の姿が目についた。そういえば今日は王女殿下主催の音楽会があったのだったか。マリエルも友人と共に来ているはずだ。

まだ風が冷たいのにわざわざ外へ出ているのは、殿下がおられると聞きつけたからか。四方から熱い視線が向けられているのに、殿下は興味なさげに無視しておられる。言い寄られるよりも、ご自身から追いかける恋がお好みなのだ。だから失恋率が高いのだと誰(だれ)か言ってさしあげてくれ。私には言えない。幸せ者がとひがまれたら、言い返す言葉がない。

話しかけたそうにしている令嬢たちに背を向けて本宮の建物に入ろうとしたところで、ちょうど出てきた人物と殿下がぶつかった。「きゃあ」と甲高い声が上がり、足元に本が散乱した。

「失礼、大丈夫か」

とっさに抱きとめて、殿下は相手が転ぶのを防ぐ。腕の中にいたのは小柄な黒髪の少女だった。

「ええ、すみません急いでいて――わわっ、殿下!?　ごめんなさい失礼しました！」

ぶつかった相手が誰かに気付くや、少女はあわてて飛びのいた。あたふたと頭を下げておじぎをする。

「大変申し訳ありません、ご無礼を」

「ああ、気にするな。こちらも不注意だった。怪我(けが)などしていないか？」

「いえ、大丈夫です。本当に、本当に申し訳ありません」

恐縮しきって謝る娘は、私の知り合いだった。マリエルとのつながりで何度も顔を合わせている。

「ジュリエンヌ嬢」

声をかけると、彼女も私の存在に気付いた。

「あ、シメオン様……ごご、ごきげんよう」

「ごきげんよう。音楽会はもう終わりましたか」

ソレル男爵家のジュリエンヌ嬢は、ようやく少し落ち着いて顔を上げた。どことなく子栗鼠を思わせる動作だ。マリエル同様派手さのない娘だが、よく見るとなかなか愛らしい顔だちをしている。上品な緑のドレスが似合っていた。

「ええ、さきほど。とても素晴らしい演奏を楽しめました」

「あなたもなにか披露されたのですか？　ヴァイオリンがお上手だとマリエルから聞きましたが」

「いえまさか、わたしなど。ヴァイオリンならオレリア様が――とても迫力のある演奏でしたわ」

いつもの調子を取り戻して、ジュリエンヌ嬢は笑顔を見せる。そんな彼女を殿下が無言で見ておられることに、私は気付いていた。……なにか、妙な気配というか、既視感というか、予感を覚える。

「あっ、ごめんなさい！」

足元に落とした本を思い出して、ジュリエンヌ嬢が勢いよくしゃがみ込んだ。大急ぎで拾い集めるのを私も手伝う。そこへ殿下も加わった。

「すまない、ただの資料だ。そうあわてなくてよい」

黙っておこう。女性向けの恋愛小説を山ほど読んだなどと、知られたくないお気持ちはよくわかる。

「資料ですか？　でもずいぶん丁寧にカバーがけされていて……イニシャルの刺繍まで」

「そっ、それは持ち主の趣味だな！　いや個人所有の本を借りたもので！」

あわてて殿下はジュリエンヌ嬢の手から本を取り上げた。なるほど殿下のイニシャルだな。うん、黙っておこう。

「ありがとう、ジュリエンヌ嬢……だったか。手間をかけた」

「いえ、こちらこそご無礼を申し訳ありませんでした。それでは、失礼いたします」

さきほどよりは落ち着いて礼をし、ジュリエンヌ嬢はそそくさと立ち去った。これをきっかけに殿下に自分を売り込み、親しくなろうという考えはまったくわかなかったようだ。マリエルの友人らしい謙虚さというか、そっち方面への関心のなさだった。

それに加えて、遠くからにらんでくる他の令嬢たちが怖かったのかもしれない。このあとわざとぶつかってくる令嬢が続出しそうなので、私は部下たちに周囲を警戒するよう命じた。

殿下はぼんやりと、ジュリエンヌ嬢の去った方を見送っておられた。

「殿下」

声をかけても振り向かれない。

「可愛い子だったな……」

――やはりか。私は一瞬頭痛のようなものを感じた。

「殿下……」

「いっ、いや、別になにも！　ただの感想だ！」

聞かないうちから言い訳をされる。このあわてぶりがすべてを物語っている。長い付き合いだ、よくわかっているとも。これはもうアレだ。確定だ。好みは面倒くさくとも、それに合うとなればいたって惚れっぽいのがこの方の常だった。

「彼女は男爵家の娘です。身分が不足しております」

「だ、だから、なにもないと」

「それと、あまりおすすめできる人物ではありません」

「……マリエル嬢の友人なのだろう？　気立てのよい娘だと、彼女が保証していたではないか」

不服そうな反論に、私はひとまずうなずいた。たしかにジュリエンヌ嬢の人柄は悪くない。普通の可愛らしい娘だ。殿下のお相手選びにさんざん苦労されている王后陛下やその周辺は、この際男爵家の娘でも受け入れるかもしれない。今回は性別もはっきりしているので心配ない。

――しかし、私にはどうしても看過できない問題があった。

私は殿下が持つ本から一冊を抜き取った。

「ん？　その本は……」

カバーで隠された本の中、一冊だけが剥き出しになっていた。アニエス・ヴィヴィエ著作のシリーズとは装丁が違う。別の種類の本が紛れ込んでいた。

あわてたジュリエンヌ嬢が自分の落とし物を忘れていったのだと、すぐにわかった。

私は本を開き、ページをめくった。どこかにあるはずだ。きっと載っているはずだ。多分そういうのは後半に……あった。

目当てのページを見つけ、私は大きく開いて殿下にお見せした。

「…………」

読む必要はない。繊細に描き込まれた挿絵が、その場面を見事に表している。普通ならば男女で見せる場面を、やたらと美々しく描かれた男二人で演じていた。

「これが、ジュリエンヌ嬢の趣味です」

私は重々しく告げる。殿下の目は挿絵に落とされたまま――死んでいた。


「ジュリエンヌに婚約者ですか？　いいえ、まだそういうお話はありません」

急いで確保したマリエルを騎士団の執務室へ連行――もとい、招待し、私は念入りに人払いをして尋ねた。返ってきた答えは期待を裏切るものだった。

「ないのですか……」

「なぜシメオン様が残念そうなのです？　殿下はこれでお考え直しになったのでしょう？」

返却した本をマリエルはぱらぱらとめくる。私は首を振った。そうならばよかったのだが。

「殿下はとても前向きというか、根性がおありになるというか、しぶといお方でね」

「ありていに言うと諦めが悪いということですね」

私が慎重に避けた言葉を、マリエルはあっさりと口にした。呑気に笑い飛ばしてくれる。

「よいのではありませんか？　傷を癒すには新しい恋をするのがいちばんですもの」

「しかし、ジュリエンヌ嬢は……」

「大丈夫ですよ。この手の読み物が好きだからと言って、現実とはちゃんと区別していますから。殿下のことは単なるネタとして見ているだけです」

「大丈夫ではないでしょうそれは」

「一つの趣味として殿下が容認されるおつもりになったのなら、特に問題はありませんよ。それより身分問題の方がずっと大変です。国王陛下や王妃様がなんとおっしゃるか……まあそれ以前に、まずジュリエンヌに受け入れてもらえなければお話になりませんけどね」

意外に冷めた顔で言って、マリエルは本を置いた。友人と王子が結ばれるかもしれないと知って舞い上がるかと思いきや、そこには萌えないらしい。彼女の「萌え」はいまだによくわからない。

「ジュリエンヌ嬢は殿下のような方は好みではないと？」

うーんとマリエルは首をかしげる。容姿は十人並みでも、こうしたしぐさがいちいち可愛らしい。そう言うと決まって殿下には白けた目を向けられるのだが、惚れた欲目ではなく本当に可愛いだろう。ジュリエンヌ嬢が子栗鼠ならマリエルは子猫だ。無性に抱きしめたくなる愛らしさがそっくりだ。

「好み以前に、あの子って現実に対してはものすごく辛辣な考え方をしておりまして。結婚には一切夢を見ていないんです。具体的に言うと、お金持ちなご老人の後添えになるのが理想です」

――極端だな!?　男色物語の次にそうくるか！

「嫁いで十年もすれば未亡人になって、そのあと自由気ままに生きるのがあの子の人生目標なんです。

王室に嫁いだりしたら一生苦労しそうですから、多分いやがるでしょうね」

「……つまり、夢は物語の中だけに見いだして、現実で恋愛をする気はないということですか」

「未亡人になったら若い恋人を作ると言っています」

私は思わず頭を抱えてしまった。ジュリエンヌ嬢がどんな理想を持っていようと自由だし、私が文句をつける筋合いではないが……十代の娘がそれでよいのか。

「シメオン様は反対されているのでしょう？　ならばよいではありませんの。どうしてお悩みに？」

「……なにに悩めばよいのか、わからなくなってきました」

ため息をつけばくすくす笑われる。風に揺れる花を思わせる軽やかな笑い声に、なんとも言えないくすぐったい気持ちがわきあがった。向こうもなにか感じるところがあったのか、席を立って私の隣に移動してきた。ちょうどふれたい気分になっていたので、私はマリエルを抱き寄せた。腕の中に簡単におさまってしまう身体(からだ)がいとしくてたまらない。

「かなり障害の多いお話ですから、全面的に賛成とは言えないのですが、殿下が頑張られるおつもりなら応援しますよ。わたしも、できればジュリエンヌには素敵な人と結ばれてほしいですから」

「殿下は彼女を射止められると思いますか？」

「さあ、どうでしょう。殿下の頑張り次第かしら」

さらさらと手ざわりのよい髪に頬(ほお)を寄せる。かすかにインクの匂(にお)いを感じた。香水でないところがマリエルらしい。それがおかしくて、心地よい。

いとしい人を腕に抱く喜び、満たされる幸福を知った私には、殿下の恋を応援することしか許されないのだろうな。わが友にして主君にもこの至福の時をさしあげたい。たとえ試練があろうとも。

「そうですね、もし殿下がジュリエンヌを口説き落とされたなら――生涯守り幸せにすると誓ってくださるなら、身分の問題はわたしがなんとかしましょう」

なかば諦めのような、けれど優しい気持ちになっていたら、マリエルがそんなことを言い出した。

彼女にとってもっとも手出しできない部分をどうするというのか、いぶかしむ私に不敵な目を向けてくる。

「王子様との身分違いの恋って、安定のネタですからね。需要はあります。まず劇的な物語を流行らせて、実は殿下がモデルでと明かせば世論は盛り上がるでしょう。庶民層の支持は簡単に得られます。貴族や王宮関係者は裏から手を回せばよいかと。皆様の秘密や弱点を出し惜しみせず提供しますよ。結構芋づるで動かせますから、どこを攻めればよいのか教えてさしあげます。そうですね、たとえば宰相閣下は――」

おそろしい言葉が飛び出してくる前に、私は彼女の口をふさいだ。一瞬身を固くしたマリエルは、すぐに応じてくる。柔らかな身体を存分に抱きしめて、私は恋人を堪能した。

――いったいマリエルは、どれだけの情報をつかんでいるのか。詳しく知るのが怖すぎる。

誰もが地味で平凡と評する、私の婚約者。そんな見た目に惑わされず彼女をよく知れば、次から次へと驚かせてくれる。本当は面白くて可愛い、いたずらな天使だ。

黒い尻尾が揺れて見えたのは、きっと気のせいだと思いたい……。

あとがき

ふたたびこんにちは、桃春花です。またこうしてご挨拶できるとは！　幸いにしてマリエル・クララックの続編を書かせていただけました。前作を読んでくださった皆様と、機会をくださった一迅社様のおかげです。本当にありがとうございます。

見た目だけ地味でおとなしいオタク娘と、見た目だけ腹黒S様な真面目騎士。身分も年齢も趣味も性格も顔面偏差値も、いろいろ違う二人がどうにか想いを通じ合わせたのはいいけれど、こんな取り合わせでその後問題なくお付き合いできるのか……というところで、今回のお話です。片割れがアレな時点でなにごともないはずはなく。熱愛交際のかたわら、またいろいろとやらかしているようです。

その後の二人に加え、今回は殿下にも活躍していただきました。殿下ってシメオンに並ぶ美形で有能で人柄もいい完璧な王子様のはずなのに、前回なんとなく影の薄い存在でしたので、もっと登場させてあげたかったのです。かっこよく活躍……できたかは、わかりませんが。

そしてもう一人、あの男も再登場です。正体と目的がちょっとだけ明らかになりました（でもまだまだ秘密は多そう）。

狙った宝は逃さないと言われる彼ですが、今いちばんほしいものは手に入らず切ない（？）立場。どうもこの話、かっこいい男性ほど不憫になる傾向がありますね。そんな状況も楽しみながら、彼は彼でひそかに活躍しています。

他にも女神様三人組とか悪役令嬢オレリア様、腐女子ジュリエンヌに王様より怖い王妃様など、女性陣にも活躍してほしかったのですが、ページ数の都合で出番が取れませんでした。王妃様とマリエルの対面シーンを書きたかったのですけどね、本筋に関係ないエピソードを入れる余裕がありませんでした。残念。

ビジュアル面は大満足ですよ！　今回もまろ様には素敵なイラストを描いていただきました。美男子三人は言うまでもなくかっこいいけど、見どころは鞭と筋肉です！　いや、まさかアレも描いていただけるとは。自他ともに認めるイロモノ好きのわたくし、夢が叶って感激です。同志の皆様、ぜひ一緒に笑ってやってくださいませ。

萌えに暴走しながら時にシリアスもあり、ケンカのような危機のような、あれやこれやで騒ぎながらも結局は熱愛カップルな二人の物語。今回もお楽しみいただけましたでしょうか。またこの本のどこかで笑っていただけたならよいのですが。読者様が喜んでくださいますよう、心より願っております。

マリエル・クララックの最愛

2017年9月5日　初版発行
2022年4月1日　第３刷発行

著者　桃 春花

イラスト　まろ

発行者　野内雅宏

発行所　株式会社一迅社
〒160-0022 東京都新宿区新宿3-1-13 京王新宿追分ビル5F
電話　03-5312-7432（編集）
電話　03-5312-6150（販売）
発売元：株式会社講談社（講談社・一迅社）

印刷所・製本　大日本印刷株式会社
ＤＴＰ　株式会社三協美術

装幀　AFTERGLOW

ISBN978-4-7580-4984-9

Printed in JAPAN

おたよりの宛て先
〒160-0022 東京都新宿区新宿3-1-13 京王新宿追分ビル5F
株式会社一迅社　ノベル編集部
桃 春花 先生・まろ 先生